20世纪美国文学中的经济背景与商业文化

李 锋 / 著

Economic Contexts and Business Culture in Twentieth-Century American Literature

内容提要

本书从经济背景与商业文化出发，对20世纪美国文学中的一系列代表作品进行重新解读，基本囊括了这一百年来美国文学中常见的商业与经济话题，其中既有劳资矛盾、消费主义、文学市场化、企业社会责任等相对常见的视角，也有慈善捐助、酒店管理、黑帮运营、超市业态等之前在美国文学研究中很少有人涉及的话题；此外，本书还包含一些跳出具体文本、以作家的经济思想和商业理念为抓手的整体性探讨，比如庞德的货币理论和梅森的消费主义观念。希望这样一部有些杂糅的著作，可以为丰富美国文学研究的方法与视角发挥一点助推与催化的功能，也可以为人们了解美国的商业文化与经济历史起到一定的补充作用。

图书在版编目(CIP)数据

20世纪美国文学中的经济背景与商业文化/李锋著. —上海:上海交通大学出版社,2020

ISBN 978-7-313-23755-2

Ⅰ.①2… Ⅱ.①李… Ⅲ.①文学研究—美国—20世纪
Ⅳ.①I712.065

中国版本图书馆CIP数据核字(2020)第171224号

20世纪美国文学中的经济背景与商业文化

ERSHI SHIJI MEIGUO WENXUE ZHONG DE JINGJI BEIJING YU SHANGYE WENHUA

著　　者：李　锋

出版发行：上海交通大学出版社　　地　　址：上海市番禺路951号

邮政编码：200030　　电　　话：021-64071208

印　　制：常熟市文化印刷有限公司　　经　　销：全国新华书店

开　　本：787mm×1092mm　1/16　　印　　张：13

字　　数：259千字

版　　次：2020年9月第1版　　印　　次：2020年9月第1次印刷

书　　号：ISBN 978-7-313-23755-2

定　　价：59.00元

前　言

英美文学是我的学术背景与专业领域，而商学是我多年来的业余喜好，加之这些年来一直在给 MBA 学员讲授工商导论、管理思维与沟通等商科课程，对商业文化及经济思想亦有所触及，所以将两者结合起来，写一部商学视阈下的美国文学研究专著，一直是我的夙愿。但要找到一个适宜的切入点，使这样一本具有跨学科性质的书具有足够的合理性和可行性，似乎并非易事。

起先我想到了商业伦理的视角，而后在写作过程中，我把内容范围做了一定调整，将之扩展到整个社会经济与商业文化。由于道德伦理总是关乎价值取舍，所以自然会涉及文化因素，商业伦理和商业文化之间的关系也不例外。无论是企业文化和管理文化，还是营销文化和消费文化，都会在商业伦理中有所显现，在做研究时很难将它们割裂开来，尤其是在 20 世纪的美国，商业发展之迅猛、道德冲突之激烈、文化思想之活跃，可说是现代人类历史上少有的。因此，本书将研究范围适当扩展，纳入美国 20 世纪各个时期的商业文化，以及相应的社会经济背景，以使书中内容更加的综合与立体。

事实上，经济学与文学的跨学科研究，在西方学界已有几十年的发展历史。哈佛大学的谢尔教授是“新经济批评”的先驱，他的《文学经济学》(1978)是这方面的开山之作；海因策尔曼的《想象经济学》(1980)则进一步区分了“想象经济学”和“诗学经济学”两个概念，前者是用文学的方法解读经济学，后者是用经济学的方法解读文学。不过在具体研究中，真正使用纯经济学方法者为数甚少，多数学者选择从商业市场和社会经济的视角审视文学与文化生产、剖析创作动机和文本主题，诸如经济全球化、文学市场化、文化资本、消费主义等，都是常用的研究角度和方法，相关成果也比较成熟；在大学的文学课堂上，教授布置的书单里，常常也是从马克思的《资本论》到鲍德里亚的《消费社会》，无所不包。

伍德曼西与奥斯迪恩合编的《新经济批评：文学与经济交叉研究》(1999)是一部具有里程碑意义的书，标志着“新经济批评”作为一个批评流派的确立。近几年又连续出现了好几部高质量的著作：科明撰写的《政治经济学与小说》(2018)将经济学理论与小说创作有机结合在一起，梳理出一部颇为系统的“经济人”的文学史；2019 年，由塞博尔德和奇哈拉主编的《劳特利奇文学与经济指南》出版，该书所收录的文章从批评传统、历史、原则、当代文化四个视角出发，全面阐述了文学与经济之间的关系。

就国内而言，有关这方面的教学和研究还算紧跟步伐，发展势头也不错。文化产业、文化经济管理之类的著述为数不少，很多高校也开设了相关课程。就文学与经济的跨学科研究而言，出现了许建平的《文学研究的新经济视角与分析方法》(2008)，以及许建平和祁志祥主编的《中国传统文学与经济生活》(2006)等；而在文学专题史方面，则有邵毅平的《中国文学中的商人世界》(2005)，该书系统梳理了中国文学中商人形象的演变史。这些书的着眼点和示例都是中国古代至晚晴或民国时期的文学作品。

至于外国文学的相关研究，国内学界则显得有些落后。其中英国文学的状况尚可，有不少论文述及莎士比亚作品中的商业内涵，以及启蒙时期和维多利亚时期文学与经济的互动等议题，甚至还出现了一部专门探讨商人活动与情感的著作，即管新福的《英国文学经典中的商人世界》(2012)；相形之下，美国文学的相关研究则略显沉寂，此中也出现过一些颇有见地的学术论文(如虞建华对《马丁·伊登》中文学市场化的分析，周敏对《地下世界》中反映的资本主义过度消费问题的阐述，蔡隽对《美国野牛》中商业伦理思想的解读等)，但规模上远小于英国文学，整体性的论述更是少见。

目前来说，国内几乎未有同仁以专著的形式，全面、系统地挖掘美国文学叙事中的商业与经济话题，而这正是本人试图做的一项工作。尽管书中所涉的内容范围还远远不够，撰写水平也相对有限，不过在我看来，以专著的形式完成这项工程，给学界同行提供一些参考和借鉴，给文学爱好者灌输一点商业意识，倒也算是一件有现实意义的事情。于我自身而言，能够换一个维度重读一些经典或畅销的优秀文学作品，亦不失为一种愉悦的体验。况且写书可以不必像写学术论文那般，必须在一定的篇幅内保持高度的主题集中、主次分明，其自由度相对更大一些，有些地方可以适当放开，甚至有点漫谈也不算罪过。考虑到美国文学作品中的商业与经济话题本身就比较的“杂”和“散”，这一形式倒也适合。

必须指出的是，本书虽涉及文学和商业两个领域，具有一定的跨学科性质，但归根结底还是一项文学研究，绝非专业的商学著作。这里的商业与经济只是为解读文学作品提供了一个有效视角以及必要的背景信息，可以帮助读者更全面地了解其中的情节发展与人物言行背后的“所以然”，从而更充分地挖掘蕴藏于文本中的丰富的主题思想和社会文化。基于这一定位，作者虽然并非经管方面的研究专家，但凭借数年下来的阅读收获和教学积累，应该也还可以做一些尝试性的工作。

就结构而言，全书的正文部分共分为四个时期——“20世纪初的20年：物质欲望与道德迷失”“20世纪20至30年代：繁荣与梦想中的危机”“二战后至60年代：复苏之路上的反思”“20世纪70年代至世纪末：站在时代的边缘”。众所周知，举凡对历史(包括文学史)进行时期划分，难免有武断之嫌；每一时期内的作品，其实也是话题庞杂、主旨各异，断难进行简单归类，更何况很多作品的故事背景同写作时间之间还会有一个

“间隔期”，即作品反映的并非同时期的社会气候与经济现象。作者采取这一“板块化”的处理方式，主要是为了让全书的结构更加明晰，以方便读者阅读并梳理头绪；至于为各个时期所起的标题，目的亦是如此，并无意涵盖内里所有作品的共性。事实上，哪怕就单部作品而言，可能也含有多个商业和经济话题，所以即使每一章节的标题，也只是起一个导引的作用，未必能十分严谨地覆盖该章内的全部内容。

在这一框架下，本书将选择 20 世纪美国文学中的一些代表作品展开相关解读。从 1900 年的《嘉莉妹妹》一直到 2003 年的《大都会》，内容基本囊括了这一百多年来美国文学中常见的商业与经济话题，其中既有劳资矛盾、消费主义、文学市场化、企业社会责任等相对常见的视角，也有慈善捐助、酒店管理、黑帮运营、超市业态等之前在美国文学研究中很少有人涉及的话题。此外，本书还包含一些跳出具体文本、以作家的经济思想和商业理念为抓手的整体性探讨，比如庞德的货币理论和梅森的消费主义观念。希望这样一部难免有些杂糅的著作，可以为丰富美国文学研究的方法与视角发挥一点助推与催化的功能，也可以为人们了解美国的商业文化与经济历史起到一点补充作用。

当然，有些优秀的 20 世纪美国文学作品，确也含有明显的商业思想和经济理念，但限于篇幅和本书的结构编排需要，未能一概收入。仅就 20 世纪早期的作品来说，我们即可想到弗罗斯特(Robert Frost)在其诗作《补墙》(“Mending Wall”, 1914)中触及的私人产权问题，以及在《未选择的路》(“The Road Not Taken”, 1916)中隐含的机会成本理念，安德森(Sherwood Anderson)在《小城畸人》(*Winesburg, Ohio*, 1919)中涉及的专业分工等。二战后相关作品中的商业话题更是纷杂，例如，威廉斯(Tennessee Williams)在剧作《欲望号街车》(*A Streetcar Named Desire*, 1947)中暗喻的北方工业文明同南方种植园经济的冲突，塞林格(J. D. Salinger)在《麦田里的守望者》(*The Catcher in the Rye*, 1951)中刻画的炫耀性消费行为，冯内古特(Kurt Vonnegut, 1922—2007)的《欢迎到猴子屋》(*Welcome to the Monkey House*, 1968)中涉及的收入再分配问题，贝娄(Saul Bellow)的《洪堡的礼物》(*Humboldt's Gift*, 1975)中精神追求与商业市场的对立，多克特罗(E. L. Doctorow)的《拉格泰姆时代》(*Ragtime*, 1975)中的流水线生产与企业家精神，以及厄普代克(John Updike)的“兔子四部曲”中对汽车经销业的描写等。这些话题都有其可谈之处，但要么本书已有对其他作品的类似论述，要么涉商内容并非其原作的主要关切点，故在此不去专文赘述。

事实上，就连 2016 年获得诺贝尔文学奖的著名歌手兼作曲家鲍勃·迪伦(Bob Dylan)，既然其作为“文学家”的身份已然得到明确认可，那么他在 20 世纪下半叶的成功之路上，到底都有哪些市场因素起了重要作用，其实也是非常值得探讨的。只是这个话题与文学本身的距离已经有些远，或许将来论及文化产业和娱乐市场时，再争取对此有所剖析。

最后需要指出的是，写作这样的一本书，几乎没有什么前人经验可资借鉴，只能自行摸索、自搭框架。特别是书中包含的作家作品以及相关的商业与经济问题非常之多,涉及的点也比较庞杂和分散,以作者的一己之力,无论是架构组织还是知识运用,驾驭起来都难免吃力。在实际的写作过程中,作者也的确感到有必要阅读和消化更多的材料,以充实和修正书中内容,使之更为完善。追求精益求精当然是做学问该有的态度,但如果一味踯躅于此,恐怕本书将处在不断的补充和修改中,始终无法面世,所以还是先把现有版本斗胆付梓。

至于书中的疏漏和不足之处,还请专家学者和读者朋友不吝批评指正。这绝非例行的客套之辞,而是真诚之念。将来随着本人对文学作品的感悟以及对商学认识的加深,非常希望能够将此研究进一步扩展和深化,甚至推出内容更加丰富的修订版,而这一愿望的实现,自然需要外界的合理批评与建议。况且以此专著的形式,吸引更多的同行来关注美国文学中的商业与经济内涵,达到抛砖引玉的作用,这本身也是我写作本书的目的之一。

目　录

第四部分　20世纪70年代至世纪末：站在时代的边缘

序曲　20世纪之前的美国商业与文学

批评家门德尔松(Edward Mendelson)在谈论“百科全书式叙事”时曾指出美国文学中一个有趣的现象：放眼整个世界文坛，似乎只有美国作家把文学创作想象成一场竞赛，其中的一部作品或一个作家可以统领其他全部；或者是想象一个作家可以包纳整个文化，一个个体即可代表全体民族身份的声音。[①] 不管这一论断是否准确，一个不争的事实就是：美国作家确实倾向于在作品中全面展现某一特定历史时期的社会面貌，包括该时期的政治气候、文化风俗、语言风格等，其中的部分作品也涉及当时的商业氛围与经济背景。这种现象在20世纪的美国文学中表现得尤为明显，而这一百年恰恰是美国历史上商业繁荣发达、经济起伏动荡的百年。因此，20世纪美国文学格外适宜拿来作为研究对象——通过考察相关作品中的商业文化和社会经济，我们可以更全面地把握其主旨思想，以及发生在这个国家的时代变迁。

事实上，20世纪之前的美国文学，已有相当一部分作品显露出明显的商业思想和理念。建国初期，富兰克林(Benjamin Franklin)在其《自传》(*The Autobiography of Benjamin Franklin*，1791)中详细讲述了自己由贫致富的奋斗历程，他在书中提到的13条美德，不仅是有关个人修身的诤言，而且几乎都适用于商业行为，以至于后世有人称之为“美国的第一个商业伦理法则”。此外，富兰克林的《自传》和《穷理查德年鉴》(*Poor Richard's Almanack*，1732—1758)中也含有不少关于钱财积蓄和人力资源开发方面的内容。

浪漫主义时期，爱默生(Ralph Waldo Emerson)曾在文章和演讲中多次谈及经济问题，由于他在思想界的特殊地位，其理念对当时美国的知识分子和社会大众的价值观产生了潜移默化的重要影响；梭罗(Henry David Thoreau)在其名作《瓦尔登湖》(*Walden*，1854)中专门设有“经济篇”，谈及他的经济理念，并详细记录了他的开支情况，以作为其经济观(特别是其强烈的自给理念和反商业思想)的佐证；麦尔维尔(Herman Melville)在小说《白鲸》(*Moby Dick*，1851)中对19世纪的商业捕鲸行为进行了全面、生动的展

---

① Mendelson, Edward. *Moral Agents: Eight Twentieth-Century American Writers*. New York: New York Review Books, 2015, p. 5.

现，可帮助人们直接了解美国当时的社会经济生活。

一般认为，浪漫主义时期的美国作家对商业与贸易普遍持排斥态度，早期的爱默生诚然如此——他曾在题为《人即改革者》（“Man the Reformer”，1841）的演讲中猛烈抨击现代资本主义体制，特别是商业对美国社会生活无所不在的侵袭。在爱默生看来，商品交易破坏人的自主性，物质欲望侵蚀社会道德。这一看法同他的个人主义理念（尤其是崇尚“自力更生”的价值观）其实也是彼此相通的。但是，我们不能据此就给爱默生贴上“反商业”的标签。实际上，在同一时间所写的《论补偿》（“Compensation”，1841）中，他肯定了财富的道德属性与商业的进步意义。到 19 世纪 50 年代，爱默生越发强调商业与市场的积极作用。在其随后的名篇《论财富》（“Wealth”，1860）中，他更是详细阐述了自己的经济观与商业观，指出人既是生产者也是消费者，个人应努力发财致富，同时也为社会财富的积累做出贡献。

更值得一提的是，爱默生的商业理念和日常实践高度一致，真正做到了知行合一。众所周知，爱默生不仅是一个作家，还是一个演说家；而且他充分利用自己的社会声望和演讲技巧，从中获利不菲——从 19 世纪 30 年代开始，爱默生的商业演讲收入持续走高，至 60 年代达到了每场 100 美元以上。此时的爱默生已被出版商和演讲组织者合力打造成一个极具商业价值的文化偶像，而他写的书和做的演讲相得益彰、彼此促进，共同构成一个产业链，在这个市场中，大家各取所需——出版商和演讲组织者获得商业利润，读者和听众获得思想启迪与情操陶冶，而爱默生则名利双收，同时更大范围地传播了自己的哲学思想与价值理念。我们从中也可以看出美国文学的一脉相承之处——爱默生凭借个人才华成功赢取财富的经历，承袭了美国传统文化中“白手起家”的母题，在其之前有开国元勋富兰克林的人生自述，在其之后有儿童作家阿尔杰（Horatio Alger Jr.）笔下的穷孩子奋斗史，而他在文学市场中树立偶像形象、创造品牌效应的做法，也在之后的美国文坛不断得以重现。

内战后的美国经济迅速发展，形成了统一的国内市场。此时的文学创作以现实主义为主要潮流，含有经济与商业元素的作品数量大为增加，体裁上多为小说。美国现实主义文学的奠基人豪威尔斯（William Dean Howells）在《塞拉斯 · 拉帕姆的发迹》（*The Rise of Silas Lapham*，1885）中涉及社会流动性与商业信誉，他还在《新财富的危害》（*A Hazard of New Fortunes*，1890）中反映了白手起家的百万富翁所面临的道德困境，以及在城市化进程和工业时代的各种伦理问题。此外还有马克 · 吐温（Mark Twain）在《镀金时代》（*The Gilded Age*，1873）中对风靡全美的投机热潮的刻画，以及《康州美国佬在亚瑟王朝》（*A Connecticut Yankee in King Arthur's Court*，1889）中展现的经济学教育，亨利 · 詹姆斯（Henry James）在《华盛顿广场》（*Washington Square*，1881）中对物质至上主义的批判等。这些作品中对社会经济问题的关注，为随后 20 世纪相关题材的文学创作奠定了坚实基础。

在这些作品中,《塞拉斯·拉帕姆的发迹》是一部具有划时代意义的佳作。主人公拉帕姆靠勤恳实干致富,后来却因生意受挫、自己又坚守良知而倾家荡产。他起先成功的自我奋斗之路,上承富兰克林的自传经历,下启盖茨比的社会攀爬,是"美国梦"的早期体现。他在困顿不堪之际,宁可破产返乡也不肯将存在问题的颜料公司卖给不知情的英国公司,这份个人良知与商业道德,同马拉默德的小说《店员》中老店主莫里斯的做法如出一辙。而他所处的19世纪中期,正是美国工业化快速推进之时,其社会结构与大众观念的剧变,可以为我们理解20世纪初文学作品中的社会经济背景提供极好的铺垫。

时光转到了1894年,美国的工业总产值一举超越英国,成为全球第一大经济体,并在随后的整个20世纪引领世界经济;伴随着经济腾飞的是消费主义观念在整个社会的快速传播。在这一百年当中,美国的商业活动之活跃,是之前的任何一个时代(包括同时代的任何一个国家)所无法比拟的。20世纪初以芝加哥和纽约这两座都市为代表的城市扩张与商业发展、20年代爵士时代的繁荣与奢靡、30年代的经济萧条、二战后的经济复苏,以及随后几十年美国的后工业社会之路……这些都为文学作品提供了生动的社会和经济背景,使得这些文本成为探讨商业与经济话题的绝佳载体。

作为主导全球的经济势力,美国的商业准则(包括企业文化、契约精神、信用建设等)为众多国家所效仿,同时亦显现出经济增长中的若干负面效果(包括企业社会责任缺失、劳资冲突、过度消费主义、传统价值标准的瓦解等),引起了很多有识之士的关注和忧虑,其中包括一些具有忧患意识的作家。在传播美国经济历史与商业意识的文化媒介中,文学一直扮演着十分积极的角色,不少美国文学作品都体现出相应的商业精神或者经济顽疾。我们随后的相关探索,就从20世纪初的20年开始。

第一部分

20 世纪初的 20 年：物质欲望与道德迷失

从 19 世纪中期到一战爆发前，西方资本主义世界经历了一段相对平稳的发展期，几次小规模的危机并未造成严重的社会经济灾难。20 世纪初的 20 年正值美国历史上的“进步时期”（1890—1920），在这波澜壮阔的 20 年中，美国的经济形势也是一片大好——1893—1897 年的经济恐慌结束后，美国经济又进入新一轮的增长期，伴之以城市的迅猛扩张、人口的快速增加，以及诸多追求科学管理和高效运营的社会改良政策。这股良好的势头一直持续到 1910 年。虽然其间发生了持续三周的 1907 年银行危机，但金融巨头约翰·摩根的及时干预成功地平息了这场危机。

早在麦金莱主政时期（1897—1901），美国经济已大有起色。不幸的是，1901 年 9 月，麦金莱在布法罗被刺身亡。继任总统西奥多·罗斯福宣誓要继续践行麦金莱的政治纲领，但实际上，他在任期中（1901—1909）对经济政策做了不少矫正——老罗斯福眼见当时美国巨型公司的权力不断膨胀，严重干扰企业竞争和技术进步，同时也损害了一般消费者的利益，于是对托拉斯痛下狠手，以遏制大型企业的过度扩张和垄断。除了大力规范产业，罗斯福还着手建立公平交易法案，推动劳工与资本家和解，这些措施都对当时乃至之后的美国经济产生了深远影响。总的来说，老罗斯福执政的八年是美国历史上一个承前启后、继往开来的时代，他顺应现代资本主义的发展，开启了 20 世纪美国资产阶级改良主义的先河。受老罗斯福大力支持的塔夫脱当选总统后，总体上比较的保守稳健(同时对垄断企业的管控有所放松),而继任总统威尔逊则基本沿袭了前两任政府的经济政策。

反观世纪初这20年的文学创作,在反映社会历史背景上有一定的"滞后性",远不及后面的"咆哮的20年代"那般紧跟时代步伐——多数涉及商业题材的作品都把故事背景放在了19世纪后期(辛克莱的《屠场》是一个例外),但它们依然在不同程度上折射出20世纪初的时代气息。事实上,整个"进步时期"的美国社会形态和精神面貌具有相当的一致性和延续性。因此,我们对这20年的代表作品进行考察,仍旧可以看出世纪初存在于美国社会的物质欲望和道德迷失。

本部分所选的作家作品中,德莱塞占有较大比重——《嘉莉妹妹》主要关注其中的消费行为及其对人物身份的建构所起的重要作用;《金融家》展现了19世纪下半叶的美国金融史,同时探讨了交易行为中的商业道德问题。欧・亨利的《麦琪的礼物》篇幅虽短,却为我们了解当时美国民众的消费意识提供了一个很好的视角。辛克莱的《屠场》具有一定的报告文学属性,所以在时间上比较同步,对这部小说的解读可以窥见当时美国企业的社会责任问题。杰克・伦敦的《马丁・伊登》反映了世纪初的美国作家为了追求商业利益而采取的各种文学市场化手段,对我们研究文化产业的特性具有一定的启示。

《嘉莉妹妹》：消费行为中的身份建构

西奥多·德莱塞(Theodore Dreiser)出生于印第安纳州。由于家境贫寒，他在成为作家之前曾先后在餐馆、五金公司谋职。1892年，德莱塞进入报界工作，当了几年记者之后，开始正式的文学创作，写出了《嘉莉妹妹》(*Sister Carrie*, 1900)、《珍妮姑娘》(*Jennie Gerhardt*, 1911)、《金融家》(*The Financier*, 1912)、《巨人》(*The Titan*, 1914)、《天才》(*The "Genius"*, 1915)、《美国的悲剧》(*An American Tragedy*, 1925)、《斯多噶》(*The Stoic*, 1941)等多部经典小说。

如果我们回顾德莱塞的早年生活经历，不难看出有着这样的人生轨迹，德莱塞在随后写出一系列跟城市和商业题材相关的小说，其实也是无比的自然——童年生活的艰辛，让他对苦难拥有直观的感受；少年时代独闯芝加哥干粗活，让他对这个残酷而魅惑的大都市产生了最初的恐惧感和兴奋感；大学辍学后在地产公司和家具公司做收账员的经历，让他初步感受到商界的无情，并积累了丰富翔实的素材；在为《芝加哥环球报》和《圣路易斯环球民主报》进行新闻报道的记者生涯，锻炼了他的写作功底。特别值得一提的是，在给商业杂志《成功》工作期间，德莱塞有机会采访了包括卡耐基、菲尔德、爱迪生等人在内的诸多商界巨贾，从而对钢铁、百货、电业等都有所了解；更重要的是，这些大亨的创业经历和人生起伏，为德莱塞日后的人物塑造提供了大量素材和无限灵感。

德莱塞常以写实的笔法探讨人们对物欲和地位的热烈追求，其作品中常见的一个特点或模式，就是主人公不惜一切代价，以达到所谓的“成功”，这种目的与手段之间的矛盾冲突，其实是伦理学的核心问题之一，也为商业伦理批评提供了天然的便利。

世纪之交的城市化与火车交通

德莱塞的首部长篇小说《嘉莉妹妹》被广泛视为美国自然主义文学的代表作，同时也是20世纪美国第一部全面展现商业文化的经典作品，书中对芝加哥和纽约这两座城市的物质主义与消费主义刻画得十分生动，被称为“所有的美国都市小说中最为伟大的一部”。

不谙世事的少女嘉莉离开家乡小镇，怀揣着寻找美好生活的梦想，乘坐火车去芝加哥投奔姐姐和姐夫。德莱塞在小说中设定的嘉莉奔赴芝加哥的时间为1889年，此时的美国正值从以家庭为核心的农业经济向以工厂为核心的产业经济转型的重要时期，芝加哥以其繁荣的制造业和商业，吸引着欧洲各国以及美国其他州的人们前来寻找希望、获取财富。根据统计，从1870年到1900年，芝加哥的人口从30万猛增到170万，使得该市成为美国人口超百万的三大城市之一，也是当时世界上人口增长速度最快的城市。

与此同时，芝加哥也是距离嘉莉的家乡威斯康星州最近的大城市。根据同时期美国劳工局发布的《大城市职业妇女报告》(1888)和马萨诸塞州劳动局发布的《波士顿年轻职业女性报告》(1889)等资料，这种小镇年轻人就近到本区域的大城市求职打工的情况，其实是当时美国社会经济的普遍现象。

在这里需要指出一个细节：德莱塞十分喜欢在自己的商业题材小说中使用“火车”这一意象，他常常安排主人公乘火车首次进入芝加哥，开启新的人生之旅。从1848年芝加哥的首条铁路开建，在随后的几十年里，五大湖地区建立起以芝加哥为中心的放射状铁路网络，乘火车到这座城市似乎是一个很自然的选择，并无什么特殊之处。然而在德莱塞的笔下，火车已不仅仅是一种交通工具，而是物质财富与科技伟力的象征，同时代表着现代都市的冷酷无情和激烈竞争。在《嘉莉妹妹》中，这段火车之旅不只是一个乡下女孩独闯芝加哥的历程，更是整个美国从简单纯朴到世故练达的历史转型，而火车在其中充当了这一转型的载体，承载着无数像嘉莉妹妹这样的年轻男女对未来的憧憬与热望。在后来的小说《巨人》中，主人公柯帕乌离开费城奔赴芝加哥的火车之旅，则象征着这位金融资本家征服新领地的强大气势。

杜洛埃：最早的旅行推销员

嘉莉在去芝加哥的火车上首先遇到的是在外出差的推销员杜洛埃，此人从穿着打扮到举手投足，几乎代表了那个时代的美国推销员的原型，即衣着考究、口齿伶俐，善于迎合听者心理。作者在小说开篇即通过插入式评论，对杜洛埃有着非常详尽的刻画和介绍：

> 这是替一个厂家到各地兜揽生意的角色——属于由当时俚语第一次称之为“推销员”的那一类人。他也适合于一个更新的称呼，“小白脸”，那是一八八〇年在美国人中间突然流行起来的，它简明扼要地描绘了一个穿扮或举止是为了强烈地激起敏感的年轻娘儿们的好感、博得她们欢心的人。他的衣服很惹眼，是用棕色方

> 格花呢裁制的成套西装，当时非常流行。后来被人称之为“上写字间穿的套装”。(6)[①]

此处提到的1880年，正是美国销售史上的标志性年份，因为像柯达、可口可乐、西屋电气、卡耐基钢铁等大型公司，全都创立于19世纪80年代(其后十年还陆续涌现出箭牌口香糖、通用电气、百事可乐等品牌)。这些公司不仅注重研发和生产，而且“开发了现代销售技巧，创造出可与大规模生产新科技相媲美的管理程序”，[②]从而直接催生出一大批训练有素、能言善辩的推销员。

《美国销售员的诞生》(2004)一书的作者弗里德曼(Walter A. Friedman)认为，所谓现代销售术，其实就是诞生于19世纪末20世纪初的美国，而《嘉莉妹妹》中的杜洛埃，可说是20世纪美国文学中第一个经典的推销员形象。事实上，同一时代的欧洲亦不乏类似的职业，但同英、德等国那些散兵游勇式的“旅行商贩”比较起来，美国的“旅行推销员”有着本质上的差别。当时的美国制造业规模已相当庞大，各个公司需要为其出产的大量工业品找到相应的销路，再加上蓬勃的经济、稳定的货币、成熟的法制，以及现代信贷制度的出现，都让广大商家逐渐将视线从生产转向了销售。于是，他们雇用了大量形象好、口才佳的男性推销员，以“积极推销”的方式煽动顾客的购买欲，从而实现销售利润，甚至建立起长期的品牌忠诚度，同时也推动了美国从生产型社会向消费型社会的转变。

在这种传统下摸爬滚打出来的推销员，自然多是能言善辩的沟通高手，至少在初来乍到、不谙世事的年轻姑娘面前，这些人搭起讪来绝对游刃有余。杜洛埃在火车上对芝加哥绘声绘色的描述，让嘉莉顿生向往——对于这个尚未眼见和体验这座繁华都市的乡下姑娘而言，此时此刻，杜洛埃就代表了整个芝加哥，以至于嘉莉明明觉察出对方大献殷勤的真实用意，竟也没有心生反感：

> 确实还没有过任何富有经验的旅行者，一个生气勃勃、见过世面的男人，和她这样亲近过。这种荷包、发亮的黄褐色皮鞋、时髦的新套装以及待人接物的风度，为她筑起了一个朦胧的幸福世界，而他正是其中的中心人物。这使她乐于接受凡是他可能做出的一切事。(10)

总的来说，德莱塞在小说中对杜洛埃的着墨并不算少，但他故意停留于浅表的粗略

① 作品原文引自德莱塞《嘉莉妹妹》，裘柱常译(上海译文出版社，2011版)。本书中的引文页码均直接标注于引文后，不再另做说明。

② Linard, Laura. “Birth of the American Salesman”. Harvard Business School Working Knowledge. http://hbswk.hbs.edu/item/birth-of-the-american-salesman

刻画，没有刻意挖掘其内心活动。这一前后无甚变化的扁平人物形象，恰恰体现出那个时代的美国推销员的夸夸其谈和思想空洞。

芝加哥：最初的物欲诱惑

嘉莉刚到芝加哥的第二天便外出寻找工作，她先后去了商行、批发公司，但让读者印象最深刻的，便是书中对百货商店的细致描写。19世纪七八十年代，现代大型零售商在美国迅速兴起，代表性的经营业态主要包括面向城市的百货商店和面向农村的邮购公司。以百货商店为例，这种业态"跟早先那些由虔诚清教徒开的单调乏味的干货店几乎没有什么共同之处"①——凭借宽敞的空间、精美的装修、个性化的布局，它们可以让消费者轻松享受到更多的选择种类和更愉悦的购物体验，同时也在顾客与商品之间建立起一种微妙的联系。嘉莉在寻找工作时，头一回走进这种百货商店，无论是陈列商品强烈的视觉冲击，还是她内心的欲念挣扎，都尽显这种理念：

> 嘉莉沿着这些热闹的柜台之间的过道走着，对耀眼地陈列着的饰物、服装、鞋子、文具、珠宝等商品非常羡慕。每一只单独的柜台都是使人目眩神驰的展览场地。她禁不住觉得每一件饰物、每一件值钱的东西对她都有切实的吸引力，可是她并没有停下脚步。没有一件东西是她用不着的——没有一件东西是她不想要的，精致的拖鞋和长筒袜子，优美的绉边衬衫和衬裙，花边、缎带、发梳、荷包，一切都牵动她个人的欲望，可是她又痛楚地感到这些东西没有一件是她买得起的。(27)

很显然，《嘉莉妹妹》忠实记录了这个国家从生产型经济向消费型经济的转变。在这种经济模式下，需要大量像杜洛埃这样的推销员，本身不参与任何有形产品的生产，却对商品流通、经济增长起着重要作用；同时，更需要大量像嘉莉这样的潜在消费者，内心对勤俭节约、踏实工作的传统生活方式不感兴趣甚至心怀抵触，而对物质享受充满渴望，由此产生的市场需求，反过来可以进一步推动商品生产、刺激经济发展。

抛开经济意义不谈，女性爱美的天性也足以使之显得合理。作者在这里再次以插入式评论的方式，直接为嘉莉的物质欲念进行开脱，认为"女人，甚至最迟钝的女人，对于身上的穿戴打扮都特别敏感，年轻的女子尤其如此"(27)；女人天性就"不会缺乏对物

---

① Leach, William R. "Transformations in a Culture of Consumption: Women and Department Stores, 1890—1925." *The Journal of American History*, 71.2 (1984), p. 322.

质的欣赏能力”，这种能力跟诗人对美的赞叹并没有本质差别。

初至芝加哥的嘉莉在一家制鞋厂找到一份周薪4.5美元的工作。根据历史资料，在1890年（即嘉莉到芝加哥后的第二年）的美国，女性已占到全部社会劳动力的17%，其中多数是15—24岁的青年女性。[①] 这些女孩子基本来自农村和小镇，在制造业工厂里从事着集中化的生产。以嘉莉所在的制鞋厂为例，厂里的制鞋工作已经具有明显的流水线特征，即技术要求不高，机械重复，但压力着实不小：“这些皮革是从她右边机器旁的女工传过来的，打好洞后传给她左边的女工。要不了一会儿，嘉莉就发现，她必须保持平均的速度，否则活儿到她这里就要积压起来，在她后面的人就要等活儿了。”(43)

这种重复性的高强度工作让人难免心生厌倦，而到了冬天，嘉莉发烧三天后，连这份工作也丢了；正当落魄之际，杜洛埃适时地出现，带她一起去吃饭、看戏、购物，并最终成功地让她与自己住在了一起。这似乎是嘉莉“堕落”的肇始，然而深入来看，这一切似乎又有其自然合理之处，以至于作者不惜又一次出面点评，直接表达对传统道德观的质疑：“人们对她这样的行为总是武断地下评语的。社会上有一种评判一切事物的惯用的标准。男子应该善良，女子应该贞淑。”(105)在德莱塞看来，如此评判只不过是在道德上苛求别人，其本身即是不道德的。

其实，从起初收下杜洛埃接济自己的20美元，到住进他为自己租好的公寓，嘉莉的内心一直是纠结不安的，面对道德上的负疚感，她有时甚至会“从良心中听到另一种声音，她和这种声音争辩起来，向它哀求，请它原谅”(107)。此时，作者倒是立即跳将出来为嘉莉辩解：“归根结底，这良心也不是正直而有见识的顾问。它仅仅是一般的渺小的良心，一种世俗的见解，是她过去的环境、习惯、风俗混杂在一起的反映。有了它，人们的声音实际上就等于上帝的声音了。”(107)在德莱塞看来，所谓的道德伦理只是一个相对的概念，并没有绝对的标准，所以人们不该简单地决断是非。在当时的美国，这种观念已算相当激进，无怪乎小说一出版就引起如此大的争议。

赫斯渥：酒店职业经理人

刚一过上稳定的生活，天资聪慧敏感的嘉莉就对商品档次有了初步的准确判断，当她第一次步入汉南-霍格酒店，见到其经理赫斯渥时，当即就从衣着看出对方的地位，以及他与杜洛埃在品味和层次上的差别。而且，“嘉莉很善于学习有钱人的派头——有钱人的外表。看到一件东西，她立即就想了解，倘使弄到了手便能把自己打扮得怎么漂

① Matthaei, Julie A. *An Economic History of Women in America*. New York: Schocken, 1982, p. 141.

亮”(119)。这种想法也难怪,在一个男性占主导地位的纯商业化社会,女性作为男人的附属品,光倚仗男人的物质财富本身是靠不住的,钱只有花出去,用以提升自己的价值,才具有实实在在的意义,这也就催生了故事中出现的各种消费主义示例。

根据小说描述,汉南-霍格酒店是芝加哥最上等的酒店,这一尊贵地位不单单体现在其绝佳的地理位置、美味可口的菜肴、豪华气派的装修上(这些都是其他酒店可以快速仿效和复制的),更在于其显赫的历史与文化,由此形成的一种“排他性”,可以带给客人心理上的优越感——前来消费的顾客,大多是本城的富贵名流,无形中提升了在此消费的心理价值,而一个外貌英俊、谈吐不凡,在社交圈中拥有广泛认可度的高级经理,也是这种“排他性”的重要保证和象征符号。

当然,赫斯渥虽贵为豪华酒店经理,本质上只是一个高级打工者,并非严格意义上的上流阶层,但他的工作地点的档次和品位,却有助于其个人身份的建构——他的穿着高档考究,举止成熟优雅,并且记得城里几百个有身份的人的名字,能跟他们亲切地打招呼。所有这些特质,都是汉南-霍格酒店重要的无形资产,同时也可以有效提升赫斯渥的个人身价和魅力,弥补其真实的社会权力的不足,从而对同他接触的人形成强烈的吸引力。正如商业伦理学中所说的:“我们需要工作,作为成人的我们找到身份,同时也被自己所做的工作展现身份。如若真是如此的话,我们对自己选择做什么工作来谋生,必须得十分谨慎才行,因为我们做什么工作,就会变成什么样的人。套用温斯顿·丘吉尔的话——我们首先选择和塑造自己的工作,然后工作塑造我们。”①

商业社会的爱情代价

嘉莉与赫斯渥的交往,不仅仅是身体和经济上的需求,也确有情感因素,但在资本主义商业社会,这种关系在本质上具有很大的交易属性:赫斯渥在精神上需要嘉莉这样的女孩子,因为此时的嘉莉不仅外表单纯美丽,而且非常顺从,可以弥补他在家庭中缺少权力的缺憾,即“嘉莉在赫斯渥眼里明显是个高级商品,可以表明他的身份、地位和权力”。②

反观嘉莉,她在跟杜洛埃吵过之后,对方的离去代表着嘉莉经济来源的骤然消失,这是她必须面对的残酷事实。因此,嘉莉明知赫斯渥已有妻室,依然委身于他,部分上是出于对其翩翩风度的迷恋,更大程度上也是出于经济上的切实需要,尤其是“突然地企图为自己寻找一个肉体要忍受种种苦楚的职位”(305)所带来的恐惧感。更重要的是,消费欲望已逐渐膨胀起来的嘉莉,确实需要一个经济地位更高的男人来满足自

---

① DesJardins, Joseph. *An Introduction to Business Ethics* (4th edition). New York: McGraw-Hill, 2011, p. 114.

② 蒋道超:《德莱塞研究》,上海:上海外语教育出版社,2003,第129页。

己——“对嘉莉说来，财富和欢乐的城市生活的场面，唤醒了她要取得更高的地位、生活得更好些的欲望”(167 - 168)。进一步讲，在这样一个商业社会，女性的身份和价值取决于身边男人的物质基础和社会地位，所以嘉莉同男士的交往，等于是将自己作为一项投资工程，开启了一系列提升投资价值的取舍。正是基于这种考量，她果断放弃了推销员杜洛埃，选择了经济条件更好的赫斯渥。

当然，赫斯渥同原配妻子分道扬镳的经济代价非常高昂，这包括资产(家中产业都在太太名下)和收入(名誉受损将导致酒店经理的职位不保)两个方面。事实证明亦是如此——在争吵过之后，赫斯渥只好把去度假的钱乖乖地悉数交给太太，但赫斯渥太太并不罢休，在随后又委托法律事务所联系赫斯渥，要同他商谈有关离婚后对她的赡养及家庭财产问题。

在这种情况下，虽然赫斯渥已经积攒了 40 000 多美元(根据实际购买力计算，这个数目在 19 世纪末实属不菲)，但这笔钱在离异后几乎都要归于太太名下，自己多年苦心经营的财富将消失殆尽，而当下又正是急等用钱的时候。在这种情况下，酒店保险箱里的 10 000 美元的价值就被极度放大。当然，像赫斯渥这样的资深经理人，必然具备一定的职业道德，通常不会轻易冲动、铤而走险，可偏偏那天晚上的各种机缘巧合(包括酒店的出纳忘记锁保险箱、赫斯渥酒劲涌头、第二天就要面临财产诉讼等)，对当事人形成了巨大的诱惑和考验，使他在责任与欲望之间来回摇摆。作者在这一章里对赫斯渥内心挣扎的刻画非常细致，特别是在他犹豫不决时内心两个不同声音的对话，以及来回几次把钞票放进去又拿出来的描写，可说是非常精彩。当他最终决定将这笔钱据为己有之际，便无可挽回地走上了覆亡之路。

纽约：消费主导的奢华都市

德莱塞被认为是对纽约最情有独钟的小说家之一。他之所以对这座城市如此痴迷，是因为纽约“是一个充满鲜明对比的地方，在这里，富人中的富人和穷人中的穷人混合在一起，引发各种各样极端的情景”，[①]而此类反差强烈的情景，特别适合为德莱塞的作品充当故事背景，以展现商业社会的冰冷残酷与人们内心的物欲挣扎。

嘉莉与赫斯渥起初生活的芝加哥，虽然也算得上是一座繁华都市，但同当时“不断加宽、加深、加高的纽约”比起来，依然差距明显：其人口只有纽约的一半，两者在城市资源与发展机遇方面更是不可同日而语——“在芝加哥，政治和商业是成名的两条大路。在纽约，成名的道路何止半百，在每一条路上都有成百上千的人在勤奋追求，所以知名

① 杰西·祖巴：《纽约文学地图》，薛玉凤、康天峰译，上海：上海交通大学出版社，2017，第 106 页。

人士为数不少”(374－375)。因此,在芝加哥勉强还算上流人物的赫斯渥,在纽约这座更大的都市里,却显得微不足道;更可怕的是,纽约的富裕和奢华,对当时已不年轻、随身只剩1 300多美元的赫斯渥造成了巨大的心理压力。

赫斯渥起初投入1 000美元,参股一家酒店,占有其中1/3的股权,但这项投资并不如他想象的那么赚钱,而且他同合伙人的磨合、同酒店顾客的交往,也都不是非常得心应手,以至于他不得不考虑限制嘉莉的开支。当他告诉嘉莉自己目前手头不够宽裕,最好过几天再买衣服的时候,嘉莉虽当即应允,但赫斯渥提及此事的模样和神态,居然让她想起了杜洛埃“以及他总是说就要成交的那笔小生意”(381)。从这番联想可以看出,没有了当初在芝加哥时阔绰洒脱的风度,赫斯渥和杜洛埃其实并没有太多质的不同。

后来经济状况稍为好转,投资的生意能给赫斯渥按月带来之前预计的150美元入账,但也只是能够维持正常的日常开支,在穿着和娱乐上的花销非常有限。此时的赫斯渥只顾着忙于自己的应酬,而嘉莉却绝少有机会参加社交活动,而且跟对门衣着光鲜的万斯太太比起来,嘉莉的穿着打扮显得朴素简单,这让她觉得异常失落。这一切原本应该归咎于女人肤浅的虚荣心,但在当时纽约消费社会的大环境下,反倒显得无比自然合理,甚至让读者也忍不住心生同情。

万斯太太是影响嘉莉心理的一个重要人物,她将嘉莉初到芝加哥时的欲望与懊恼又重新激发出来。这个美丽端庄的少妇时常穿得漂漂亮亮,到百老汇逛街,“置身其间,存心去看人,并且让人家看,以自己的美貌去引起轰动,把自己和本城的时髦的美人相对照,免得在服饰上会有落后的趋势”(395)。这其中,“看人”是为了做一名紧跟时尚的消费者;“被看”则等于把自己给客体化,成为商品的展示者。当时纽约的很多上层女性,都是同时兼具这两者的身份,从而引领消费潮流,驱动城市发展。事实上,整个纽约似乎就是一座被女性消费行为所主导的城市,万斯太太只是其中的一个缩影。当嘉莉头一次同万斯太太一起外出看戏的时候,在走出剧院的那一刻,即被眼前这纷至沓来、冠盖如云的奢华场面所震撼:

> 她从来没有见过。这使她对自己的处境有了一种坚定的看法。要是她自己的生活里不出现这种景况,她就等于没有生活过,说不上享受了生活。女人都挥金如土。她走过每一家高雅的店铺,都看到这样的光景。鲜花、糖果、珠宝,看来正是漂亮的太太小姐们所喜欢的主要东西。而她——她竟没有足够的零用钱来放纵自己每个月上街这样游玩几次。(399)

除了带嘉莉外出看戏、吃饭之外,万斯太太还会向嘉莉介绍最新时尚,诸如奥尔特曼公司的新式衬衫、斯图尔特公司的咔叽裙子……这些都刺激了嘉莉的消费欲,她随即向赫斯渥提要求,后者虽然当场一一应允,但对嘉莉需求范围的逐步扩大并不赞成,这也为后面两人的矛盾冲突埋下了伏笔。

比起芝加哥的餐厅，纽约的高档餐饮业可谓有过之而无不及。以万斯夫妇带嘉莉就餐的秀莱饭店为例，这家餐厅闻名纽约城，但跟赫斯渥先前工作过的酒店相仿，它所依靠的并非美味的菜品，甚至不是豪华的装潢，而是其地理位置、品牌知名度、服务质量：

> 餐桌本身并不怎么出色，可是餐巾上印着“秀莱”这字样，银器上刻着“蒂芬尼”的牌号，瓷器上有“哈维兰”这姓氏，有红灯罩的小枝形灯台照耀着一切，墙上的色泽反映在客人的衣服和脸庞上，使这些餐桌显得十分夺目。(405)

由此导致的结果，自然是昂贵的菜肴和服务价格——“侍者领班拉出每一把椅子的神气，挥手请她就做的姿势，这些动作本身就要值几块钱呢”(405)。可见，以秀莱饭店为代表的高级餐饮业，之所以能够对高端消费者形成巨大的吸引力，菜品和装潢只是必要条件，名气和服务(以及伴随而来的高价格和排他性)才是充分条件。

满足心理的炫耀性消费

从上述示例中可以看出，当时的芝加哥和纽约的服务行业(包括娱乐、零售、餐饮等)，相关消费已经与商品的实际使用价值关系不大，更多的是一种心理满足感，特别是消费行为与社会阶层之间的关联。嘉莉的心路历程即是如此，随着故事的推进，她在衣饰、餐饮、社交等方面的消费欲望持续提升，主要来自对精神享受的追求，以及在消费过程中从他人那里得到的认可和羡慕。在芝加哥担任酒店经理时的赫斯渥，其商业价值也同样体现于此——他其实并没有什么实质性的专业技能，但凭着英俊的外貌、得体的衣饰、优雅的谈吐，就足以展现这家酒店的品质和档次，让顾客相信在这里消费确有所值。而一旦离开这样一个炫耀性消费的语境，他充满魅力的外表将一文不值，甚至在随后的求职过程中成为拖累自己的负资产。

对此，美国政治经济学家亨利·乔治在其《进步与贫穷》(1879)中的相关分析非常切合。乔治认为，人与动物的一大重要区别就是“人是唯一填饱肚子之后欲望还会继续增加的动物；是唯一永不满足的动物”。① 这种欲望不是数量意义的衣食住行，而是质量意义的层次与品味，是在低层次欲望基础上永无尽头的“延伸、提炼、升华”。② 嘉莉在小

① George, Henry. *Progress and Poverty: An Inquiry into the Cause of Industrial Depressions and of Increase of Want with Increase of Wealth*. New York: Robert Schalkenbach Foundation, 1935, p. 134.

② George, Henry. *Progress and Poverty: An Inquiry into the Cause of Industrial Depressions and of Increase of Want with Increase of Wealth*. New York: Robert Schalkenbach Foundation, 1935, p. 135.

说中对生活要求的不断提高，正是这一欲望膨胀过程的生动体现。美国经济学家、制度经济学派的代表人物凡勃伦的论述更是直指女性消费者的特殊地位，在其代表作《有闲阶级论》(1899)中，凡勃伦对"炫耀性消费"进行了专门论述，他格外关注女性在这种消费方式中所起的作用；在他看来，现代女性在公共场合展现出的青春靓丽的面容、优雅得体的举止、价格昂贵的服饰，都说明她们的经济支出源自富裕的有闲阶级，而这一切也是体现其商业价值的显性指标。

由于此类消费的主要意义并不是为了产品的使用价值，而在于消费本身，从而导致一部分商品的价格定得越高，可能反倒愈加好卖，这就是经济学里有名的"凡勃伦效应"。凡勃伦效应因其对消费者心理需求的关注而在经济学领域独树一帜，但它毕竟违背了传统的"理性人"假设，具有一种内在的模糊性，以至于长期不为主流经济学界所认可，直到20世纪80年代才又重新受到重视。在现代商业社会，这一效应有助于拉动消费、活跃市场、增加税收，但与此同时，它也会导致资源的无谓浪费和价值观的极大扭曲——前者属于社会科学的研究范畴，后者则是文学艺术的关切之处，像《嘉莉妹妹》一类的文学作品，正是作家对此所做的思考和探索。尽管德莱塞在小说中并未给出明确的褒贬臧否，更没有什么解决路径，但至少通过生动的艺术刻画，为现代社会的人类提前敲响了警钟。

德莱塞的自然主义财富观

如前所述，赫斯渥在经济上的衰落源于他离开芝加哥而造成的事业中断，德莱塞通过这一人物的境遇起伏表达了自己的财富观，这种财富观同作者的自然主义立场可谓高度一致，即在残酷的商业世界，商人的财富往往只能向两个极端发展，不存在什么中间道路——"一个人的财产或者物质方面的进展和他的身体成长很相似。要不是像青年的成长一般，逐渐变得强壮、健康、聪明，就会像人接近老年时那样变得虚弱、衰老、思想迟钝。没有其他的情况"(413)。像赫斯渥这个年纪(四十岁出头)，正好处于过渡时期，暂且会有一个相对平衡的静态，然后就以加速度走向身体的衰微和财富的消减。

根据德莱塞的财富观，要避免以上悲剧的发生，除非有三种情况，他为此甚至不惜中断小说的故事情节，硬生生插入了两个段落加以详述：① 雇用年轻的聪明人为自己工作，以避免财产耗尽，而且要让这些年轻人把雇主财产的利益看作自己的利益，从而为之竭尽全力(此处指的是所有权与经营权的分离，而且最好给职业经理人一定的股权激励)；② 靠社会或国家的成长而保存下来(此处指的是将企业自身的发展同社会发展挂起钩来，最好同政府之间形成共同的利益链)；③ 提供某种其需求与日俱增的产品(此处指的也许是对稀缺资源的投资和经营，或者是通过高超的营销手段创造和激发消费需求)(413－414)。

以上这三点,身处纽约的赫斯渥显然都不具备,所以他只能一步步滑向贫困和死亡。赫斯渥本人也察觉到了这种变化给自己带来的压抑感,他所能做的就是回忆往昔在芝加哥的光辉岁月,在鲜明的对比之下,只能变得更加抑郁和沮丧。由于酒店的顾客逐渐减少,再加上同合伙人相处不睦,赫斯渥想凑钱自己开一家酒店,为了省钱,他和嘉莉又搬到了一个更小的公寓里。偏偏在这时,酒店所在的地块被转让,新的主人计划在这块地皮上建设现代化的办公大楼,现有的房屋要一概拆掉,所以不会继续租给他们经营酒店,原先投资的1 000美元岌岌可危。在沃伦街酒店最后的三个月,赫斯渥徒劳地找寻新的参股机会,等酒店关门后,他手头只有700美元,此时已不敢进行投资,只好硬着头皮开始找工作,但由于自身年龄、从业经验、外在派头等原因,导致他高不成低不就,非常尴尬。中间再夹杂几次不成功的赌博,更加速了他的毁灭。

纵观赫斯渥在书中的整个人生历程(特别是其财运之起伏),貌似充满各种机缘巧合,但实则有其必然性——在个人出身与社会环境的综合影响下,其命运将注定呈现出这样的一条轨迹,这也正是德莱塞的自然主义思想在文学创作中的体现。

娱乐明星的商业价值

由于赫斯渥在纽约的经济状况越发糟糕,嘉莉不得不外出求职以补贴家用,当她在剧院找到一个演群舞的工作后,反过来还要养活赋闲在家的赫斯渥。自己挣的那点钱,应付日常开支都捉襟见肘,不可能添置新的衣物,这让消费欲望日渐膨胀的嘉莉感到十分沮丧——"当一个男人不管怎样不得已而成为妨碍女人满足欲望的障碍物的时候,他就在她的眼中成为可厌的东西"(485)。由此可以看出,在商业社会,一个男性的价值很大程度上取决于他为女性的消费欲望提供条件,否则将一文不名。赫斯渥的迅速败落与嘉莉事业的蒸蒸日上几乎是同步发生的——嘉莉的周薪很快从12美元涨到30美元,再到刚刚出名时的150美元;两者之间形成鲜明对比,作者似乎是借此表明社会流动性的残酷无情。

嘉莉成名之后,威灵顿酒店的代表主动找上门,殷勤地邀请她过去居住。该酒店当时为纽约新建的豪华宾馆,地处曼哈顿中城,紧邻中央公园,地理位置十分优越。酒店方告诉嘉莉,他们将为她提供一个可以俯瞰百老汇的豪华套房：

> 你今天或明天来,越早越好,我们可以让你挑选漂亮、光线充足的沿街的房间,我们旅社的头等房间。倘使你不满意,隔一个星期来住也行。这由你决定。等你搬来以后,我们保证服务周到,我相信一切都会配你胃口的。你知道我们已经着实

有声誉了。(558)

正常情况下,此类套房的房金应为每天30—50美元(在19世纪末期,这个价位相当昂贵),但嘉莉却只要象征性地交一点即可,其他条件也都极为宽松和灵活。酒店愿意给嘉莉提供如此优厚的待遇,自然是看重其社会知名度所蕴含的商业价值——她的入住可以有效提升酒店在公众心目中的层次,吸引更多的顾客,由此带来巨大的经济收益。与之相比,商家给嘉莉近乎免费的套房成本几乎不值一提。对此,酒店代表讲得非常直白:

> 当然啦,每家旅社都要依靠主顾的名声。像你这样的名角儿……可以吸引人们对旅社的注意,虽然你可能不相信,还可以吸引顾客。现在我们就要有名气。我们是靠它为生的,一般的人都会跟名流走的,因而我们必须要有名流。这一点你自己也看得出(558)。

酒店的这一做法是对明星经济的极好诠释。20世纪初的美国,娱乐业与商业之间的对接已初现端倪,后者尝试将明星与产品联系到一起,发挥人们对两者之间的"移情"作用,以此吸引顾客、提升业绩。此时影响消费者的因素,已不仅仅是产品的内在价值,而是一定的认同感与从众心理,属于精神消费的范畴。就威灵顿酒店而言,其所处的地段、客房的舒适度、服务的质量等因素固然重要,但尚不足以使之成为行业翘楚,只有像嘉莉这样的社会名流入住其中,才可以进一步提升其品牌价值。

从中我们也可以看出,成名后的嘉莉,其实际收入并不限于因演出而直接所拿的薪资,还包括其他形式的间接收入与隐性福利,以至于在她尚未拿到第一笔高薪时,就已经开始"享受到了金钱所能买到的一切奢侈品"(564)。这一切,源于她地位和名望的上升,以及由此产生的人们对她未来身价持续增长的信心。这就像是信用经济一样,让嘉莉在手头还没多少现金的情况下,就可以从未来的预期中提前受益,满足当下的消费欲望。

《麦琪的礼物》：礼物中的消费意识

欧·亨利(O. Henry)出生于北卡罗来纳州，他从小家境比较贫困，年轻时曾做过多个职业，包括歌手、戏剧演员、药剂师、绘图员、记者、出纳员等，尤其是在得克萨斯州的第一国民银行当出纳员的经历，使得他对银行业的日常运营颇为熟悉，并把好几部短篇小说的故事背景都放在美国西部的银行里。

欧·亨利的商界经历一直都伴随着厄运。1894 年，他出资买下一家周刊，借此将其创办成《滚石》杂志，但该刊次年即宣告失败，同年年底又因所管理的账户被联邦银行查出问题而被迫辞职，随后到《休斯顿邮报》担任记者并撰写专栏稿；1896 年，他受到盗用公款的起诉，本来案情并不严重，但他在临传讯前却远逃洪都拉斯，次年因为妻子病危而返回美国，随后被捕入狱。在狱中的欧·亨利为了满足女儿的生活和教育开支，开始写小说挣钱。当初之所以选择写短篇，其实也是无奈之举，因为短篇小说写起来速度快，发表也灵活，短期即可收到稿酬。

出狱后的欧·亨利已是颇有名气的作家，移居纽约之后出版了短篇小说集《四百万》(*The Four Million*，1906)，其中包括他最著名的几篇作品，如《麦琪的礼物》("The Gift of the Magi")、《警察与赞美诗》("The Cop and the Anthem")等。第二段婚姻结束后，欧·亨利的经济状况开始走下坡路，为了缓解经济困难，他又开始以极快的速度撰写短篇小说，但作品质量已是参差不一，既有《最后一片叶子》(*The Last Leaf*)这种震撼人心的经典，也有更多的平庸之作。

与同时代的"黑幕揭发者"着力揭示企业伦理所不同的是，欧·亨利更多地关注商业大潮冲击下的家庭伦理，虽然相形之下，这一视野难免狭窄了些，但对我们深入理解当时的美国社会历史和商业状况具有同样重要的作用。

送礼过程中的"无谓损失"

在《麦琪的礼物》中，在纽约工作的职员吉姆和妻子德拉靠一点微薄的收入艰难度日，家里只有两样珍贵的东西，就是吉姆祖传三代的金表和德拉的一头浓密秀发。圣诞前夕，手头拮据的两人都想为对方送上一份礼物。结果，德拉卖掉自己的秀发买了一条白金表链，而吉姆卖掉自己的金表买了一套精美发梳，两人在短暂的惊讶之后旋即沉浸在爱的感动中。毫无疑问，《麦琪的礼物》是一个感人至深的故事——从表面上看，这对年轻的夫妇在互备礼物的过程中，由于彼此的信息错位，“极不聪明地为了对方牺牲了他们一家最宝贵的东西”(6)，[①]但在作者看来，“在所有馈赠礼物的人当中，那两个人是最聪明的。在一切接受礼物的人当中，像他们这样的人也是最聪明的”(6)。

可如果我们将夫妻之间的情感因素排除在外，单从经济学的角度看，两人的举动确实不够明智，因为此举产生了相当高的“无谓损失”(deadweight loss)——美国应用经济学家瓦尔德弗格尔(Joel Waldfogel)曾在 1993 年发表的《圣诞节的无谓损失》一文中指出，赠送礼物实质上是一种替对方做主的消费行为，然而送礼者购买的东西未必是收礼者所喜欢的，两者之间会产生价值上的落差，该落差即“无谓损失”。可以预见的是，圣诞礼物的无谓损失常常是最严重的，瓦尔德弗格尔甚至将之称为“一场价值毁灭的狂欢”；后来，他又在《小气鬼经济学：为什么你不应该为节日买礼物?》(2009)一书中对此话题进行了更为详尽的阐述。

瓦尔德弗格尔在研究中采用礼物的价值和价格之间的比率，称之为“礼物产出率”。毫无疑问，该产出率越高，礼物的实际价值就越贴近最初购买时的价格，“无谓损失”相应就越小。根据统计，“无谓损失”通常可以达到礼品原先价格的 10%—30%，其平均值为 16.1%，而对故事中的吉姆和德拉而言，该损失近乎 100%，可说是十分惨重。

礼物中的消费意识

抛开“无谓损失”不谈，单从社会文化角度进行审视的话，我们也可以认为这对可怜的年轻夫妇在互赠礼物时的所思所为受到了现代消费意识的影响甚至奴役。

节日馈赠礼物的传统在西方社会由来已久，但一直处在相对“个人化”的阶段，相关礼品要么是现成的物件，要么来自手工自制，偶有购买行为也难成规模。可是“随着 19 世纪末美国资本主义的发展和消费文化的兴起，礼品很快成了商品，走进了百货公司，并且具备了商品的一般属性”。[②] 节日前夕，广大商家为了推动消费，不遗余力地进行宣传炒作，使之变成一种深入人心的消费行为。当时美国的工业经济快速发展，商品供应的种类和数量都得到极大丰富，要想把这些商品销售出去实现利润，商家需要想方设法营造各种噱头和卖点，以刺激顾客需求，因此自然不会放过蕴含巨大商机的“节日经

① 作品原文引自欧·亨利《欧·亨利短篇小说选》，王永年译(人民文学出版社，2003 版)。

② 朱刚：《重读〈麦琪的礼物〉》，《外国文学评论》2001 年第 2 期，第 47 页。

济”，其中以感恩节和圣诞节尤甚。与此同时，随着城市生活方式的深入人心，加之以百货大楼为代表的零售业态日渐成熟，相应的消费文化也开始兴起并渐趋成熟。

在“节日经济”中，礼品的购买与馈赠充当了重要的组成部分。它不仅是家人、朋友、合作伙伴之间维系关系、加强情感的有效方式，还可以成为判断当事人（即礼物的购买者和馈赠者）的经济水平、社会地位、个人品位等的重要指标。特别是城市女性在圣诞消费中的购物行为，具有极为特殊的意义，20 世纪初的美国，城市女性的价值不再局限于操持家务、相夫教子上，像购物、送礼这类社会活动，能够更加直观地体现出她们的细腻情感与独到眼光。拿德拉来说，她一心想给丈夫买一份精美的圣诞礼物，在搜遍全城的各个商店之后，看到那条质朴美观的白金表链，“她一看到就认为非给吉姆买下不可”(3)；而且购买表链的钱并非来自丈夫的薪水，而是自己平日积攒的零钱和卖掉头发的收入，这就显得愈发珍贵，因为它体现出女主人公的某种自主性。因此可以说，故事中德拉的这一做法，既是对丈夫爱意的一种传达，也是对自我价值的一种肯定。

感性消费的快乐与代价

如前所述，在 19 世纪末、20 世纪初的美国城市，消费已经成为女性的一项主要的社会活动——至 1915 年，女性顾客已经占据全美消费品购买量的 80%—85%。[1] 值得注意的是，这一阶段“女性的消费心理也产生了变化：消费行为中理性成分所占的比重越来越小。女性消费时与其说凭理智购物，不如说凭感觉享受，因为她购买的对象除了消费品之外，还包括消费品给她带来的虚荣和消费行为带来的兴奋”。[2] 也就是说，此时产品内在的实用性和性价比等因素已退于次席，购物的心理体验变得重要起来，礼物的购买尤为如此。

为了迎合女性消费者的这一心理，当时的百货商店特别重视商品的陈列方式，尤其是橱窗的外观，因为它能赋予内里商品更多的含义与附加值，以吸引更多的顾客入内消费——“橱窗总体上常常比其中的货品更为重要：它们传达了喜庆、活力、美丽和奇幻，展现出个体商店的鲜明特色和商店生命中的内在可能性”。[3]

此外有一个颇为有趣的现象：这种消费愿望的强烈程度，常常跟当事人的实际收入水平并不呈正相关关系。从经济学的视角看，对于相当一部分商品而言，收入本就不是

---

① Leach, William R. “Transformations in a Culture of Consumption: Women and Department Stores, 1890—1925.” *The Journal of American History*, 71. 2 (1984), p. 333.

② 朱刚：《重读〈麦琪的礼物〉》，《外国文学评论》2001 年第 2 期，第 48 页。

③ Leach, William R. “Transformations in a Culture of Consumption: Women and Department Stores, 1890—1925.” *The Journal of American History*, 71. 2(1984), p. 325.

影响消费观念的主要因素，有时心理因素的作用可能更大。在19世纪末、20世纪初的美国，随着大规模工业生产的普遍化，一部分原先对普通阶层而言高不可攀的商品，如今变得触手可及，即使有的价位依然偏高，至少咬咬牙也买得起，而当时刚刚兴起的赊购制度也起到了推动作用，这对一般消费者是一个莫大的鼓励，让其产生出比富裕阶层更为强烈的购买欲。之所以产生这种貌似反常的现象，是因为对这些人而言，只要购买了某种跟上层人士同一档次或品牌的商品，他们就会随之产生一种自我肯定的快感和"平等化"的幻觉。女性消费者尤为如此，"由于商品的麻醉作用，能给人以暂时的精神解脱，所以生活窘迫的女性购物欲往往更加强烈"。[①] 故事中的德拉就是在这种强烈欲望的驱使下，没有太多考虑商品内在的实际功能和自身的支付能力，而是尽情享受愿望满足时的愉悦感。

当然，由于自身的支付能力毕竟较弱，这一欲望不可能频繁得到满足，所以普通阶层的女性只能选择偶尔的"放纵"。这也正是德拉所为——在手头只有1.87美元时，她居然卖掉一头秀发，购买价值高达21美元的商品，而且作为礼物的这条表链，其实并非生活必备品，只是为了满足丈夫（归根结底是自身）的心理需求，用它来替换吉姆原先手表上寒酸的旧皮带，让他"在任何场合都可以毫无顾虑地看看钟点"(3)。这种思维和行为，正是典型的"非理性消费"，一般表现为消费者对商品的情绪价值的重视程度远远超过对其机能价值的重视，因此他不按追求效用的最大化进行消费，导致购买时没有考虑自身收入的约束，或是不按边际效用递减规律进行消费，或是对消费品本身的判断认识不足等。

应该说，"非理性消费"并非一无是处，至少在满足精神愉悦方面，它具有不可替代的作用。可是感性消费过程常常伴有一定的冲动性（就德拉而言，尽管购买圣诞礼物是计划已久的事情，而非临时性的突发行为，但其中依然有明显的"冲动消费"成分）。这种冲动性会导致购物者因消费行为而产生的短暂愉悦感之后，陷入一种莫名的负疚感（这不仅仅是指由于经济损失而产生的悔意）——德拉刚刚从商店回到家，内心的陶醉就"有一小部分被审慎和理智所替代"(3)，于是用卷发铁钳烫出一个个小发卷，以"补救由于爱情加上慷慨而造成的灾害"(3)，其实就是这一心理的外在投射。

现代商业社会的残酷无情

需要指出的是，这部短篇小说的诸多细节都透露出现代美国商业社会的残酷无情与世态炎凉——故事中个人的身份与价值几何，完全取决于你的收入多少。比如说，作

① 朱刚：《重读〈麦琪的礼物〉》，《外国文学评论》2001年第2期，第48页。

者在提到主人公租住的寒酸公寓时，专门提到信箱的名片上印着“詹姆斯·迪林汉·扬先生”，完整的名字显得相对比较庄重，代表着这对年轻夫妇对未来的热切期待：

> “迪林汉”这个名字是主人先前每星期挣三十块钱的时候，一时高兴加在名字之间的。现在收入缩减到二十块钱，“迪林汉”几个字看来就有些模糊，仿佛它们正在考虑，是不是缩成一个质朴而谦逊的“迪”字为好。(1)

收入略高的时候，一个人尚有信心用完整的中间名来显示自己的分量，可一旦收入减下来，似乎就配不上这样的名字了，最好夹起尾巴低调一些，这充分体现出物质财富对个人价值的界定与衡量功能。无怪乎马克·吐温曾这样评价金钱对美国人的思维造成的消极影响：“在世界上任何地方，贫穷总是不方便的。但只有在美国，贫穷是耻辱。”事实上，这句话适用于任何一个物质主义横行的社会，只不过高度商业化的美国在这方面先行了一步。

当然，尽管作者对资本主义物质主义和消费文化深为担忧，但在这部小说里，他还是以一种极为温情的方式传递出夫妻之间的真爱，这种爱具有普遍的意义和力量，所以吉姆和德拉作为深受消费意识奴役的小人物，并不妨碍我们沉浸其中的感动。

《屠场》：企业社会责任的缺失

厄普顿·辛克莱(Upton Sinclair)是美国社会活动家和左翼作家，以现实主义小说闻名于世。他出生于马里兰州的巴尔的摩，母亲一方的家世颇为显赫，但其父亲只是一个卖酒为生的商贩，收入原本就十分微薄，又因自身酗酒，把有限的积蓄几近耗光。每当家里付不起房租时，母亲便带着厄普顿到富裕的外祖父家或姨妈家居住，两种环境之间的鲜明反差，使得少年时的辛克莱对贫富差距和阶级差异有着直观的感受和敏锐的洞察。

辛克莱先后在纽约市立学院和哥伦比亚大学求学，他在青年时代即参与社会政治活动，同时坚持文学创作，其代表作有《屠场》(*The Jungle*，1906)、《煤炭大王》(*King Coal*，1917)、《铜支票》(*The Brass Check*，1919)、《石油》(*Oil!*，1927)、《波士顿》(*Boston*，1928)、《龙牙》(*Dragon's Teeth*，1942)等，书中内容大多指向当时横行美国社会的政治腐败与商业丑闻。辛克莱的作品意义重大，对美国的行业法规、商业伦理、劳资关系等都产生了深远影响。

"进步时代"的黑幕揭发者

现代美国的新闻媒体一直以报道事实真相、批判社会痼疾为己任——"从20世纪初开始，矛头指向正在兴起的大财团和其所代表的思想观念、生活方式的文学和其他写作蔚然成风。有的偏重于揭露社会的种种不公和劳动人民的苦难生活；有的提出各种改良方案"。[①] 在这些作者当中，以"黑幕揭发者"的社会影响力最为显著。

"黑幕揭发者"是美国"进步时代"的一个特有称谓，专指揭发政治腐败和商界丑闻的记者和纪实性作家，意在鼓励公众就不道德的商业行为向政府施加压力，推动相关政策法规的出台，以对其加强监管。这种"在言论自由的保障下自下而上、自上而下全社

---

① 资中筠：《20世纪的美国》，北京：商务印书馆，2018，第70－71页。

会自我揭短、互相揭短的批判传统，促成了持续的渐进的改良”。[①] 当然，这些揭发行为不可能彻底解决所有的社会问题，但至少起到了自我反省、警示世人的目的。当时较为出名的“黑幕揭发者”包括斯蒂芬斯（Lincoln Steffens）、菲利普斯（David Graham Phillips）、塔贝尔（Ida Tarbell）等，不过要说影响力最大者当属辛克莱。

辛克莱对“进步时代”备受美国人推崇的商业大亨们几乎逐一进行了揭露和批判——他很早便批评摩根（J. P. Morgan）是1907年“华尔街恐慌”的背后元凶；《煤炭大王》取材自1913—1914年的科罗拉多煤矿工人大罢工，这部小说将矛头指向小约翰·洛克菲勒，认为他在“勒德罗大屠杀”中扮演了极不光彩的角色；该作品的续集《煤炭战争》（*The Coal War*，1976）继续描写煤炭工人的工作条件；《石油》中主人公邦尼的父亲身陷行贿丑闻，其历史上的人物原型即为美国石油大亨多汉尼（Edward L. Doheny）；《小汽车之王》（*The Flivver King*，1937）中揭示了福特（Henry Ford）的发家史。

金融、煤矿、石油、汽车……这些都是美国的支柱产业，为这个国家的经济腾飞贡献巨大；摩根、洛克菲勒、多汉尼、福特……这些美国财富的缔造者，凭借其传奇的创业经历，成为当时备受推崇的殿堂级人物。然而不幸的是，对于资本家在发家和扩张过程中犯下的各种原罪，对于“资本来到世间，从头到脚，每个毛孔都滴着血和肮脏的东西”，人们却轻易地将之忽略甚至遗忘。辛克莱通过自己敏锐的观察和细腻的笔触，将这一切予以还原，并血淋淋地呈现在文学作品中。

1904年，一份名叫《诉诸理性》的周刊以500美元的价格邀请辛克莱撰写一部有关美国劳工状况的连载小说。亟待用钱的辛克莱欣然应允，随即来到了当时全世界肉类加工业的中心芝加哥；他以卧底的方式跟屠宰场工人同吃同住七周，为自己的作品收集资料、寻找灵感。1904年圣诞节，辛克莱开始动笔书写一个令人悲怆的故事，此即后来的小说《屠场》。这部作品是他漫长的“黑幕揭发之旅”的第一站，也是最重要的一站，故事以立陶宛移民约吉斯为主人公，描写了芝加哥联合屠宰场的工人的悲惨生活；小说反映了20世纪初芝加哥肉类加工业的真实状况，内容涉及商业腐败、劳资关系、劳动环境、食品安全等。

松散的政府监管

19世纪末、20世纪初的美国奉行自由放任主义，过度信赖市场这只“看不见的手”——人们认定供需关系与价格机制可以自动调节经济，从而实现每个人的最大利

① 资中筠：《20世纪的美国》，北京：商务印书馆，2018，第19页。

益。在这一理念下,政府刻意同市场和企业保持一定距离,绝少对企业运营进行监管和约束,而是任其疯狂生长、恣意妄为。与此同时,英国哲学家斯宾塞(Herbert Spencer)的社会达尔文主义思想传入美国。此时正逢美国工业化突飞猛进的阶段,社会进化论鼓吹的那一套弱肉强食、适者生存的丛林法则颇受资本家欢迎,因为它"恰好迎合了这些暴富者的敛财心理,为他们的恶意竞争与残酷剥削行为提供了理论依据"。[①]

事实上,经济生活中的很多事情(如工人的基本工资待遇、工作场所的安全和卫生、对消费者基本权益的保障等),并不能完全交由市场调节,而需要强制性的政府标准。这些标准的制定,必须依据相关的科学知识和当时的具体情况,以克服由于信息不充分而导致的市场失灵。正如德贾斯丁所言:"标准避免员工非得在工作与安全之间被迫做出选择。标准通过事先预防、而非事后赔偿的方式,也可以解决第一代问题。最后一点,标准从根本上讲是一种社会方法,能够解决为市场所忽略的公共政策问题。"[②]

遗憾的是,当时的美国政府出于政治理念和现实利益的考虑,并未承担起自己的相关职能,即使是最为基本的卫生防疫程序,也只是敷衍了事。例如,《屠场》中的稽查员就是一个典型的不负责任的政府官员形象——此人一面冠冕堂皇地讲述病猪可能带来的危害,一面玩忽职守,随意在未经检验过的死猪身上盖印:

> 在宰好的猪送入冷藏室之前,先得经过一个政府稽查的检验,那人坐在门道里,用手摸一下猪脖子上的颈腺,看看有没有结核病。这个政府稽查的态度逍遥自在,一点没有累得半死的样子,显然他并不害怕那只猪可能在他做完检查工作之前就要在前面通过。你要是个好交际的人,他倒是很愿意跟你聊一会儿天,向你解释患有结核病的猪肉里所发现的尸毒是何等可怕,吃了能致人死命;可是当你跟他谈天的时候,你大概不会那么不识好歹,竟然去注意有十几只死猪在他跟前通过,他甚至连碰都没碰一下。这位稽查穿着钉有铜纽扣的蓝制服,有他在场,倒是给现场增添了威风,而他也确实威风凛凛地将检验合格的官印打在达勒姆公司出品的一切东西上。(50)[③]

当偶然出现一位认真负责的稽查员,判定一批公牛含有结核菌时,屠场主居然能够让此人在一周内丢掉工作,他们甚至强迫市长撤掉整个督查处,以至于"从那以后,对这方面的贪赃舞弊行为连做做干涉姿态的人也没有了"(128)。根据辛克莱在小说中的记述,屠场方面每星期花费高达数千美元的费用,专门用于贿赂相关的政府部门,让自己

---

① 李颜伟:《〈屠场〉与厄普顿·辛克莱的历史选择》,《天津大学学报》(社会科学版)2011年第5期,第472页。

② DesJardins, Joseph. *An Introduction to Business Ethics* (4 th edition). New York: McGraw-Hill, 2011, p. 139.

③ 作品原文引自厄普顿·辛克莱《屠场》,萧乾、张梦麟、黄雨石、施咸荣译(人民文学出版社,1979年版)。

出产的结核病牛和霍乱病猪得以顺利通过卫生检查，由此可见当时政商勾结的程度之深，亦可想象有多少含有病菌的猪牛肉进入市场并被消费者食用。

强大的企业托拉斯

在缺乏政府监管、过度自由宽松的状况下，诸多行业实行垄断经营，形成一个个势力庞大的托拉斯，它们反过来排挤自由竞争、托高产品定价，这对自由资本主义是一个极大的讽刺。托拉斯于1879年首先出现于美国，即美孚石油托拉斯。尽管早在1890年，美国国会即通过《谢尔曼反托拉斯法案》，以避免此类业态一手遮天、操控市场，但政府并未真正有效运用这一工具，而是敷衍了事甚至姑息纵容。至辛克莱开始撰写《屠场》的1904年，美国总共有318家工业托拉斯吞并了5 300多家企业，占据全国加工业资本额的40%。

辛克莱从1902年即开始关注托拉斯问题。在《屠场》中，他先借约吉斯的视角，展现了牛肉托拉斯的基本形态与操作方式：

> 这时，他已经了解到，原来罐头镇并不是许许多多公司形成的，它实际上是一个大公司——牛肉托拉斯。各公司的经理每个星期都碰头，相互交换情况。全屠场的工资都是划一的，效率的标准也是统一规定。约吉斯还听人说，屠场采购生牛以及出售肉品的价码也是划一的，不过，他对这些既不懂，也不关心。(149)

很明显，托拉斯这种业态可以通过对资源的共享和对标准的垄断，大大压低运营成本、提高生产效率，从而实现对工人的加倍剥削，以及对工会的有效应对。无怪乎约吉斯因殴打工厂主康纳而登上黑名单之后，整个罐头镇没有任何一家工厂愿意雇用他。

当然，托拉斯的危害不仅于此——它们在压榨工人、垄断价格的同时，甚至可以凭借强大的势力躲避法律制约、影响政府决策。小说中的老社会党员奥斯特林斯基向约吉斯解释道：

> 托拉斯就是个巨大的屠宰手，它是依附着资本主义精神的肉身……它经常使用的手段是贿赂与舞弊。芝加哥的市政府只不过是这个托拉斯的支店。它公开成亿加仑地盗窃市里的自来水，它命令法院判处罢工工人以扰乱治安罪，它不许市长执行不利于它的"建筑物法"。在首都，他们依靠权势可以制止对它的出品进行检验，可以假造报告，违抗关于回扣的法规。当政府要来调查时，它声言要焚毁账簿，让替托拉斯犯法的人逃到国外。在商业界，托拉斯是一辆加干纳特神车，它每年使

成千的小企业倒闭，把许多人逼得发疯自尽。它压低牲口的牌价，摧毁了全国各州赖以为生的畜牧业。成千家肉食店的店主，由于拒绝经售它的肉而歇业了。它把美国划作若干区，在这些区域内，肉价一律由他们来定。它拥有全部冷藏车，对家禽、蛋类、水果和蔬菜业勒索巨额费用。每个星期都有数百万元的收入源源而来。它又向四面八方伸手企图控制其他企业——铁路、电车、煤气、电力、皮革及谷物业已经为它所掌握了。(454-455)

奥斯特林斯基的这番话道出了托拉斯的巨大危害——它们不仅垄断市场、榨取钱财，还腐化官员、违法乱纪，甚至能够干涉政府决策，成为真正统治美国的力量。因此可以毫不夸张地说，"当时的美国存在有两个政府，一个是宪法产生的政府，一个是商业产生的政府。为了维护资本家的个人利益，宪法政府只惩罚个人的暴力犯罪，但对侵害公众权力的欺诈行为则进行包庇"。[①] 由此产生的结果，自然是企业对各种社会责任(包括对社会、员工、顾客、环境的责任)的极度漠视。

流水线生产与劳资关系

小说中的屠宰场实行的是流水线生产与计件工资制相结合的方式——前者可以保证生产效率，缺点是工人在简单重复的生产过程中容易感到乏味厌倦(而工厂主对工人的感受并不关心)；后者可以保证个人的生产积极性，缺点是由于过度追求速度，可能造成产品质量上的瑕疵(而工厂主对食品卫生也并不关心)。

约吉斯一家刚到芝加哥不久即参观当地的宰猪厂，他们惊讶地发现在整个生产流程中，算上屠宰、刮毛、锯骨、处理内脏、腌肉、熏肉等步骤，一头猪就要经过几百人之手来收拾；宰牛厂的生产过程有过之而无不及，流水线上的工人，其专业化分工之细、熟练程度之高、相互衔接之紧密，令约吉斯叹为观止：

他们的工作强度极高，简直是在奔跑——那速度除了足球赛之外，很难找到其他东西与之相比。这里的劳动都是高度专门化的，每一个人都有自己的专门工作；一般说来这类工作只是在牛的特定部位戳两三刀，每个工人得顺着一溜十五到二十个牛体工作，在每一只牛身上戳那么两三刀。最先动手的是"屠宰工"，给牛放血；整个动作只是快如闪电的一刀，快得都看不清——只看见刀光一闪，你还没弄清楚这是怎么回事儿，那个屠宰工已经向另外一溜牛体蹿去，接着一股鲜红的血流

① 刘海平、王守仁主编：《新编美国文学史》(第2卷)，第322页，上海：上海外语教育出版社，2002。

到地板上。(53)

至于如何计酬，极具讽刺意味的是，一方面，工厂执行严格的计件工资制；另一方面，工厂又采用极不合理的计时方式：

> 他们中间要是有人迟到一分钟，这个人就得被扣掉一个小时的工资；他要是迟到几分钟，就会发现自己的铜牌已经翻了过儿，此后他就得加入厂外饥饿的失业队伍，每天早晨在罐头厂的大门口从六时一直等到八时半。(26)

由于严重失衡的劳动力供需关系，厂方没有任何改善劳动环境、提高工作待遇的动力，而广大工人也不敢有半句怨言——如果有谁不想干，后面有大量海外移民正在排队等候，愿意以更低的薪酬接手工作。可以看出，在资本主义生产关系中，雇佣工人表面上拥有选择的自由，可以自行决定是否工作、在哪里工作，但这只是一种虚幻的自由，因为"在资本主义社会要想生存只有通过付出劳动来换取报酬，劳动者对于工作或雇主几乎没法选择"。[①] 尤其是在20世纪头十年，总共有880万海外移民涌入美国，他们大多到纽约、芝加哥这样的大城市谋生，在工厂里从事没有技术含量的重体力劳动，薪水非常之低。根据美国历史学家汉德林(Oscar Handlin)的统计，在1900年(即《屠场》所处的时代)，如果在工厂从事同样的劳动，意大利移民的收入为美国本地人的84%，匈牙利移民为68%，其他欧洲国家的移民则只有54%。至于此外的各种基本福利(如带薪病假、劳动保险、失业津贴等)，更是无从谈起。

即使工作环境恶劣、劳动薪水微薄，工人依然无法确保手头的饭碗，例如约吉斯在屠场(以及后来的收割机厂)均遇到过工厂的"季节性停工"甚至关闭——由于市场需求有限，产品有时会供大于求，于是为了控制运营成本、保全自身利益，工厂往往选择即刻停工，在此之前却不给工人透露半点消息，致使后者在毫无准备的情形下即失去工作和收入来源。具有讽刺意味的是，工人之前的生产效率越高、产量越大，出现这种局面的可能性就越大。这种情况折射出资本主义生产的混乱无序，缺乏必要的计划与调控，同时也暴露出资本家对工人的额外剥削——在正常情况下，如果一家企业由于产能过剩而选择放慢或停止生产，工人至少在合同期内有权继续享受相关的基本待遇，由此产生的成本，本应是企业运营成本中必要的组成部分，然而在没有劳动权益保护法的情况下，工厂可以随时停工，不必支付工资以及任何形式的补偿，等于将这一成本完全转嫁到了工人身上。

在小说中记载的1904年9月芝加哥屠宰场大罢工中，工厂主对工人的诉求始终表

① 詹姆斯·富尔彻：《牛津通识读本：资本主义》，张罗、罗赟译，南京：译林出版社，2013，第15页。

现得非常强硬，这不仅仅是因为当时美国工会的斗争经验尚不成熟，更重要的原因在于劳动力的过剩。由于流水线生产的专业化分工很细，多数岗位上的工人只需固定完成其中的一道工序即可，因而不需要太高的技术含量。在这种情况下，罢工工人留下的空缺，可以很快由新移民、黑人甚至从监狱里释放出来的囚犯快速顶替，这些人能够以更低的工资、近乎相同的效率完成工作。因此，工厂主对现有工人的加薪诉求和罢工威胁完全不在意。

房屋销售中的欺诈

拥有一套属于自己的住房是美国梦的重要组成部分，约吉斯一家亦不例外。刚刚到芝加哥找到工作不久，他们就被一张设计精美、画面温馨的售房广告所吸引：

> "为什么要付房租?"这张用三种文字写的广告问道，"为什么不住自己的房屋?你可知道你能用低于房租的钱买一所房子吗? 我们已经修建了几千幢房屋，现在都有幸福的家庭住在里面。"这样画中的意思就很有说服力，描绘的是结婚后住在不用出房钱的自己房屋中的家庭之乐。(61)

通过吸引眼球的问题开头，是商业广告词的常见模式，而将购房与租房的利弊并置在一起进行对比，更强化了其中的含义。该广告上的房屋定价为 1 500 美元，首付 20%(即 300 美元)，此后每月需还款 12 美元，共计 8 年零 4 个月还清。尽管对于约吉斯一家而言，300 美元不是个小数目，但东拼西凑总还拿得出来——住房毕竟是他们的基本需求，即使不买房，他们也需要租房住，而每月租金至少也得 9 美元；两相比较，自然租不及买，起码将来可以获得自有产权的房屋。于是，约吉斯一家咬咬牙买下了这套房屋，殊不知正中了房屋代理人的圈套，也给自己套上了沉重的经济枷锁，房子从美国梦的象征变成了一种经济负担。房屋代理人在此过程中施展的伎俩主要包括以下方面：

(1) 故弄玄虚，鼓动购买。为了敦促约吉斯一家尽快做出看房决定，代理人在夸赞这一批房屋的优点之余，故意谎称"事实上，到底有没有未售出的房屋剩下，他还不十分有把握；因为代理人已经带了那么多人去看了房屋，公司很可能已经把房屋售完了"(63)。当他看见伊莎比塔大娘闻此消息十分懊丧时，又故意迟疑片刻，然后跟进说"如果她们的的确确要买一所房子，他可以自己出钱打个电话去替她们留一所"(63)。这种操作方式导致原本犹豫不决的客户根本无暇做出综合衡量与清晰判断，从而在仓促之间做出不理智的购买决定。

(2) 以旧充新，欺瞒顾客。奥娜实地看房时，发现眼前的房屋跟广告上画的存在明显差异，不仅体积小、外观丑，周边的环境也乏善可陈；更糟糕的是，这栋房屋并非原先设想的新建房，已有足足15年历史，只是新上了一层油漆，乍一看还算显眼而已，而且油漆用的还是次货，每隔一两年就得重涂。事实上，这是营造公司使用廉价材料批量建造的房屋，专门靠欺骗穷人发财，约吉斯一家是该房建成后的第五家购买者，而此时的价格已是当初建造成本的三倍。

(3) 隐瞒利息，保证交易。在交易时，约吉斯一家只知道交纳过300美元首付后，需要以月供的方式（每月12美元）偿还余额（即欠款的本金），并不知晓除此之外还有高额的利息，以及各种名目的保险与税费，更不知道在按揭贷款的过程中，他们只是拥有房屋的使用权，一旦未能按时付款，房屋将立即被没收。为了避免因此让顾客望而却步，购房合同的主体部分只言及每月还款的本金部分，并未提及利息，导致约吉斯一家低估了实际还款额，从而做出超出自身支付能力的购买决定，这就为后来房屋的被没收埋下了祸根。果然，约吉斯后来出狱返家时，惊讶地发现自家房屋已被一家爱尔兰人买下，这也象征着约吉斯美国梦的彻底破灭。

(4) 霸王条款，明售实租。由于新移民不了解美国国情和相关的政策法规，甚至连英文水平尚不过关，所以房屋代理人诱骗他们签署其根本看不懂或者暗藏各种玄机的协议，例如，购房合同上明确写着"甲方因此立此契约，同意租给上述双方的乙方"以及"每月租金十二元，时间共八年零四个月"(68)的字样。这就意味着在还清全部欠款之前，这栋房屋实质上只是"出租"给约吉斯一家，他们并不拥有产权，房子可以随时被收回。

总之，售房公司和房屋代理人以各种手段将低劣的房屋以高价推销给初来乍到、没有经验的移民。尤为阴险的是，售房公司重点聚焦的目标客户，往往是他们预判以后很可能无力还贷的购房者，如此一来，他们就可以在日后合法地收回房屋，然后稍作翻新，再卖给新的顾客，实现利润的不断翻滚。居住于此多年的邻居玛尧兹吉恩奶奶深知此中伎俩，她向约吉斯一家解释道：

> 尽管房价是这么低，可是卖出的时候公司早就断定买主是出不起钱的。一旦买主交不上房价——即使只有一个月交不上，他们就失掉房子的所有权和已交的房款，然后，公司又可以转手把房子卖给旁人。(89)

玛尧兹吉恩奶奶家是少数偿清贷款、获得产权的购房者——她的儿子是一个收入相对较高的熟练工人，而且始终未曾娶妻成家，靠着极为节俭的生活方式，最终才设法把房贷还清，也因此让售房公司的计划落空。

书中这种因一时无力偿还欠债便随即失去不动产的状况，直到几十年后小罗斯福当政时才有所改观，在此之前，美国的相关法律一直都是保护债权人的，而在小罗斯福担任总统后，美国政府开始着手保护处于弱势的债务人，特别是通过了《房产主贷款法》(1934)，"规定以房产做抵押品的房产主无力偿还欠债时可以其抵押品转借由政府担保的国债，从而使许多人保住了住房"。[①]

遗憾的是，20世纪初的美国政府对此类现象尚未有任何干涉，来自工人阶层的购房者只能任由售房公司欺骗和宰割。事实上，在《屠场》的世界里，不仅售卖的房屋暗藏各种欺瞒，其他商品亦不例外。约吉斯一家在住所附近购买的牛奶、药物、食品等，全都掺过杂质，顾客明知如此也无计可施；就连工人上班乘坐的电车，也巧立名目钻法律的空子，为的是多收乘客的车费。显然，此时的自由资本主义一味推崇竞争和利润，其弱肉强食、适者生存的丛林法则必然导致物质至上、唯利是图的价值观，职业道德甚至法律规则只能被无情践踏。

资本主义的破坏力

约吉斯一家背井离乡来到美国，本想通过诚实劳动过上理想的生活、实现心中的美国梦，最终却走向家破人亡的境地。从他们的经历中，我们可以看到不受监管的资本主义所蕴含的破坏力，特别是对家庭生活、法律法规、道德伦理的冲击：

(1) 对家庭的毁灭。由于经济紧张，奥娜在产下孩子一周后就上工挣钱，这对她的身体健康造成了很大危害；基于同样的原因，她无法有效承担起妻子和母亲的责任，反被工厂主康纳逼迫卖淫。约吉斯虽然十分喜欢可爱的儿子，却从早到晚没有多少相处时间，只有失业在家时才能跟儿子在一起，而这意味着经济上的灾难。更可怕的是，在这种艰难的生存条件下，对于工人而言，家庭已不是上帝的恩宠和避风的港湾，而是十足的经济负担与累赘。

(2) 对法律的践踏。当时的美国司法体系看似在宗旨和程序上没有偏袒，但实则已跟企业和资本家形成紧密的利益链，变得十分腐败。约吉斯两次法庭受审，结果都是元凶安然无恙，真正的受害者却要受牢狱之苦——法官轻易接受了工厂主和酒馆老板的虚假证词，判约吉斯入狱服刑。这必然将原本想做守法公民的约吉斯(以及像他一样的底层劳工)一步步推向犯罪的路径。

(3) 对伦理的破坏。在利益至上的社会，每当经济与伦理发生冲突时，胜出的几乎总是前者。资本主义将一切商品化，对传统的道德观念造成强烈冲击，正如沦为娼妓的表姐玛利亚对约吉斯所说的："当人们挨饿的时候……我认为凡能卖钱的东西，都应拿去卖"(418)；她甚至指出，若不是当初约吉斯因想不开而痛打康纳，奥娜本可以继续靠

① 资中筠：《20世纪的美国》，北京：商务印书馆，2018，第123页。

卖淫维持全家人的生活，其语气之超然与淡定，根本不像是在谈论自己死去的姐妹，而像是纯粹从生意的角度考虑得失。

此外，资本主义崇尚炫耀性消费，必然造成在生产和消费环节中出现严重的资源浪费和社会不公（即书中希里曼所言的30％的人从事各种无用之物的生产，以供1％的人将之消耗掉）。小说中的一位社会主义者在演讲中深刻揭示了美国富裕阶层极度奢侈的生活方式：

> 他们住在华丽的高楼大厦里，骄奢淫逸、任意挥霍，排场大得简直无法形容，摹想起来足以使我们头晕脑胀，使我们痛心疾首。他们花几百块钱买一双鞋、一条手帕、一根袜带；他们花几百万块钱去买马、买汽车和游艇；去盖宫殿，设筵席，买一些装饰身体用的小而灿烂的宝石。他们活着只是为了在同侪中比赛虚饰和放肆，看谁对有益而必要的东西破坏得更多，谁更能挥霍同胞的劳动和生命，谁更能挥霍其他国家人民的劳累和痛苦，谁更能挥霍整个人类的血、汗和泪！(439)

而且，这种穷奢极侈的风气能够蔓延到其他社会阶层，引起人们的羡慕和仿效，造成更大范围的浪费和社会文化的堕落。无怪乎辛克莱强烈反对以财富为主要关注点的资产阶级文化，他认为资产阶级统治“建立在财富之上，因此资产阶级社会的决定性特征就是关注财富。对它来说，财富就是力量，是事物的根本和目标……资产阶级理想对精神一无所知，只允许精神活动追求商业和物质福利”。[①]

在辛克莱看来，资本主义制度甚至会对艺术创作与艺术欣赏造成破坏，正如书中的社会主义理论家希里曼在辩论中指出的：

> 现在这种互相竞争的工资制度逼使一个人为了维持生活必须整天劳动，而在消灭了特权和剥削以后，任何人每天只需工作一小时便可维持生活了。还有艺术活动的观众在目前始终只限于极少数人，因为为了在商业斗争中获胜必须付出的努力使得他们变得品格低下和庸俗化了；在整个人类完全从商业竞争的噩梦中清醒过来之后，人的文化和艺术活动将会变成一种什么样子，那是我们现在完全无法想象的。(487)

与资本主义不同，社会主义鼓励计划与合作，可以实现社会运行的有条不紊。当然，辛克莱心目中的“民主社会主义”也存在问题——他借希里曼之口提出的“现代无产

---

① Stone, Irving and Lewis Browne. Introduction to *Upton Sinclair Anthology*. Culver City: Murray & Gee, Inc., 1947. 译文选用《新编美国文学史》，第340页。

阶级思想的基本公式”(即物质生产的共产主义+精神生活的无政府主义)(483)与实际严重脱节;他在小说末尾所描写的美国社会党通过投票选举进入议会的改良方式,也不可能真正夺取政权,把美国推向社会主义道路。无怪乎列宁在读过辛克莱的文章后,不无道理地称之为“一个有感情而没有理论修养的社会主义者”。[①]

从劳动环境到食品安全

20世纪初的美国,几乎没有专门针对工厂劳动环境的法律,以致生产区和生活区都污浊不堪、凶险四伏,其中以芝加哥为中心的肉类加工厂尤为肮脏和危险,不仅肺炎、败血症、肺结核等传染病盛行,而且工伤甚至死亡事故不断发生。辛克莱写《屠场》的本意,就是通过揭露产业工人的悲惨状况呼唤社会良知,引起公众对资本主义生产方式的谴责,进而达到宣扬其社会主义观的目的。这部小说甫一出版,也确实得到了一部分美国知识分子的积极评价,例如当时同样持有社会主义理念的作家杰克·伦敦就热烈夸赞此书,称其对于工资奴隶的意义犹如《汤姆叔叔的小屋》之于美国黑奴。[②]

然而,更多的美国人却并未如此看待这部作品——由于书中对恶劣的生产状况的描写过于生动、翔实,以至于多数读者把注意力放到了食品本身的安全上,而对更为重要的政治信息反倒并未予以充分关注。面对写作初衷与实际结果之间的巨大偏差,辛克莱本人后来也无奈地坦承:

> 我本希望通过这样一幅图画震惊全国,让人们知道工厂雇主是如何对待其受害者的,却不想完全偶然地揭开了另一个发现,即他们是如何对待文明世界的肉品供应的。换言之,我原本对准的是公众的心,却意外击中了他们的胃。[③]

时任总统西奥多·罗斯福之前对此问题已有所知悉,但出于政治利益上的忌惮,一直未采取任何实质行动。在读完这本书后,罗斯福再也按捺不住,登时指出“必须立即行动,打击这些资本家的嚣张与贪婪”。[④] 他亲自召见辛克莱进行面谈,并任命劳工委员尼尔(Charles P. Neill)和社会工作者雷诺兹(James Bronson Reynolds)到芝加哥去实地调查这些肉类加工厂。两人反馈的调查报告证实了《屠场》中的描写并非妄言,从而

---

① 列宁:《列宁全集》第21卷,北京:人民出版社,1963,第241页。

② Dell, Floyd. *Upton Sinclair: A Study in Social Protest*. New York: AMS Press, 1970, p. 105.

③ Sinclair, Upton. *American Outpost: A Book of Reminiscences*. Now York: Port Washington; London: Kennikat Press, 1932, p. 91.

④ Sinclair, Upton (1878—1968). Blackwell Reference Online. [12 January 2013].

直接催生了《纯净食品及药物管理法》和《肉制品监管法》——前者禁止销售不洁食品和假药，后者规定联邦官员对在一州宰杀并销往另一州的肉类必须予以检查。两部法案于 1906 年 6 月 30 日获得通过，此时距离《屠场》的出版尚不到半年，足见这部小说的社会影响之迅疾。与此同时，美国政府还成立了专门的化学局进行监管，该部门即日后大名鼎鼎的美国食品与药物监督管理局的前身。至于肉类加工厂的工厂主们，起初自然对相关法规十分抵制，但后来意识到这一变革的长远效果（即平息社会舆论压力、保证行业的持久利润），也就逐渐予以接受和配合了。

与之形成强烈对比的是，美国政府直到 20 世纪 30 年代经济大萧条时期，才开启了一系列旨在保护在职及失业工人权益的项目；美国国会直到 1971 年，才批准在劳工部下设立专门的职业安全与健康署，以保证工作人员能够拥有一个安全、健康的工作场所。这一耐人寻味的时间差，或许在某种意义上折射出 20 世纪美国政府对消费者权益（及其所代表的巨大商业利润）的相对重视，以及对劳动者权益的相对忽略。

《马丁·伊登》中的文学市场化

杰克·伦敦(Jack London)是美国重要的批判现实主义作家,被普遍视为"美国无产阶级文学之父",同时也是世界文学史上最早的商业作家之一。他出生于加利福尼亚州旧金山的一个穷困农民家庭,虽曾靠自己的一点劳动所得,在加州大学伯克利分校学习过一段时间,但终因贫困而中途退学,随后加入到阿拉斯加州淘金的大潮中。杰克·伦敦在打零工期间便开始文学创作,随后的记者与航海经历也丰富了他的创作灵感。在其并不算长的创作生涯中,他出版了《野性的呼唤》(*The Call of the Wild*,1903)、《海狼》(*The Sea Wolf*,1904)、《马丁·伊登》(*Martin Eden*,1909)等经典作品。

小说《马丁·伊登》具有非常明显的自传属性——主人公马丁原是一个出身贫寒的远洋水手,出于对富家小姐罗丝的爱慕,他开始向往资产阶级的生活方式和情趣品位,然而待他真的成为一名成功作家,拥有了名望、财富和曾经苦苦追求的美丽淑女之后,却感到精神上的幻灭,最终跳海自杀以求解脱。马丁的人生轨迹与杰克·伦敦本人具有相当高的重合度,这也是传统上研究这部小说的主要切入点之一。事实上,通过这部作品,我们不仅可以了解 20 世纪初美国社会的阶级差别,还能够透视当时美国的文学商业化与市场化现象,从而更加全面地把握该书的主题思想和时代精神。

职业作家的经济收入

早在美国建国初期,富兰克林就在其自传里大力弘扬个人奋斗致富的价值观,但在随后很长的一段时间里,受制于清教主义的简朴自律观念、超验主义崇尚自立的反商业倾向,以及文人固有的精神境界和清高气质,作家谈论资财总显得有辱斯文。及至 20 世纪初的西方世界,版权意识的深入人心、印刷技术的持续进步、社会大众的文化需求,都为文学市场化奠定了基础,正如鲍尔比在谈论消费文化时指出的:

> 文学……正变成一桩快速流通与推陈出新的事情,一桩紧跟前沿与临时消遣的事情。基础教育的普及和识字率的同步提高……意味着潜在读者数量的大幅增

加，这给报纸图书第一次提供了一个工人阶级的市场。[①]

此时已有一部分作家开始有效利用这些条件，积极打造自身的商业价值，并从中获取了巨大的经济利益。英国作家毛姆可说是同时代的典型代表——作为一个讲故事的高手，毛姆通过作品稿酬、电影版权、剧作票房等渠道大赚钱财，甚至在经济大萧条时期也能够以近乎一字一美元的价格标准为各类时尚杂志撰稿，成为其时全世界收入最高的职业作家，到40年代，毛姆创作小说《刀锋》(1944)的稿酬已高达50万美元。

与英国相比，美国受历史传统和文化习惯的束缚相对较少，而且有着更高的市场化程度和更明显的实用主义风气，因此在这方面自然不会落后。事实上，此时的美国文坛在经历过几轮经济大潮的洗涤之后，已经变得十分接地气，这一代作家不再像先人那般讳于谈钱，而是理直气壮地以创造财富为荣。到1910年，已有八位作家达到了每部短篇小说1 000美元的身价，[②]杰克·伦敦便是其中之一。

20世纪初的美国出版业已比较成熟，商业杂志刊载小说也蓬勃兴起，杰克·伦敦作为最早的实践者之一，"适时把握了消费者心理和大众文学市场的基本运作规则，摸清了潜在读者的阅读期盼，与他常常批判的大众市场资本主义建立了一种互利的合作关系"。[③] 于是，他成功赢得世界范围的声誉，凭借小说写作赚取大笔收入，成为当时美国商业意义上最成功的作家之一。以《马丁·伊登》为例，杰克·伦敦的经纪人经过谈判，将这部小说的连载权以7 000美元的价格卖给了《太平洋月刊》，为作者赢得不菲的利润。这份月刊也确实对《马丁·伊登》寄予厚望，还专门在其广告版上不遗余力地宣传推介。

在杰克·伦敦看来，赚钱致富不仅正当合理，而且具有一种道德上的崇高性——作为一名抱有社会主义思想的作家，他认定自己逃脱工作陷阱的唯一希望就是获得教育，然后通过"出卖脑力"来获取财富。也就是说，杰克·伦敦将写作视为一种纯粹的商业行为，凭借它可以帮助自己摆脱贫困；更重要的是，他认为通过写作而赚取的财富可以成为自己手中的有力武器，是一种"在富人自己的游戏中打败富人的手段"。

选题价值与作家包装

伦敦在《马丁·伊登》中采取了"白手起家"的叙事母题，不仅因为这是他本人感同

① Bowlby, Rachel. *Just Looking: Consumer Culture in Dreiser, Gissing and Zola*. London: Methuen, 1985, p. 18.

② 以通胀率计算，1910年的1 000美元大致相当于今天的30 000美元。

③ 虞建华：《文学市场化与作为心理自传的〈马丁·伊登〉》，《外国文学评论》2011年第3期，第158页。

身受的经历，写起来最得心应手，还因为该母题代表着美国的民族精神，长期以来对社会大众具有强烈的吸引力，从而确保了庞大而稳定的读者群。例如，美国镀金时代的儿童小说家阿尔杰曾写有130多部作品，内容几乎全都是穷苦孩子通过奋斗实现个人成功的故事；尽管该模式有些单调俗套，而且作品的道德说教明显、艺术手法不高，但并不妨碍这些书在市场上广受欢迎，总销量多达百万本，至今依然畅销。由于"白手起家"的故事既政治正确又能确保销量，所以伦敦将之作为《马丁·伊登》的故事套路无疑是一个非常安全的选择。

不过，"白手起家"只是一个具有迷惑性的神话，现实中的成功者寥寥无几，而且这其中存在一个悖论，即成功者必须背弃本人起初的阶级身份，从而为随后的人生悲剧埋下种子。克里斯托弗将之称为"悲伤的向上社会流动性叙事"，并指出此类叙事是20世纪工人阶级文学的一个稳定的亚文类。[①] 就《马丁·伊登》而言，"经济方面向上奋斗所需的坚忍精神植根于工人阶级文化，但是一个人要实现向上的社会流动性、融入中产阶级世界，他必须放弃的偏偏就是工人阶级文化"。[②] 或许正是考虑到这一内在的矛盾，杰克·伦敦在小说中突破了阿尔杰的模式——他并未通篇局限于简单的"白手起家"模式，而是在临近结尾处通过马丁的反躬自省和饮恨自杀，增加了对商业社会的批判；如此一来，在迎合文学市场的同时，也有效增加了作品的思想内涵与深度，从而"满足了另一部分读者的期待"。[③]

除了对"白手起家"母题的着意选择外，杰克·伦敦还有一个重要策略，即通过对小说的"自传化"处理，实现自我包装的目的。我们知道，伦敦本人同其笔下的马丁一样，经历过一段文学青年的艰苦奋斗史。通常情况下，一部文学作品，即使其中有作家本人的影子，他（她）往往也会强调作品的自主性，反对读者过多地将自己同书中人物联系起来，做出过度的解读与阐释；杰克·伦敦却反其道而行之，他在《马丁·伊登》中，从主题定位到素材取舍，从情节设计到人物塑造，甚至包括作品的后期宣传，都着意将作家本人的形象、书中人物的经历，以及读者的阅读感受与联想这三者巧妙地勾连起来，形成一种微妙的关系——伦敦在小说中故意模糊了主人公与作者本人之间的界限，让读者在阅读过程中下意识地产生"角色即作者"的幻觉，通过这样一种近乎"互文"的方式（即虞建华所言的"让小说作品自传化、让作者经历小说化"），有效实现了自身形象的传奇化。而且，在小说的整个撰写与销售过程中，杰克·伦敦与图书出版商和经销商通力合作，进行富有针对性的商业包装与宣传，进一步实现"对作家形象、生平故事和作品进行

---

① Christopher, Renny. "Rags to Riches to Suicide: Unhappy Narratives of Upward Mobility: *Martin Eden*, *Bread Givers*, *Delia's Song*, and *Hunger of Memory*." *College Literature*, 29.4, 2002, p.79.

② Christopher, Renny. "Rags to Riches to Suicide: Unhappy Narratives of Upward Mobility: *Martin Eden*, *Bread Givers*, *Delia's Song*, and *Hunger of Memory*." *College Literature*, 29.4, 2002, p.84.

③ 虞建华：《文学市场化与作为心理自传的〈马丁·伊登〉》，《外国文学评论》2011年第3期，第151页。

三位一体的包装,创造品牌效应”。[①]

如此一来,作家这种传奇化的形象,经由品牌化的商业包装,一旦在(作为消费者的)读者心目中固化下来,便可形成长久的市场效应——认同和喜爱该作家的广大读者将对之长期充满期待,只要有他(她)的新作问世,不管是什么题材,甚至不管作品本身的质量如何,他们都会第一时间购买到手,先睹为快。这一点很像后来娱乐业中的明星经济,即粉丝们对明星作品的狂热追捧。

爱情与婚姻的价值

马丁追逐文学的原动力来自对资产阶级小姐罗丝的倾心爱慕,他决意通过文学创作快速提升自己的文化品位和经济能力,以具备追求对方的基本资格,而对于金钱本身所能带来的物质享受,他却并不太在意。马丁在书中表现出的这种金钱观,代表了同时代很多作家的想法,即蔑视金钱,却又需要它来实现自己的财务自由。

罗丝心目中理想男性的典范有三个人:自己的父亲摩斯先生、父亲事务所的合伙人勃特勒先生、钢铁大王卡耐基。罗丝的父亲拥有一家律师事务所,社会地位显赫;勃特勒勤俭节约、高度自律,从一名每周只挣三块钱的印刷厂工人成为每年收入三万美金的成功人士;卡耐基更是“从一个国外移居来的穷孩子的地位一直往上爬,成为全世界的主宰”。[②](154)这三个人都是传统的经由个人奋斗实现美国梦的典型代表。可以料想,罗丝在考虑自己的未来配偶时,会有意无意地以其为衡量依据和参考标准。因此,她对马丁成为一名职业作家的梦想完全不能理解和认同,而是希望他凭借打字和速记技能,在自己父亲的事务所谋一份工作,最终成为一名卓有成就的律师。

从社会达尔文主义的角度来看,罗丝的这一愿望其实是作为一名资产阶级女性在婚姻问题上的合理思考,既是其确保个人生存的基本需要,也是她捍卫自己所在阶级的整体利益的必然选择:

> 罗丝反对马丁写作的主要论点,就是他的书卖不出去。根据资产阶级的标准,马丁的艺术必须作为一种商品才能具有价值。她秉持的是资产阶级经济标准的现状,因为金钱才是维持这一群体的稳定、确保生存所需之安全的基本因素。因此,从达尔文主义的角度看,资产阶级心理不只是马丁逐渐感到的愚昧虚假,而且是通

---

① 虞建华:《文学市场化与作为心理自传的〈马丁 · 伊登〉》,《外国文学评论》2011 年第 3 期,第 151 页。

② 作品原文引自杰克 · 伦敦《马丁 · 伊登》,吴劳译(上海译文出版社,2011 版)。

过遵循陈规与相互协作来促进生存的一种互助体系。[1]

作为一名资产阶级家庭的母亲，摩斯太太比女儿更加务实——她在衡量未来的女婿时，能够完全抛开情感因素，从纯粹的经济角度思考幸福婚姻的基础。她奉劝女儿放弃马丁的话语，在今天听来依然令人深省：

> 他在社会上没有地位。他既没有职业，又没有收入。他是不切实际的。他爱上了你，那么根据一般常情来讲，就该找点事做做，使自己有结婚的资格才是，不该尽唠叨着他写的那些小说和孩子气的梦想。我怕马丁·伊登永远不会长大成人了。他不肯负起责任来，在世界上挑起男人的担子，像你爸爸那样，或者像我们任何一位朋友，譬如说，勃特勒先生那样。我怕马丁·伊登永远不会成为一个挣钱养家的人。可是这个世界的规律是，要幸福，就少不了金钱——啊，当然也不用大富大贵，只消有些钱，能过过一般的舒适而像样的生活就成了。(158)

基于同样的道理，当马丁凭借作品热卖而名利双收时，罗丝又以"爱情"的名义向他示好，希望重新在一起，其中或许有真情实感的因素，但更多的是受到这一生存本能的驱动。

图书销量：作家价值的标准

在资本主义商业社会，文学成为一种商品，而作家既是该商品的生产者，又是某种意义上的售卖者，即所谓"文本商人"，他兼具工人与资本家的双重角色。既然文学是商品，就要遵循一定的经济规律，考虑市场销量的问题，由此必然会产生作家的艺术理想与商业利益之间的矛盾。根据商业社会的评判标准，如果一本书卖不出去，任凭其内涵多么深刻，也是毫无价值的。例如，当马丁嘲讽一部分作家和大学英文系教授墨守正统思想、毫无独特见解时，罗丝本能地予以排斥——在她眼里，"那班教授的文学见地是正确的，因为他们是成功者。马丁的文学见地是错误的，因为他卖不掉自己的货"(193)。

马丁也曾对自己的文学前途产生过怀疑，甚至一度有过弃文从商的念头——在收到《横贯大陆月刊》的用稿信件，得知自己只能得到区区5块钱的稿酬时，他曾不禁思忖："这不是我干的行当。我不再写什么文学作品啦。我还是进会计室，弄账册，按月领薪水，跟罗丝过小家庭生活吧。"(207)可就在罗丝对他失去耐心、拂袖而去，马丁本人也

[1] Brandt, Kenneth K. *A Textual Study of Jack London's Martin Eden*. Ph. D. dissertation, The Florida State University, 1998, p. 79.

对自己的文学前途心灰意冷时，他的第一本书《太阳的耻辱》却意外受到市场的追捧：

> 辛格尔·屈利达恩莱出版公司小心翼翼地首印一千五百本，可是第一批书评一出来，另外三千本就付印了；这批书还没交货，第三次印刷五千本的订单又来了。伦敦有家出版社拍海底电报来，接洽出版英国版，接踵而来的是法国、德国、北欧都在翻译该书的消息。(349)

从上文中惊人的出版速度可以看出，早在20世纪初的美国，出版界的商业嗅觉已十分灵敏，能够对市场做出快速的反应；而且，整个的西方世界已形成一个统一的文化市场(包括相近的阅读品味和通畅的市场信息)，可以实现有效的联动。

一旦看准马丁的商业价值，出版公司情愿花费高昂的广告成本，为作者提供更高的版税，甚至用极为优厚和宽松的条件，获得其作品的独家发行权。具有讽刺意味的是，出版公司只认"马丁·伊登"这个金字招牌，对他未来作品的选题和质量如何，反倒毫不在意。从出版公司的来信内容与口气，我们可以看出他们是何等的没有原则和迫不及待：

> 我们冒昧附上预约你下一本书的合同正副本各一纸，请查收。请注意，我们已将版税率提高至百分之二十，这是稳健审慎的出版社所敢出的最高版税率。如果对我们的条件感到满意，即请将书名填入合同上"书名"一栏。我们对书的性质并无任何规定。任何题材的任何作品都可以。如果你已有完工的作品，那更好了。良机莫失，打铁趁热。
>
> 我们一收到你签署的合同，即愿预付版税五千元。你可以明白，我们信任你，我们打算大张旗鼓干一下。我们还想同你商量签订一份长期合同，譬如说十年为期，在这期间，凡是你的作品，一概由我们独家刊行单行本。详情容后再谈。(350)

马丁起初的文学创作虽不受世人认可，但好歹是一种创造性劳动，可一旦他的名字成为销量的保障，市场对他的作品不分优劣、通盘照收时，他的写作就变成一种多多益善的量化劳动，在某种程度上具有类似于计件劳动的特征。在这种情况下，无怪乎马丁全然没有书写新作品的动力，而只是把自己之前被拒的稿件又重新拿出来，以极高的价格卖给那些趋之若骛的出版社。

市场价值与艺术追求的两难

很显然，马丁在商业上的巨大成功具有相当的偶然性，并不是仅凭他的才思敏捷和笔耕不辍就可以达到的。从经济学的意义上说，马丁孤注一掷地投身文学创作，实质上是一种投机行为，正如盖尔在分析小说中的文学市场时所说的：

马丁对出版机器进行投资，至于他是盈利还是亏损，这并不在他的控制范围内。就此而言，他成了自己产品的某种股东，他将产品投入词语的市场，在市场中跟其他的"投资组合"进行竞争（每种投资组合反过来又是别的作家投入进来的）。马丁通过完善自己的小说（即通过研究杂志接受故事的"规律"）来增加自己盈利的概率——但最终的"成功"却是一个运气问题。当马丁终于功成名就、所有作品都被接受的时候，并不是因为他偶然撞见某种能够点词成金的迈达斯妙方……正相反，他从投资中获利不菲是因为他如今"恰好时兴"，完全是"造化弄人"的结果。[①]

此时的马丁在脑海中有一个挥之不去的念头——这些文字其实都是"早就完工的作品"，曾经屡遭拒弃、落满尘埃，突然间却大受欢迎，这只能说明来自评论家和读者的吹捧和逢迎，跟自己的作品本身并无干系，只是源于"马丁·伊登"这个名字的商品价值，因此没有什么值得骄傲之处。更荒唐的是，自己的书明明不符合资产阶级的认知水平和审美趣味，却偏偏得到了他们的青睐，这实在是对自己文学才能的一种反讽：

马丁这样推想着，对自己的成名有没有根据提出了疑问。买了他的书、把金元倒进他钱袋的人是资产阶级，根据他对资产阶级的那一点儿了解，他弄不明白，他们怎么可能欣赏或者理解他写的东西。他作品里内在的美和力量，对赞美他、买他的书的那成千上万的人来说，是什么意义也没有的。(356)

在销量至上的指导思想下，很多作家迫于市场的压力，放弃创作的自主性，沦为商业化编辑机器的剥削品——他们要么为了追求写作速度而牺牲作品质量，要么为了迎合读者喜好而违背创作初衷。无怪乎马丁的好友勃力森登曾劝告他一定要坚持文学的纯洁品性，切莫失去一名作家的主体性，将自己的作品"卖身"给杂志；然而马丁终归还是将朋友的诗作《蜉蝣》寄出发表，这一举动可以看作是对勃力森登理念的背叛。

不久之后，马丁自己的作品突然受到热捧。虽然他本人起先对市场和读者趣味的转变并无了解，但通过文学创作，他客观上参与了资本主义的文化建设，即"一旦马丁将

---

① Gair, Christopher. "'A Trade, Like Anything Else': *Martin Eden* and the Literary Marketplace." *Essays in Literature*, 19.2 (1992), p. 251.

自己的经历转变为一些可售卖、可消费的故事(尽是中产阶级读者所需要的关于'异域他乡'和'荒蛮野人'的故事),他便开始参与到了市场驱动的出版业当中"。[①] 马丁在创造文学商品的同时,自身也变成一件商品——随着声名日隆,他成了商业媒体(特别是杂志)上的热门话题,其过往的人生经历和现实生活中的一言一行,都受到大众的高度关注和不断消费,相关报道充斥着夸张和杜撰的成分,就连他本人也很难将之同自己联系起来;更有甚者,很多资产阶级上流人士以同马丁共进晚餐为荣:

> 他在价值上的突然提升(这在本质上同他货币财富的增加有关),使得"成群结队的人"都渴望他能在用餐时光临,因为在这些资本主义阶级道德观的追随者看来,跟这么一个有钱的知名人士共餐,可以由此及彼,提高他们自己的身价。他们渴望他在场,仅仅是为了他为他们自己的生活所增加的价值。[②]

令这些人感兴趣的,绝非马丁本人及其作品中的思想内涵,而是他的"成功"所蕴含的商业价值以及由此附带的心理价值,他们于是趋之若鹜,以期从中分享这些价值的"外溢"。此时的"马丁·伊登"已然成为一件人为建构出来的公共商品,而不是他本人的真实身份。当马丁清楚地意识到自己在资本主义体系中所扮演的角色时,便产生了极度的失望与幻灭。

总之,主人公最终走向覆亡,不仅是杰克·伦敦刻意所做的一种自我否定,也是作者对文学市场化的反思和批判,以及对整个资本主义商业体制和价值观念的抵抗。马丁自杀的悲剧,等于向世人昭示:艺术理想与商业利益之间内在的矛盾是无法调和的,艺术家只能二者选其一,然后坚定地走下去——要么做一名坚守艺术标准的孤独斗士,要么做一个曲意迎合市场的职业写家。

---

① Kim, Yung Min Kim. "A 'Patriarchal Grass House' of His Own: Jack London's *Martin Eden* and the Imperial Frontier." *American Literary Realism*, 34. 1 (2001), p. 9.

② Layman, Erika S. *The Hungry Maw of Master, Slave, and Beast: Eating, Ecology, and Political Economy in the Life and Works of Jack London*. Ph. D. dissertation, State University of New York at Buffalo, 2017, p. 83.

《金融家》：金融资本的大时代

德莱塞的"欲望三部曲"包括《金融家》《巨人》《斯多噶》，这部商业史诗描画了金融资本家弗兰克·柯帕乌[①]的人生起伏。整个三部曲充斥着主人公对金钱、权力、女人的强烈欲望，生动展现了当时美国社会的物质主义气息和财富积累过程中的各种原罪（包括对法律的践踏和对道德的无视），是美国文学中首次全面、完整地展现垄断资本家的产生和发迹过程。

主人公柯帕乌在芝加哥、纽约、伦敦三地金融界激烈争斗的故事，源自美国"镀金时代"的轨道交通大王耶基斯（Charles T. Yerkes），此人在进军城市交通业之前，曾做过证券交易商，特别擅长市场投机，这些都成为柯帕乌的故事原型。耶基斯去世后一个多世纪，弗兰奇（John Franch）撰写了著名的《强盗资本家》（2008）一书，让这位当年的风云人物进一步为当代人所熟知。像耶基斯这样的商界大鳄，凭借强大的垄断资本和托拉斯形态，对市场形成很大的控制力，以至于美国国会先后出台了《州际贸易法案》和《谢尔曼反托拉斯法案》对其加以限制，但这些举措只是部分遏制了这些巨型企业的崛起和扩张。

受斯宾塞与赫胥黎学说的深刻影响，德莱塞在早年便形成了一定的社会达尔文主义思想，高度认同社会竞争中的适者生存法则。所以，他在创作"欲望三部曲"时，"不仅对弱者和受害者心存怜悯，也对三部曲中的这位尼采式商业超人投入了很多情感"。[②] 与此相应的是，虽然这些作品包含一系列阴暗的商业交易，但我们并未看到来自作者明显的道德愤慨与谴责（这一点跟同时代的"黑幕揭发者"所写的纪实小说不同），德莱塞只是客观、中立地展现人物和世界，有时甚至让人感觉他是在向主人公在商海当中的纵横捭阖予以致敬。的确，德莱塞笔下的文本读起来"不像是对经济不公的控诉，而像是对该时期前所未有的经济机会（以及实现这些机会的杰出个人）的赞颂"。[③] 事实

---

① 对于主人公的名字，"欲望三部曲"各自的中译本所用的译名并不相同——（《金融家》译为"考珀伍德"，《巨人》和《斯多噶》译为"柯帕乌"。本书为了统一起见，一概用"柯帕乌"。

② Gray, Richard. *A History of American Literature*. Oxford: Blackwell Publishing Ltd, 2004, p. 366.

③ Shonkwiler, Alison R. *The Financial Imaginary: Dreiser, DeLillo, and Abstract Capitalism in American Literature*. Ph. D. dissertation. The State University of New Jersey, 2007, pp. 76-77.

上，这本小说的主题并非金融伦理，而是美国资本主义的扩张；柯帕乌的那句座右铭“满足自我”，跟多年后安·兰德在《阿特拉斯耸耸肩》中强调自由意志和个人权利的客观主义思想几乎如出一辙。

柯帕乌的金融启蒙

《金融家》是“欲望三部曲”的第一部，详细记述了主人公柯帕乌在商界的发迹史。齐夫(Larzer Ziff)在评价这部作品时，赞誉“德莱塞成功地书写了一部伟大的美国商业小说，前无古人，后无来者”。[①] 该书的故事背景设定在19世纪六七十年代的费城。作者详细记述了内战前后费城的银行业状况，甚至不厌其详地展现了当时的银行业务流程和交易实例，包括大量的专业术语。如此一来，难免牺牲了作品的美学价值，对主题阐发的意义似乎也不大，而且对于不熟悉金融市场的读者而言，此类内容读来多少有些无趣，但这些内容对我们了解那个时代的商业环境确实提供了很好的原始素材。

19世纪后期的美国，企业财富迅速增长并高度集聚，金融家牢牢控制了货币供应，而一般的工人和农民却深受其苦，导致当时的社会上出现了明显的不满情绪；特别是在90年代，整个美国涌动着一股强烈的反金融资本的民粹主义气息，小说《金融家》便是在这种时代精神下诞生的。

柯帕乌在书中展现出的捕捉商机能力，确实让人佩服——他年纪小小就初露锋芒，以近乎空手套白狼的方式买卖肥皂，一进一出赚到70%的利润，这也是其人生的第一笔盈利；他先后在沃特曼公司做记账员和跑外勤，在泰依公司做经纪商，在实战中不断积累工作经验和人脉关系；他不顾世俗偏见，娶了大自己五岁、服丧不久的有钱寡妇莉莲，进一步增加了自己的资本实力；他伙同政府官员不正当使用市政基金，大肆敛财……几乎在人生的每个阶段，他都能够成功抓住机遇，扩充自己的财富。

在故事一开篇，作者就展现了少年时代的柯帕乌在鱼市的玻璃水缸里观察龙虾吞噬鱿鱼的场景，其描写之细致，几乎成为美国文学中的一个经典画面，它象征了商业竞争的残忍无情，也为柯帕乌在日后为追求商业利益不择手段埋下了伏笔。事实上，有关动物的隐喻贯穿全书，体现出商业世界的丛林属性。

此外，家庭背景也对柯帕乌产生了深远影响。父亲亨利是费城第三国民银行的高级职员，在银行界小有名气。整天耳濡目染，让小柯帕乌对金融产生了天然的向往：“看着父亲正在点钱，他确信自己会喜欢银行业；何况在他的心目中，父亲在那儿办公的第

---

① Hillstrom, Kevin and Laurie C. Hillstrom. *The Industrial Revolution in America: Iron and Steel, Railroads, Steam Shipping*. Santa Barbara, California: ABC-Clio, 2005, p. 227.

三街，乃是世界上最干净、最富有魅力的大街”(7)。[①] 在此需要说明的是，费城曾长时间是美国的商业与金融集聚地——成立于 1790 年的费城股票交易所是美国最早的股票交易中心；在随后的一个世纪里，费城在美国的经济生活中一直扮演着举足轻重的角色，直到南北战争(特别是北方政府巨额的战争融资)给华尔街带来了空前繁荣，才使得金融中心产生转移；至 19 世纪末，费城被纽约和芝加哥彻底取代。

事实上，父亲对小柯帕乌“财商”上的影响不只是简单的榜样和励志作用，同时还有很多颇具技术含量的东西——老亨利不但让他每周六去银行的经纪部门观看账单交易，从中获得直观认识，还对他进行技术层面的言传身教，包括介绍州立银行、国民银行等的基础知识，讲解经纪人的工作内容，解释股票的原理和股价的起落。柯帕乌也没有辜负父亲的良苦用心，虽然在学校里读书不行，但他在这方面却表现出相当的求知欲和天赋：

> 他天生是一个金融家，他对这个了不起的行业的一切知识，犹如一个诗人对感情和人生的妙悟，都是来自天禀聪颖。这种交换的媒介物——黄金——激起了他极大的兴趣……他对股票和债券同样也感到好奇，他知道有些股票和债券，不如它们的票面价值值钱，但是，也有一些股票和债券，却远比它们的票面价值要值钱得多。(9)

事实上，父子二人在行事风格上有着很大差异——老亨利恪守商业道德、行事稳健保守，有时甚至谨小慎微；柯帕乌则肆无忌惮、敢于冒险。这种差异在柯帕乌的少年时代即可见端倪：当时的得克萨斯在脱离墨西哥的斗争中，曾滥发大量债券，美国国会为了把得克萨斯并入美国，同意出资清理这些旧债。老亨利作为业内人士，较早便得到消息，而且身边亦有熟人从中获得暴利，但他本人却并未采取什么行动，只是把它讲给太太听。然而这事被小柯帕乌无意间听到，引发他的深思：

> 明亮的大眼睛顿时光芒四射……为什么这种内部消息不该被利用来营利呢？弗兰克有那么一点儿嫌贬父亲太老实、太谨慎；他暗自思忖，等自己长大成人后，就要做一个经纪人，或者金融家，或者银行家，要做一些这类事儿。(11)

柯帕乌是这么想的，也是这么做的：在沃特曼公司做记账员和跑外勤时，虽然业绩不俗，也颇受老板器重，但他深知自己志不在此，毅然跳槽到泰依公司做股票经理人；而在代表泰依公司进驻费城交易所时，老板给他讲到股市的暴涨暴跌有多么邪门，柯帕乌

① 作品原文引自西奥多·德莱塞《金融家》，潘庆舲译(上海译文出版社，2005 版)。

非但没有任何紧张，反而咧嘴而笑，因为他心里很明白，“这种不可捉摸的领域很吸引他，完全适合他的脾性”(47)。

在交易所摸爬滚打过一阵后，他便感悟到“买卖股票是一门艺术，一种玄之又玄的玩意儿，也可以说接近一种通灵”(50)。更重要的是，柯帕乌很快就认识到：在交易所你推我搡的股票经纪人只不过是代理人和工具的角色；而一个真正的男子汉断不能做这种人，而要做他们背后的“另外一批人”，即“使用工具”的创业者和领导者。因此，一旦手头拥有可以自由支配的足够资金，他便放弃了泰依公司让他做合伙人的诱人条件，果断地开始自己创业，经营票据经纪业务。在此期间，有轨街车刚刚登上历史舞台不久，柯帕乌坚信这种新的交通工具必将取代公共马车，于是“把节省下来的钱通通拿去购买新公司发行的股票”(65)，并且不断加大投资，梦想着有一天能够控制整个一条路线。

官商勾结，步步为营

此时的柯帕乌已拥有不少财富，而且非常注重感情投资——他跟银行家、投资家、律师、客户(以及客户的客户)都保持着自然而亲密的联系，这些都成为他扩张生意的无形资产。不过在此时，柯帕乌的目光开始更多地转向政府官员——这些人都是“靠政治赚钱”的，他们提前获悉立法方面或经济变革的秘密消息(这些消息对股票或者商机都会产生重要影响)，然后把政府资金通过银行家借给某些经纪人，让其从事稳赚不赔的企业投资。如此一来，官员获得投资收益，银行家无偿使用资金，经纪人赚取佣金，形成官商勾结的铁三角。

南北战争的突然爆发，为柯帕乌提供了难得的历史机遇——由于急着用钱，各级政府都在发行公债，这其中也包括费城所在的宾夕法尼亚州，要是在这笔总额巨大的公债经销中分得一杯羹，不但所赚可观，还可以树立自己作为经纪人的信誉，而信誉在行业内的价值是难以用金钱来衡量的。于是，柯帕乌攀上脚踏政商两界的巴特勒，又通过他联系上了费城财政局长和宾州财政厅长，分得 100 万公债的承销权，从中赚得 2 万美元。更重要的是，通过这次交易，他又进一步扩大了自己的朋友圈和威望。

至内战临近结束时，费城已是全美各大城市中“金融体系最差劲，或者甚至说没有制度可循、度日维艰的城市”(109)。一般来说，越是金融制度纰漏百出、商业运营不够透明的情况，越容易出现政商联手牟取暴利的机会。就费城而言，这座城市主要的纰漏点就是：长期以来，财政局长可以随意动用公款，甚至不用付任何利息，只要最后把本金如数还上即可。在当时投机资本十分稀缺、借贷利率居高不下(一般为 10%—15%)的情况下，市政公款这块肥肉自然引起嗅觉灵敏的商人的关注。

于是，柯帕乌跟时任费城财政局长的斯特纳走到了一起，两人联手开动了一台所谓

“政治金融关系的机器”(126)——斯特纳负责发行市政公债，由柯帕乌暗中包揽，把这些债券拿到市场上进行交易，人为地哄抬价格，然后高价抛售，从而赢取利润、中饱私囊。而且，由于这中间加设了多道安全程序，这种操作不易为人察觉。在这里，斯特纳象征政府，柯帕乌代表资本，双方的合作暗指当时美国社会广泛存在的政商勾结现象。

事实上，由于当时美国的经济与商业发展过快，各种新的现象层出不穷，相应的法律法规严重滞后，导致其中有很多的盲区和漏洞。柯帕乌与斯特纳的这种操作方式，其实是很多人沿用的惯例，虽有违职业道德，但并不算完全违法，内中人士也都心照不宣。唯一不同的是，这次操作涉及的数额特别巨大；更重要的是，柯帕乌通过从斯特纳那里获取的巨量贷款，不断扩大对市内有轨街车的股票投资，逐步控制了这一行业，形成绝对的垄断地位。

经济危机中的大难临头

正当柯帕乌的摊子越铺越大、贷款量越积越多的时候，意外出现——历史上的1871年10月8日，芝加哥大火烧毁了整个商业区，除去人员的重大伤亡，还造成10万人无家可归，经济损失高达2亿多美元。更糟糕的是，由此引发的恐慌情绪对美国股市乃至整个金融业都带来极大冲击——铁路证券、国家公债、市内有轨街车股票……各种证券持有者都急需现款，纷纷在股市上大量抛售；各大银行也开始回收贷款，造成股市大崩溃。此时，柯帕乌手中的有价证券价格必将暴跌，而他欠的大量债务(包括挪用市政府的借款和来自各个银行的贷款)又亟须偿还，所以面临破产的危险；而斯特纳动用公款的丑闻也会随之暴露于众，其职位必定难保。

由于巴特勒和莫伦豪、辛普森都是持有市内有轨街车股票的大庄家，柯帕乌想让这“三巨头”出手帮忙，恳请他们在开市时买进股票、抬高价格，并通过他们劝说费城的各大银行联合起来维持股市稳定(当然，他也不得不把自己暗中帮斯特纳经销市政公债、用公款投资股票的事情向他们和盘托出)。巴特勒原本想拉柯帕乌一把，但其他两位巨头在仔细盘算了各自的利益后，决定弃柯帕乌于不顾。在交易日当天，几人不仅没有伸出援手，反而故意落井下石；莫伦豪甚至专门派人关照斯特纳：不能继续为柯帕乌支付钱款，否则必将受到指控。

果然在开市当天，随着一家家保险公司宣布无力理赔、信托公司宣布停止付款，整个市场陷入恐慌，股价暴跌。心急如焚的柯帕乌找到斯特纳，试图劝说对方再给自己开30万美元的支票救急。此举一旦成功，确实能在很大程度上保住斯特纳的经济利益，但也含有不小的政治风险。于是在这里，我们清楚地看到了金融家和政客在对待金钱上的不同态度：前者视金钱本身为目的，因为有了钱就拥有主宰一切的力量；后者却仅仅视金钱为实现舒适享受的手段而已，其重要性远远比不上自己的政治地位和社会威望。因此，此时早已六神无主的斯特纳虽然认为柯帕乌的提议不无道理，但在一番纠结之后，还是决定不再继续借款给他，并催促柯帕乌尽快归还那50万美元的公款，好让自己免受牢狱之灾。

眼下的柯帕乌无计可施，只能拆东墙补西墙，四处借债补洞，同时用自己手头的有价证券和银行存款来偿还各处贷款，甚至抵押了家里的房产。在此过程中，急于用钱的他恰好从斯特纳的秘书那儿取走一张6万美元的支票，用来偿付自己之前买进债券的钱。事实上，作为支票的受托人，柯帕乌是完全有权取回这笔钱款的，并未违反相关法律；可是在忙乱间，他没有马上将其存入偿债基金，而是先存到自己的户头上（即这张支票没有被派上它应有的用场）。这一程序上的疏忽，导致拿取这6万元的行为在性质上有些含糊不清，为他随后被人陷害埋下了祸根。

此时的生意伙伴都已觉察到柯帕乌的处境不妙，不愿伸出援手；债权人们受不利消息面的影响，亦不敢放宽期限。“三巨头”当中，莫伦豪为了低价吃进斯特纳的有轨街车股票，全面控制这一行业，准备对柯帕乌下手；参议员辛普森为了应对“公民市政改进协会”对此事的追查，保全共和党在选举中的利益，也想找一个替罪羊来承担责任、平息舆论；原本对柯帕乌抱有好感，也是唯一可能帮他的巴特勒，偏偏在此时收到一封匿名信，揭发他的女儿艾琳玷污家风，正在充当柯帕乌的婚外情人，让这个老派的爱尔兰人怒火中烧，下定决心要毁掉柯帕乌，不但不再借钱给他，原先的贷款也要马上收回，不予宽限。于是，三人一拍即合，决定采取各种措施（包括收买柯帕乌的债权人、散布对其不利的舆论消息、游说政府官员对其提出正式指控等）置其于死地。

柯帕乌虽然近乎破产，但一开始对自己免遭牢狱之灾，将来东山再起还是颇有信心的。他的辩护律师宽慰他：只要他在对簿公堂时一口咬定，收进支票得到了斯特纳的同意，并赢得陪审团的信任，罪名就可以从挪用公款、监守自盗变成一般的玩忽职守，罪责相应也会轻得多。然而当时美国的司法界十分混乱，德莱塞在小说中直截插入评论道：“法律是你爱怎么糊弄就怎么糊弄的玩意儿——是一道通向非法的机会之门”（387），而律师就是“知识界唯利是图的商人”（388）。于是在地方检察官的巧妙诱导下，斯特纳做出了对柯帕乌极其不利的供述（特别是那张6万美元支票的提取动机和性质），导致陪审团对其产生偏见（即一个诡计多端的邪恶商人形象）。

律师和柯帕乌本人都做了精彩的辩护陈述，甚至让人觉得他就是“所谓商业信誉的化身”（408），但在各种因素的共同作用下，陪审团最终还是裁定他有罪。柯帕乌又向宾州最高法院提出上诉，五位法官虽然执法经验丰富，但对金融却一窍不通，倒是柯帕乌的婚外情（以及来自政治和舆论方面的压力）对他们的影响更大，其中三人认为他有罪，驳回了他要求重审的申诉。最终，法庭判处他四年零三个月的刑期，这个数字其实是一个折中的结果——既表明法官适当考虑了柯帕乌的吁求，又满足了共和党的政客们尽量对其严判的愿望。

嗅觉灵敏，东山再起

柯帕乌虽然已落难，“穿着蹩脚的囚衣、木屐鞋和劣质的衬衫，蜷缩在破牢房里”，但看管新犯人的典狱长一眼就能看出，他是“一个面容和体态都炫示着干劲和魄力的人，寒伧的衣服或者境遇，也无损于他那自强不息、威武不屈的精神”(529)。这种男性刚毅气概的展现，象征了柯帕乌的精明强悍和锐意进取，也预示了他将来的东山再起。

十三个月之后，随着百般阻挠他出狱的巴特勒病逝，以及斯特纳提前获释，柯帕乌也跟着重获自由。出狱后的柯帕乌马上表现出一贯的敏锐与果敢——1873年，由于多重因素的影响(包括内战造成的通货膨胀、铁路项目的过度投资、格兰特总统的货币收缩政策、普法战争、芝加哥大火和波士顿大火等)，整个欧美爆发了大规模的经济恐慌。在此期间，总部位于费城的知名银行库克公司由于之前过于乐观，在铁路项目上投资过大，此时陷入了资金紧张、信用急降的危机，公司创始人库克被迫宣告破产。柯帕乌敏锐地从这一事件中捕捉到机会，通过快速抛售股票然后再马上低价买进的方式，成功让自己在几天时间里吸金百万，很快在经济上恢复元气。

然而，经历了之前大起大落的柯帕乌十分清晰地意识到，自己在费城春风得意的日子已经一去不返，应该换一个天地施展拳脚。此时的他看到了蕴含在中西部的巨大商机，尤其是火灾后的芝加哥，大破之后必有大立，城市的重建意味着无尽的新机遇与新财富。而且，柯帕乌的这一结论并不仅仅是基于其灵敏的商业直觉，而是有着“大数据”的有力支撑——“他研究过纽约票据交易所的收据，以及银行结存的转让和装备黄金的情况，发现有大宗黄金正在运往芝加哥……装运黄金的意义是不言而喻的。反正资金到了哪里，那里就百业兴旺”(592)。于是，柯帕乌带着艾琳(此时他已同原配莉莲离婚)乘坐火车离开费城，奔赴人生的下一站芝加哥，开启又一段商业冒险之旅。在这里，德莱塞再一次运用他偏爱的意象——在原野上疾驰的火车，这一意象象征着美国新兴商业资本的强大力量与冷酷气质。

第二部分

20世纪20至30年代：繁荣与梦想中的危机

这一阶段是美国经济大起大落的时期——先是“咆哮的20年代”，后是“萧条的30年代”。这番经济上的起落，在美国文学中亦有相应体现——我们在同时期的作品中，能够感受得到奢靡乐观的爵士时代气息，也能听得见无奈的哀叹与愤怒的呐喊。

整个20年代的美国政府几乎都是由共和党把持——在哈丁、柯立芝、胡佛三人担任总统期间，共和党政府采取的基本是自由放任的经济政策。从欧洲前线回国的退伍军人带来了巨大的现金流和青壮年劳动力，加上当时国内基础设施的大规模扩建、前所未有的工业化浪潮、新科技与新产品的大量涌现、旺盛的居民消费需求等，这些都对社会经济起到了向好的推动作用。据统计，从1922年到1929年，美国股市的红利增长108%，公司盈利增长76%，个人工资亦有33%的增长。这一时期经济欣欣向荣、文化蓬勃发展。在当时的美国民众当中，也弥漫着一股盲目乐观和自大的气氛，以及一种在思想和生活方式等方面追求一致的趋势，这在文学作品当中的表现十分明显。

然而，20年代的最后一位总统胡佛的经历却让人叹息。他在担任商务部长期间(1921—1928)，为提升美国的经济效率，采取了各种措施大力治理商业活动，把商务部成功打造成了联系政府与企业、促进双方有效合作的机构，为整个20年代的经济繁荣做出极大贡献，个人的社会声望甚至超过当时的哈丁和柯立芝两位总统。不幸的是，待胡佛本人以绝对优势胜选并入主白宫后不久，便碰上了华尔街股灾以及随后持续四年的经济大衰退。胡佛仍坚持传统的自由放任的经济理论,反对政府干预经济,只是采取了一些简单的以工资促消费、以价格促农产的措施,但未收到积极效果;他先后于1930年建立的"总统就业委员会"和1931年实施的《紧急救济建设法案》也收效甚微。至1932年,美国工业生产下降了55.6%,退回到1905—1906年的水平。

由于胡佛的政策未能成功阻止经济下滑和失业蔓延,再加上相当一部分民众对当时的禁酒令颇有怨气,导致他的民望大降,最终在1932年的大选中惨败于民主党人富兰克林·罗斯福,并于次年黯然离任。此次经济大萧条造成的社会问题,以及马克思主义的巨大影响,使得30年代的美国文学创作在主旨上出现了整体"左移"的趋势,很多作品都专注于揭露与批判当时的政治和经济问题(例如帕索斯、斯坦贝克等人的作品)。

小罗斯福在其主政初期实施新政,以救济、复兴、改革为核心,大大加强了政府对经济的宏观调控——这一时期的美国政府先后推出了《农业调整法》《全国工业复兴法》《紧急银行法》《新税法则》等一系列重要法案,为美国经济走出萧条、实现复苏提供了必要的政策保障。1941年,美国正式参加二战,国家进入战时经济状态,其间的军工生产和巨额开支有效推动了经济发展。纵观小罗斯福当政的整个期间(1933—1945),美国始终是一种"大政府"(即国家垄断资本主义)的状态,对经济的干预程度非常之高。

就本书而言,其中收入的20年代作品有辛克莱·刘易斯的《巴比特》、菲茨杰拉德的《一颗像丽思酒店那么大的钻石》和《了不起的盖茨比》。《巴比特》主要讨论美国中产阶级的生活方式以及有闲阶层的炫耀性消费,同时也涉及主人公作为房产经纪商的销售策略和商业道德;《一颗像丽思酒店那么大的钻石》抨击了当时美国社会对物质财富的疯狂崇拜,以及现代资本家的无尽贪欲;《了不起的盖茨比》结合当时的社会历史背景,探讨了禁酒时代的黑市交易、证券市场和社会流动性。所收的30年代作品是斯坦贝克的《愤怒的葡萄》,该书探讨了美国经济萧条时期的农业经济,以及当时的土地观念和农民生活的困境。此外,本部分还收入对现代主义诗人庞德在30年代的经济思想的研究,以此来解释他当时的反犹主义立场和法西斯倾向,从而让读者更好地了解这位卓越的美国诗人为何在随后的二战中如此坚定地拥护墨索里尼。

《巴比特》中的消费文化与商业竞争

辛克莱·刘易斯(Sinclair Lewis)出生于明尼苏达州,曾在耶鲁大学读书,毕业后从事过出版、编辑工作,随后专注于文学写作,并推出《大街》(*Main Street*,1920)、《巴比特》(*Babbitt*,1922)、《阿罗史密斯》(*Arrowsmith*,1925)、《多兹沃思》(*Dodsworth*,1929)、《不会在这里发生》(*It Can't Happen Here*,1935)等多部小说。1930年,刘易斯获得诺贝尔文学奖,成为第一位得此殊荣的美国作家。

刘易斯的作品生动地再现了20世纪20年代的美国社会生活,同时深刻地批判了资本主义文化。其长篇小说《巴比特》是继《大街》之后的又一部经典之作,也是备受市场欢迎的一本畅销书。书中通过巴比特这一典型的商人形象,展现出当时美国城市生活与商业文化的各个方面,以及居于其中的中产阶级人士的生活方式。

主人公巴比特是美国中西部城市泽尼斯的一个房产经纪商。尽管事业成功、生活殷实,他却一心想要摆脱枯燥无趣的家庭氛围、庸俗市侩的朋友圈子,以及自己低落压抑的内心世界。为此,他采取了一系列叛逆行为(包括搞婚外情、支持自由派观点和工人罢工等),面对朋友的苦苦相劝仍坚持己见。直到妻子急性阑尾炎发作,巴比特马上赶回家,才顿悟到:自己的各种挣扎与反抗其实根本无济于事,最终还是屈服于现实压力(包括朋友的孤立、生意的冷清)和传统力量,回归到原先的家庭和交际圈。小说中的巴比特形象深入人心,以至于"巴比特"一词随后进入英语词汇,代表了典型的商业市侩形象,以及他们自鸣得意的生活方式和虚伪狭隘的道德标准。

城市中的建筑与器物

20世纪20年代初的美国,经历了一战后的经济复苏,呈现出技术革新、城市扩张、商业兴旺的繁荣景象。其中的一个明显标志就是中西部地区若干中小工业城市的快速发展,特别是办公楼宇和居民住宅的大量涌现——以主人公居住的泽尼斯为例,"城里到处可以看到这些奇形怪状的建筑,但是整洁的大厦正把它们从商业中心挤出去,近郊的小山头上也出现了崭新的房子，供一些似乎充满欢笑和宁谧的家庭居住”(1)。[①] 城市化带来的建设热潮，为像巴比特这样的房产经纪商提供了广阔空间。除了房地产业，这些城市还经历了规模生产和消费社会的兴起——作者开篇用寥寥数笔提到的豪华轿车、晚礼服、香槟酒、信号灯、钢轨，虽不比纽约城的繁华盛景和盖茨比家的奢华派对，但灯红酒绿之间，却也另有一番不同的“咆哮”景象。

书中对景物的描画之细致让人难忘。例如，巴比特从家中的窗户即可看到市中心的第二国民大厦，楼宇的轮廓(以及由此代表的城市节律)让他感到安宁适意，“他把那座大楼看成是商业殿堂的尖塔，是使凡夫俗子肃然起敬的激情的信仰”(14)。在这里，办公楼宇被赋予了神圣的地位，成为商业运营与社会进步的象征，每当巴比特踏进自己公司所在的大楼时，内心便充满了力量。

作者在小说中对各种器物的描写极为细微。书中第一个值得关注的物件就是主人公的闹钟：这款闹钟的广告遍及全国、质量上乘——“巴比特觉得被这么一个豪华的装置闹醒也是值得骄傲的。几乎同购买昂贵的、新设计的汽车轮胎一样，能表示一个人的身价”(4)。而且有意思的是，这个闹钟的响声模仿的是大教堂的钟声，具有间歇的回响。这其实是一个隐喻，暗指现代化商品对传统宗教信仰的取代，从而形成马克思所说的“商品拜物教”，其通身“充满形而上学的微妙和神学的怪诞”。[②] 其中的微妙和怪诞之一，就是在闹钟响起之后巴比特身份的神奇转变：睡梦中的他是一个想要扬帆远航的浪漫主义者，而一旦醒来，他就马上变成一个精明功利的实干家，“一个运筹帷幄、发号施令、完成大业的人”(5)。

还有一个物件就是巴比特的无框眼镜，这个不起眼的东西具有同闹钟相似的神效——“他戴上之后就变成了现代化的生意人：有一批听他使唤的雇员，自己开汽车，偶尔打打高尔夫球，谈起推销来有一套学问。他的脑袋突然显得不稚气了，而是很有分量”(9)。当然，最为明显的意象还是汽车——“在泽尼斯这个城市，在粗俗的 20 世纪，一个家庭的汽车精确地显示了它的社会等级”(82)。

以上提到的物品，自有其内在的使用价值，但同时还包含很大部分的心理价值，可纳入“炫耀性消费”的范畴。如前所述，所谓炫耀性消费，其实未必价格昂贵，重点在于其“无用性”；换言之，其主要价值并非内在的使用功能，而在于其可以显示和巩固当事人的社会地位和文化身份。因此，商品的价格同生产成本之间已没有必然的因果关系，而主要取决于供需关系(这里的“需”也是以心理需求为主)。前面提到的凡勃伦的《有闲阶级论》，对 19 世纪末 20 世纪初美国的消费文化和社会竞争进行了系统的研究和批判；事实上，这本书常被人拿来同《巴比特》进行类比，特别是其中的“炫耀性消费”概念，

① 作品原文引自辛克莱・刘易斯《巴比特》，王仲年译(湖南人民出版社，1983 版)。

② 卡尔・马克思：《资本论》(第一卷)，北京：人民出版社，1975，第 87 页。

有助于我们更好地理解中产阶级消费文化的利弊两面。

夸张的广告营销

作为房产经纪商,巴比特的工作内容主要以商务沟通为主。书面上,他需要撰写招揽生意的信件,构思娓娓动听的广告词;口头上,他需要跟下属和客户进行大量交谈,有时还要在一些公共场合致辞,大谈商业道德与经商理念。经过多年苦心经营,巴比特已在业界赢得了诚实可信的口碑。相比而言,他确实还算是个有操守的商人,但绝没有"老实到犯傻的地步"(50)。虽然没有明显的违法欺诈行为,但各种夸张渲染和虚张声势却并不鲜见,这也似乎是销售行业无法避免的。比如,他的公司正在开发的"黄鹂谷"住宅项目,只不过是吸引潜在客户的营销手段而已,其实该社区既无黄鹂轻鸣,亦非林中幽谷,甚至由于下水道宣泄不畅导致废水滞留、气味难闻。再比如,他凭借绝佳的口才,把 11 000 美元买入的土地,以 21 000 美元的价格卖给开食品店的珀迪,自己从中赚取了 450 美元的佣金。

众所周知,美国是现代广告业的发源地,尤其巴比特所处的 20 年代,是美国广告业的大发展时期。当时除了传统的报纸、杂志、月历之外,新的传媒手段也得以应用,进一步推动了广告业的发展——美国商业广播电台刚刚成立不久,即于 1922 年开播广告业务;至 1926 年,全国性的广播网建立了起来,广播广告更是盛极一时。然而,不论是纸媒,还是广播,归根结底依然要靠赚取消费者眼球的广告词,而相关的从业人员也取得了空前的社会地位。例如,在巴比特家的聚会上,当朋友们聊天谈到但丁时,煤炭商冈奇不加掩饰地说道:"我想但丁也许有两下子——当然,我没有认真看过他的作品——可是实事求是地说,假如要他一本正经地搞实用文学,像朱姆那样,每天替机器业辛迪加写一首诗,他准干不了!"(143)这里提到的朱姆是巴比特的另一个朋友,此人是专业的广告写手和报纸诗人。作为文艺复兴的开拓者和欧洲历史上最伟大的诗人之一,但丁居然被拿来跟朱姆相提并论,实在让人无奈和慨叹,而在这种比照下,他的史诗巨作《神曲》自然也不及后者的广告词来得实用。这虽然是聚会中的一句戏言,却道出了艺术与商业的矛盾,特别是经典的文化艺术在功利型社会中是如何的格格不入。

在一个过度商业化的社会,既然广告词对于产品的销售如此重要,在相关利益的驱动下,难免会出现不必要的渲染和夸张,甚至对民众赤裸裸的欺骗,无怪乎 20 世纪 20 年代也是美国历史上虚假广告最严重的时期,消费者的权益受到极大损害,引起公众的颇多微词。更糟糕的是,广告同其他媒介一道发力,给公众套上了无形枷锁,使之沦为消费主义的奴隶——当时美国的大量民众其实并未过上柯立芝政府所宣扬的"富裕生活","但在制造商、广告商、大众杂志和电影所传播的以消费主义为导向的'美国梦'的刺激下，他们无不竭力地维持比较体面的最低生活，潜意识里进入了这种消费文化所构织的庞大网络”。[①]

社交聚会：商业世界的延伸

《巴比特》中出现的各种社交聚会为我们观察当时美国的社会经济状况提供了一个缩影，其中包括禁酒令的尴尬、同学聚会的利益目的、教会活动的商业思维等。

小说的背景正值禁酒令在美国当道之时，而巴比特买酒的整个过程很可能就是那个时代一般消费者偷偷买酒的普遍写照——他从商业中心驱车跑到旧城错综零乱的背街小路，溜进一家油腻的酒吧，找到掌柜自报家门（要告知是哪个朋友介绍来的），然后经过一番讨价还价，被对方骗以高价成交，心中却依然暗自窃喜（巴比特原本打算 7 美元/夸脱的价格，最终却被对方不耐烦地按 12 美元/夸脱出售，他还要连连道谢）。从中我们可以看到，禁酒令通过简单粗暴的行政手段掐断供给，把原本常见的酒硬生生地变成了稀缺品，而真正从中获利的只是那些贩私酒的商人和地下酒吧的经营者，而政府的初衷（即减少酗酒犯罪、提升社会道德）却并未得偿所愿。对于禁酒令，当时的很多美国民众是反感和不屑的，中产阶级的态度更是自相矛盾——巴比特的朋友们在聚会中享受着在禁酒时期违法饮酒带来的心理快感，一边指责禁酒令是对个人自由的侵犯，一边却又声称禁酒令“对工人阶级来说是件大好事”，因为这样一来“可以防止他们浪费钱财、降低拉动生产率”（129），其自以为是和虚伪势利昭然若揭。

比家庭聚会更重要的社交场合是州立大学的校友聚会，读者可以从中看出昔日同学在社会经济地位上的差异——大家“穿晚礼服的在一拨，不穿的在另一拨”（221），这很明显是职业和阶层的差别使然。在这类场合中，多数社会行为的根本动力都是为了逐利，因为在这种物质主义至上的社会文化下，人际关系得以维系的根本纽带就是利益。例如，聚会中的巴比特为了借机建立业务联系，极力贴近大承包商麦凯维尔，并邀请他稍后到自己家里吃饭；尽管两口子精心准备了可口的晚餐和聊天的话题，麦凯维尔夫妇依然觉得索然无趣，找了个借口便提早离场，之后也没有按惯例回请巴比特，让他非常沮丧。有趣的是，另一位大学同学、做保险生意的奥弗布鲁克出于完全同样的目的，邀请巴比特到家里吃饭，而巴比特对奥弗布鲁克的态度就跟之前麦凯维尔对自己的态度如出一辙，但他却全然没有察觉。也就是说，巴比特所反感的事情，其实也是自己常常在做的；他一边被这种社会文化标准所塑造，一边又通过自己的行为在不断地强化

---

① 王晓德：《美国现代大众消费社会的形成及其全球影响》，刘方喜编：《消费社会》，北京：中国社会科学出版社，2011，第 72 页。

这种标准。

虽然跟麦凯维尔的交往受挫，但巴比特的商业才华在随后居然用到了宗教上，这也反过来加强了他在商界的地位。巴比特所在的教会想要增加其主日学校的信众人数，提高在本市的地位，并为此成立了专门的咨询委员会。巴比特虽然远非虔诚的基督徒，却很乐意为自己的教会做事，因此欣然入会，并由此结识了同在委员会里的泽尼斯第一州立银行行长、家世深厚的伊桑先生。在商讨方案时，巴比特提出要“把它当作一个商业问题来对待”(248)，并提出了两条大胆的建议：① 把整个主日学校分成四个军，每人按照其介绍的会员人数的多少来分配军衔，拉不到会员的人只能当列兵，并提出下级对上级的一套礼仪形式；② 为主日学校招聘一个领工资的宣传干事，让他写内容正派的文章，然后加上吸引人眼球的俏皮标题。很明显，前者的“军事化管理”具有清晰的层级关系，实质上就是一个变相的传销网络，后者则是赤裸裸的广告宣传手段。虽然这些举措可能为传统的宗教人士所不齿，甚至在某些地方有渎神之嫌，但一经使用却马上奏效，使教会中人人精神振奋，学校蓬勃发展，当然也大大抬高了巴比特的身价。

在随后的庆祝晚餐中，巴比特为了巴结伊桑先生，“娓娓动听地谈论银行家对社会和教育的作用”，甚至大赞“银行家是商业信徒们的牧师”(257)，这种夸赞行业(而非个人)的讨好方式显得十分自然，赢得了后者的好感。短短几个月之后，他就从伊桑先生那里私下取得一笔贷款，用于一桩秘密的地产交易，从中获利不菲。巴比特的经商手段其实是当时的美国地产商常用的，即利用人际关系网，提前预知马上就要升值的地块，暗中从熟人那里贷款将其买下，然后再高价售出，其中难免涉及有违商业道德甚至法律的行径。然而具有讽刺意味的是，当他发现自己手下的销售人员言而无信、欺骗顾客时，又以“道德”的名义将其解雇，暴露出资产阶级自相矛盾的商业伦理标准。

中产价值观：无形的桎梏

小说中的泽尼斯发生了各行各业的大罢工。巴比特受到左翼律师、老同学多恩的影响，立场发生了巨大转变——他不久前还是一个极力反对工会的保守派，甚至宣称“工人们硬要公司加工资简直是犯罪”(33)，如今却同情起罢工的工人。巴比特的这一转变引起了周围朋友的警觉，特别是他一再拒绝加入所在俱乐部成立的“好公民同盟”，让朋友们更加气恼，认为他是一个危险的无政府主义分子，纷纷冷落他。最可怕的是，原本的生意伙伴都不再跟他来往，甚至手下的员工也辞职离开，这对于一个商人而言无疑是毁灭性的。妻子患病住院，让巴比特彻底悔悟，决心放弃做一个社会叛逆者的念头，重新回到熟悉而舒适的中产阶级生活方式，并痛快地加入了“好公民同盟”。仅仅两周之后，他就开始“慷慨激昂地抨击塞尼卡·多恩的邪恶、工会的罪大恶极和移民的危险，赞扬高尔夫、道德和银行存款的好处，好公民同盟没有第二个人可以跟他相比”(446)；很快，他就完全赢回了自尊、安宁和朋友们的好感，公司的生意也重新蒸蒸日上。

由此可见，尽管美国号称是一个自由多元的国度，在经济上，20年代的共和党政府执行的也是自由放任的经济政策，但这并不意味着个人真正享有选择的自由，在民间实则存在着一个更加强大的“无形政府”，能够牢牢控制你的价值取向和社会行为——家庭、朋友圈、生意伙伴、社会舆论，甚至自己多年形成的思维方式，这些元素共同构成一股强大的向心力，让你根本不可能挣脱出去；所谓美国式的平等也并非真正意义上的机会面前人人平等，而是一种趋同化的“一致性”，即“要求在思想、服装、会话、道德和词汇方面完全相同”(447)。

弗洛姆在其代表作《爱的艺术》(1956)中曾指出现代人摆脱“孤立感”的四种主要方式，其中包括“一致性结合”，即“通过同一个群体的人及其习惯、风格和看法保持一致，来达到同其他人的结合”，[①]这在西方社会尤为重要。

> 在今日的西方社会，同一组人结合仍然是克服孤独感最常用的方法。在这种结合中，参加者为了使自己属于这一组人而失去了大部分个性。如果我与他人完全一样，我的感情、思想与他人一致，我的衣着、习惯和看法都与这一组人的楷模看齐，我就可得救，就不会再经历可怕的孤立。[②]

可见在现代资本主义社会，同群体保持高度一致，既是生存的需要，也是精神的需要。中产阶级尤其如此，他们尚且没有上层阶级那样的强大社会资源和力量，可以放手追逐其“自我实现需求”，又不像低收入阶级那样忙于基本生活，无暇顾及生活方式和思想境界，只能攥着手里有限的既得利益，犹豫不决、患得患失。巴比特即是如此——作为中产阶级的一员，他居然敢于充当社会斗士，抗拒这种一致性，此中代价必然是惨痛的，不光是经济上的惨淡，还有精神上的孤寂；在这股强大的洪流下，他在短暂“脱轨”之后只能选择回归原先的舒适区，除此之外别无他途，这恐怕也是当时美国大多数中产阶级的共同命运。

---

① Fromm, Erich. *The Art of Loving*. New York: Harper & Row, 1956, p. 12.

② Fromm, Erich. *The Art of Loving*. New York: Harper & Row, 1956, p. 13.

《一颗像丽思酒店那么大的钻石》：供给端的贪欲

菲茨杰拉德(F. Scott Fitzgerald)出生于明尼苏达州，曾在普林斯顿大学接受教育，但中途辍学入伍。从事写作后，他以小说《人间天堂》(*This Side of Paradise*，1920)一炮打响，此后又相继写就《美丽与毁灭》(*The Beautiful and Damned*，1922)、《了不起的盖茨比》(*The Great Gatsby*，1925)、《夜色温柔》(*Tender Is the Night*，1934)、《最后一个大亨》(*The Last Tycoon*，1941，未完成)等作品。菲茨杰拉德的作品生动反映了20世纪20年代美国梦的幻灭，其主题大都涉及“金钱与财富对人性所产生的扭曲和腐蚀作用”。[①] 他的短篇小说《一颗像丽思酒店那么大的钻石》(“The Diamond as Big as the Ritz”，1922)是一个充满奇思妙想的奇幻故事，主人公约翰应同学之邀到对方家中度假，发现这家人拥有一座巨大的钻石矿山以及隐藏在背后的惊人秘密。作者以此为道德寓言，抨击当时美国社会对物质财富的疯狂崇拜，以及现代资本家的无尽贪欲。

神秘的富豪同学

主人公约翰是一个家住密西西比河畔的少年，他的家乡同当时美国的其他城市一样，将物质财富视若神明，“以真诚崇拜财富和尊敬财富为第一信条”(160)。[②] 16岁那年，约翰到波士顿附近的圣梅达斯读书。这所寄宿学校的学费堪称全世界最高，约翰虽然家世不错，在家乡小城里也算世代闻名，可到了这里才发现：除了自己之外，同学们全都乘着劳斯莱斯上学。原来，这所学校的学生父亲个个家财万贯；然而有趣的是，这些父亲居然长得出奇地相像。这种奇幻化的描写，其实是对当时的美国富豪的一种讽喻，象征这些人从外在仪表到内在本质的趋同性——每个人都是举止上高傲虚伪，思想上唯利是图，在其致富之路上也都充满了各种不可告人的秘密。

---

① 吴建国：《菲茨杰拉德研究》，上海：上海外语教育出版社，2002，第134页。

② 作品原文引自菲茨杰拉德《一颗像里茨饭店那么大的钻石》，梁永宽译，收录在《了不起的盖茨比》，巫宁坤译(上海译文出版社，2011版)。该版本中的“里茨饭店”(Ritz-Carlton Hotel)按现在的惯例译为“丽思卡尔顿酒店”。

约翰的舍友珀西是一个神秘而离群的人，他从不谈及自己的家庭状况，但却跟约翰交往甚好，并热情邀请他到自己位于蒙大拿州落基山脉的家中过暑假。在火车上，珀西号称自己的父亲是世界上最富有的人，拥有比丽思卡尔顿酒店还要大的钻石。我们都知道，丽思卡尔顿是全球知名的高端酒店，在人们心目中往往代表着豪华与尊贵，而珀西居然拿自家的钻石跟其比较体量大小（而非酒店本身的价值），这实在让人咋舌，约翰自然也是将信将疑。

当约翰提到在《美国年鉴》上看到的全美年收入最高的几个富翁时，珀西颇为不屑地说："他们这些人都算不上什么……那是些捞小钱的资本家，金融家小人物，小商人，放债人。我的父亲能把他们的财产一股脑儿都买下来，而他们还不知道是他干的呢。"(157)更要命的是，珀西宣称父亲"绝不按照自己真正的收入缴所得税"(158)，这让约翰（以及读者）对此人的收入来源产生极大的好奇。此外，珀西的这番话或许也透露出一个重要信息——当时的美国社会可能存在一些不为人知的超级富豪以及大量的隐性财富。

钻石的供需与价值

在珀西的家里，约翰发现自己同学的所言完全属实。在享受奢华生活的同时，他了解到这个神秘家庭的背景——珀西家是乔治·华盛顿的后代，其祖父费茨-诺尔曼本想去西部开办牧场，却在蒙大拿州意外发现了储量巨大的钻石。此时的费茨-诺尔曼面临一个尴尬的局面：如果将这些钻石全部发掘出来，无疑将成为全球首富，但根据经济学上的供给法则，如此海量的钻石一旦进入市场（或者仅仅是被外人所知），必将迅速贬值，甚至一文不值，而且政府对此也会插手干预——"无法预料政府为了防止珠宝市场以及黄金市场发生恐慌，会采取什么措施。他们可能立即接管矿山的所有权并且实行专卖"(169)。于是，费茨-诺尔曼起先只开采了其中的一小部分，然后周游世界各地，每次都卖出"适量"的钻石，一方面不会过量充斥市场，另一方面又能确保他获得大量财富。

到了珀西的父亲布拉多克这一代，采取的手段更为高明，也更符合市场规律——他把已开采所获得的财富（足够家族子孙世代享用）全部换成稀有元素镭，然后将余下的钻石矿山封存起来。此后他需要做的事情，就是守住这个秘密即可。凡是进入这一区域的飞机，都会被高射炮打下来，并将飞行员囚禁起来。在这里，我们看到作者眼中巨量财富的害处，特别是对其持有者的束缚——像布拉多克这样的资本家，其人生的唯一目的和意义就是守住这座钻石矿山的秘密，导致他不仅需要囚禁（甚至杀害）任何发现这一秘密的外人，自己也为此失去自由，沦为贪欲的囚徒。可以说，占有大量物质财富，而精神上却处于牢笼之中，这也是很多资本家的悲剧所在。

在此居住期间，约翰偶然得知布拉多克为了保住秘密，将到此的所有客人杀死灭口，而自己无疑将是下一个目标。随后不久，来自外界的飞机来袭，对华盛顿家的城堡进行轰炸。情急之下，珀西和父母为了不让整座钻石矿山落入他人之手，不惜将其炸毁。

故事中的这一幕，很容易让人联想到美国经济大萧条时期的资本家（更确切地说，其实是一部分奶农）往密西西比河倾倒牛奶的著名场景。倾倒牛奶的行为可以理解为资本家社会良知的丧失，但其实也是在当时市场条件下的理性选择——面对有效需求的严重不足，供给方无非只有两个选择，要么降价销售，要么减少供应。在当时的大环境下（即企业倒闭、工人失业、社会心理恐慌），民众普遍选择"现金为王"，不愿也不敢进行投资和消费，因此降价并不会带来什么效果，甚至可能卖得越多亏损越大，而把牛奶免费送给穷人，等于是向市场传递出一个负面信号，从而把原本所余不多的市场需求也给彻底挤压掉，这对奶农而言无异于自杀。这其中的逻辑，跟小说中的华盛顿家族限量售卖钻石和毁掉整座矿山的行为确有一定的相通之处。

当然，这两种行为也有不同之处——牛奶毕竟还有保质期的时限和较高的经营成本（包括生产、保存、包装、运输、分销等环节），所以奶农定期将卖不出去的牛奶倾倒掉，确有不得已而为之的因素，而"钻石恒久远，一颗永流传"，它除了基本的开采成本外，几乎完全不涉及以上问题。因此相形之下，布拉多克自毁钻石矿山的行为，就更加露骨地体现出资本家的逐利本质。当然，由于钻石毕竟属于奢侈品和投资品，而非牛奶那样的生活必需品，所以将其炸掉，其在道德和情感上的冲击力上可能比不上宁肯倒掉牛奶也不给穷人喝的行为。

对财富的疯狂贪欲

纵观整部小说，最为核心的主题就是人的贪欲及其危害——"对金钱和财富永无止境的贪婪欲望和对上流社会奢靡生活的强烈向往已成了人们唯一的追求目标"。[①] 这种贪欲和向往会让处于供应端的资本家走向两个极端：有时出于对供需关系和自身利润的考量，他们会表现得过于理智甚至残酷，完全不顾一般民众的疾苦（例如倾倒牛奶的资本家），而有时他们又会完全丧失理智，变得近乎疯狂，宁可毁灭自己也在所不惜（例如炸毁钻石矿山的布拉多克一家）。

故事中有一个相当具有震撼力的场景——面对来自外界的攻击，布拉多克情急之

---

① 吴建国：《菲茨杰拉德研究》，上海：上海外语教育出版社，2002，第 134 页。

下命令自己的两个黑奴将一颗硕大的钻石抬到山上，试图以此贿赂上帝，让他吞没这些入侵的飞机。在西方文化中，至高无上的上帝本应代表人类社会的道德标准与终极价值，可布拉多克居然也敢“照贿不误”，唯一的疑虑只是“他付出的这笔贿赂是否足够大”(195)。可见在这个现代资本家的眼里，金钱可以取代宗教信仰，他们用金钱可以收买一切，甚至连上帝也不例外——“上帝是以人的形象造出来的，所以人们一向说，上帝必定也有他的价格”(195)。让人稍感宽慰的是，作者在这里让上帝拒绝了这笔贿赂，算是为这个无情逐利的世界保留了最后的一份尊严。

故事中以布拉多克为代表的新兴垄断资本家形象，其贪婪与狂妄已经达到了登峰造极的程度，虽然有奇幻故事的夸张成分使然，但在某种程度上也确实道出了真谛——他蓄养奴隶、囚禁飞行员、杀害来客、贿赂政府官员甚至上帝……这些违法和渎神的行为让人很自然地想起马克思在《资本论》中的著名论断：

> 一旦有适当的利润，资本就胆大起来。如果有10%的利润，它就保证到处被使用；有20%的利润，它就活跃起来；有50%的利润，它就铤而走险；为了100%的利润，它就敢践踏一切人间法律；有300%的利润，它就敢犯任何罪行，甚至冒绞首的危险。如果动乱和纷争能带来利润，它就会鼓励动乱和纷争。走私和贩卖奴隶就是证明。[①]

事实上，在这样一种社会氛围中，不仅是处于食物链上端的资本家如此大胆冒险，各个社会阶层的人(特别是来自中下阶层但又心怀梦想的年轻人)都会为了获得世俗意义上的“成功”(包括物质财富、社会地位，以及并不可靠的“爱情”)而不择手段，哪怕为此突破道德、践踏法律也在所不惜。这些人的最终结果，要么实现野心，成功跻身上流社会，继续强化这种逐利之风，要么一败涂地，甚至给自己带来毁灭。就这一点而言，《一颗像丽丝酒店那么大的钻石》可说是菲茨杰拉德的“美国梦幻灭”主题的一个前奏，该主题在随后的《了不起的盖茨比》中将会得到更加充分的展现和更加深入的诠释。

① 卡尔·马克思：《资本论》(第一卷)，北京：人民出版社，1975，第829页。原话出自英国工会活动家邓宁的《工联和罢工》(1860)一书，马克思将其作为脚注，但被很多人误当作马克思本人所言。

《了不起的盖茨比》中的非法经营与社会分层

菲茨杰拉德的小说《了不起的盖茨比》(*The Great Gatsby*,1925)被公认为全面展现美国"爵士时代"社会风貌的经典之作。故事的背景是1922年的纽约长岛,以来自中西部的年轻债券经销商尼克为叙事视角,讲述了年轻而神秘的富翁盖茨比执着追求旧爱黛西,并在最后为此殒身丧命的故事。小说除了表现美国梦的幻灭这一重要主题之外,也是20世纪20年代美国社会经济的真实写照,从中我们可以看到当时的消费风气、禁酒令、贩私酒、社会阶层差异等对美国的深刻影响。

经济繁荣下的危机四伏

20世纪20年代的美国经济空前繁荣,由此导致消费主义风气的盛行。随着人们整体收入的大幅增加,商品消费额明显上升,直接刺激了工业品生产和企业利润的提高,反过来又使人们获得更多的收入,从而构成一种由消费所拉动的循环型经济增长。科技的迅猛发展也推动了一些发明的商品化和普及,电话、收音机、室内管道等逐渐进入美国中上阶层的家庭,这些都在《了不起的盖茨比》中有所体现。与此同时,休闲娱乐产业(包括职业体育、电影、报纸等)也开始在美国社会大行其道,它们同物质消费一起,共同构成了"咆哮的二十年代"。

与这种消费风气和时代精神大相背离的,是1920年1月17日美国宪法第十八修正案(即禁酒法案)的正式生效,该法案禁止酿造、运输和销售含酒精饮料。毫不夸张地说,整个20年代的美国历史是同禁酒令(1920—1933)紧密联系在一起的。耶鲁大学经济学教授费舍尔曾计算出:由于有助于提高生产效率,禁酒能给全美带来每年60亿美元的经济收益。然而凡事有利亦有弊,单是每年的税收,美国政府就要损失30亿美元。[①] 更具讽刺意味的是,禁酒令非但没有使酒精的消费量明显减少,反而导致私人酿

---

① Free, E. E. "Where America Gets Its Booze: An Interview with Dr. James M. Doran." *Popular Science Monthly*, 116.5 (1930), pp. 19–22.

酒猖獗、假酒泛滥，执法官员普遍收受贿赂。更糟糕的是，禁酒令为有组织犯罪提供了绝佳的获利机会，他们非常方便地接管了酒的进口、制造和销售。由于相关利润远远超过收取保护费、敲诈勒索、组织赌博和娼妓的收入，政府处罚的风险已完全可以忽略。从事贩私酒生意的有组织犯罪者，较为著名的包括艾尔·卡彭、“疯子莫兰”等人，而小说中盖茨比的带头大哥沃尔夫山姆的原型、纽约黑市财阀罗斯坦也是最早从禁酒令中嗅到商机的黑道人物。[①]

畸形的繁荣不可能永远持续下去——1924年春夏之际，美国尚处在欣欣向荣之际，但经济泡沫已经开始形成和扩散，而这几个月恰恰是菲茨杰拉德构思《了不起的盖茨比》的故事框架之时，作者敏锐地觉察到繁华背后的危机四伏，并在书中暗暗传递了自己的隐忧——故事中展现的毫无节制的奢靡与放纵，确实让人隐约感受到一份末世前的焦虑不安。有人甚至将《了不起的盖茨比》跟同样出版于1925年的帕索斯的《曼哈顿中转站》(*Manhattan Transfer*)和艾什(Nathan Asch)的《办公室》(*The Office*)并置在一起，将之称为判断市场气候、预见1929年股灾的“现代主义小说三重奏”，[②]可见文学文本与经济环境之间的相互影响之深刻。

菲茨杰拉德在小说中曾借尼克之口对汤姆和黛西做出一番评价，这几句话已成为美国文学中的经典名句——“他们是粗心大意的人——他们砸碎了东西，毁灭了人，然后就退缩到自己的金钱或者麻木不仁或者不管什么使他们留在一起的东西之中，让别人去收拾他们的烂摊子……”(150)。[③] 这番话其实不仅是抨击那些惹是生非、毫无责任感的为富不仁者，也对整个时代敲响了警钟。

混乱不堪的证券市场

在盖茨比正式登场之前，小说的故事情节是以尼克为核心的。这个毕业于耶鲁、参加过一战的年轻人，其家庭在中西部小城中算是“家道殷实的头面人物”，父亲一直经营着祖传的五金批发业务，做得也算不错，但跟证券业比起来却实在不值一提。此时的美国，像农业、纺织业、采矿业等行业都已日渐衰微，金融业强势崛起，成为绝对的优势产业，吸引着无数怀揣梦想的年轻人投身其中。在这种背景下，尼克也打算离开中西部这

---

① 也有人认为，沃尔夫山姆的原型是私酒贩子菲伊(Larry Fay)。Gross, Dalton and Mary-Jean Gross. “F. Scott Fitzgerald's American Swastika: The Prohibition Underworld and *The Great Gatsby*.” *Notes and Queries* (Sept. 1994), pp. 377 - 378.

② Crosthwaite, Paul. “American Modernism and the Crash of 1929.” (Eds.) Matt Seybold and Michelle Chihara. *The Routledge Companion to Literature and Economics*. London and New York: Routledge, 2019, p. 136.

③ 本部分的作品原文引自菲茨杰拉德《了不起的盖茨比》，巫宁坤译(上海译文出版社，2011版)。

个“宇宙的荒凉的边缘”(4),像身边认识的很多人一样,去纽约学习债券生意。

需要说明的是,在1929年华尔街股灾爆发前,美国的银行体系一直是以行业自律为准则,政府并未采取什么集中的监管措施,当时的银行、证券、保险等行业,甚至可以混业经营——商业银行既可办理信贷业务,又能进行证券投资,还可从事保险信托业务。这种相对混杂的状况,从尼克初到纽约后的购书选择中可以窥见——“我买了十来本有关银行业、信贷和投资证券的书籍,一本本红皮烫金立在书架上,好像造币厂新铸的钱币一样,准备揭示迈达斯、摩根和米赛纳斯的秘诀”(5)。这番描述也体现出金融业在尼克心目中的神圣地位。

尼克准备在证券行业施展一番拳脚,但他在商业伦理上还是相当谨慎的。盖茨比为了感谢他安排自己和旧情人黛西的会面,曾非常露骨地提出要帮尼克在证券市场快速赚上一笔,而且声称绝对保密。尼克马上敏锐地意识到:“那次谈话可能会是我一生中的一个转折点”(69),于是马上以“手头工作很忙……不可能再承担更多的工作”为由打断盖茨比,婉言谢绝其好意,生怕他再讲出什么不该听到的内幕消息,因为如此一来,即使自己不参与其中,日后可能也难免惹上麻烦。然而盖茨比依然诚恳热情,直言“你不需要跟沃尔夫山姆打任何交道的”(70),发现尼克并未接话才悻悻离去。

后来的事实证明,尼克的这番谨慎不无道理。在故事的高潮部分(即在广场酒店发生冲突的时候),汤姆揭露盖茨比的背景时就专门提到,盖茨比跟着沃尔夫山姆所做的生意,除了遍布各地的“药店”之外,还有更大的业务,此处暗指的就是证券行业的不法行径。在证券交易委员会于1934年成立之前,美国靠的是各州层面上的“蓝天法案”对有价证券的买卖进行监管。由于这类法案只能覆盖本州,而通过跨州发售证券的方式可以轻易将其绕过,所以“蓝天法案”防范交易诈骗的实际效果大打折扣,再加上其他客观因素(如相关制度不规范、监管不力、贪腐盛行等),给了像沃尔夫山姆和盖茨比这类人从事非法活动以很大的空间。

虚假的社会流动性

为了提升能力和价值、实现美国梦,盖茨比在青年时代就异常注重自身的人力资本开发。他年轻时在旧书《牛仔卡西迪》的封底空白页上写的那份“时间表”,令人看后难忘——从早上6点起床,到晚间7点至9点学习有用的发明,中间除了常规工作,还夹杂着体育锻炼、学习技术、仪态口才等,可谓无所不包,而且对每一项活动所花的时间,都制订出精准的预算安排。“时间表”后面还附有一份“个人决心”,亦体现出清教徒式的自律和节俭。凡是读过《富兰克林自传》的人会立刻看出,青年盖茨比的这种做法深受富兰克林的影响；遗憾的是，盖茨比所追求的目标并非富兰克林心目中的道德至善，而只是社会地位的提升和财富的增加。盖茨比的父亲对此十分骄傲，宣称自己的儿子注定会成为像美国铁路大王詹姆斯·希尔那样的人物。然而具有讽刺意味的是，盖茨比日后在经济上的成功，既非凭借文化知识和技术专长，也跟勤俭节约无关，而是靠的非法贩酒和证券交易。

通常认为，《了不起的盖茨比》的悲剧结尾体现了美国梦的虚幻和社会分层的固化——哪怕像盖茨比这样从穷小子咸鱼翻身成为资财万贯的富翁，也依然不为传统的富人阶层所接纳。事实上，当时美国的新富阶层和传统富人之间确实存在明显差异——盖茨比纵然有花不完的钱，可"生意"依然是他生活中非常重要的一部分，而汤姆和黛西这类继承家传财富的人，几乎不做任何工作，嘴里也绝少谈到生意，而是整天沉浸在有闲阶级的各种娱乐消遣当中。再加上文化教育和思维方式的差异，这道鸿沟几乎无法逾越。因此可以说，即使盖茨比的财富完全来自勤奋的合法经营，仅凭他是新富阶层这一事实本身，就足以成为那些珍视身份的传统富人厌恶他的充分理由。

当然，针对社会分层，评论界也有另样的观点，吉莱斯皮就认为，这部小说揭示了"现代经济不是以身份和继承为基础，而是以创新和满足消费者需求的能力来界定的，这使得阶级划分被打破"。[①] 不管怎样，老牌经济文化与新兴力量之间的矛盾冲突是一个持久的话题，在美国社会中尤为突出，所以不同历史时期、不同文化背景的人，都能从《了不起的盖茨比》中获得启示和共鸣，这也是本书经久不衰的部分原因所在。

需要指出的是，由于《了不起的盖茨比》对社会流动性这一问题的展现极具代表性，后来的美国经济学家克莱默(Judd Cramer)将同行科拉克(Miles Corak)提出的社会经济分析曲线直接命名为"了不起的盖茨比曲线"(见图1)。2012年，时任白宫经济顾问委员会主席克鲁格(Alan B. Krueger)的讲话以及奥巴马总统给国会的经济报告，都使用了这一曲线，更使之为世人所知。

在"了不起的盖茨比曲线"坐标系中，横坐标是基尼系数，代表某一社会的不公平程度，纵坐标是代际收入弹性，代表父辈收入对子辈收入的影响程度，结果两者呈现出正相关的趋势，即所在国家的社会越不公平，收入上的代际流动性就越差，即贫家子弟靠个人奋斗在经济上翻身的概率就越低。尽管该曲线的实证存在和理论基础在学界引起不少争议，甚至有些学者称之为"吸引眼球的保险杠贴纸，过于简单而让人分心"，但作为一种分析模型还是受到经济学界多数人的接受和认可。

---

① Gillespie, Nick. "*The Great Gatsby*'s Creative Destruction: Whether the New Movie Succeeds, Fitzgerald's Masterpiece Still Speaks to America." *Reason*, 44.11 (2013), p. 49.

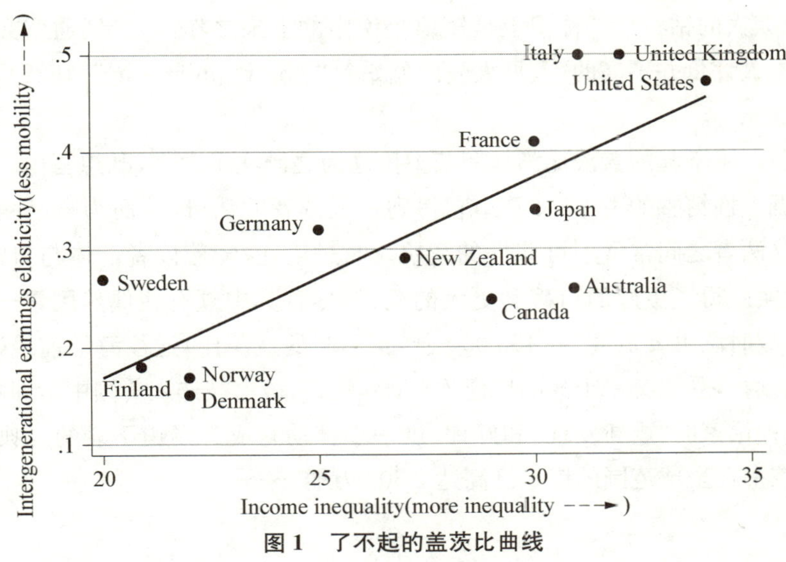

图 1　了不起的盖茨比曲线

小说作品的市场命运

就市场而言,尽管《了不起的盖茨比》是菲茨杰拉德的传世之作,但在出版后的 20 年里,这本书并没引起太大关注,在口碑和销量上远不及之前的《人间天堂》(1920)和《美丽与毁灭》(1922)。负责该书的出版社斯克里布纳公司首先预付给他 3 939 美元(大致相当于今天的 5 万美元),这个数字虽称不上多高,但在当时也算是差强人意的水平。随后为了赶得上整书的出版进度,菲茨杰拉德甚至拒绝了高达 1 万美元的连载版权,足见他对这本书的期待之高。可在出版时,由于销量不佳,他仅仅收到了不足 2 000 美元,[①]令其颇为失望。直到他临终前,《了不起的盖茨比》的总销量也不足 25 000 册,1926 年版的同名电影虽给他一笔尚算不菲的版权分账,但也远未达到之前的预期。

菲茨杰拉德日后将这一"失败"归咎于当时的图书市场——由于小说的读者群多为女性,而《了不起的盖茨比》中没有一个正面的女性形象,因此无法迎合主流消费者。作为一名曾在广告公司和好莱坞混迹过,也曾凭畅销小说赚得丰厚报酬的作家,菲茨杰拉德无疑早已深谙市场规律,如今再做这般辩解难免有牵强附会之嫌,但也不能说全无道理。事实上,早在写《了不起的盖茨比》之前,菲茨杰拉德就已经遇到过这种文学水准与市场接受度之间的反差——他的《五一节》("May Day",1922),以及前面提到的《一颗像

① Zuckerman, Esther. "The Finances of F. Scott Fitzgerald, Handwritten by Fitzgerald." *The Atlantic Wire*. The Atlantic Media Company. [29 April 2013].

丽思酒店那么大的钻石》，都称得上是短篇小说中的上乘之作，却受到通俗文学刊物的冷遇，而他本人评价并不高的《人见人爱的姑娘》（"The Popular Girl"，1922），却出人意料的广受欢迎。

也许在写《了不起的盖茨比》时，菲茨杰拉德为之倾注了太多，既想写出一部展现社会气象、挖掘人性情感的力作，又希望它得到一般读者的认可，从而为自己赢得丰厚报酬，却忘记这两者之间常常不可兼得的尴尬。时过境迁，随着读者群体与口味的变化，这本小说确实赢得了更好的口碑和更大的销量，尽管其中颇有些偶然因素——二战期间，美国的"战时图书委员会"将155 000册《了不起的盖茨比》送往海外前线，作为战斗间隙的闲暇读物，受到美军士兵的广泛欢迎；50年代，该书被选入美国中学课本，再加上部分作家与评论家的"重新发现"和好评，进一步推动它成为畅销不衰的经典作品。据统计，目前该书在全球范围的销量已高达2 500万册。①

① Donahue, Deirdre. "The Great Gatsby by the Numbers." *USA Today*. 7 May 2013 [12 May 2013].

《愤怒的葡萄》：佃农制生产模式的挽歌

约翰·斯坦贝克(John Steinbeck)是20世纪美国最重要的小说家之一。他出生于加利福尼亚州的一个中产阶级家庭，少年时代即钟爱阅读与写作。在斯坦福大学读书期间，他曾在农场和修路队干过活，这些经历成为他了解美国底层民众生活的绝好机会。1925年，未获得学位的斯坦贝克离开斯坦福，开始从事记者工作，后来转而进行严肃的文学创作，其小说代表作包括《胜负未决》(*In Dubious Battle*, 1936)、《人鼠之间》(*Of Mice and Men*, 1937)、《愤怒的葡萄》(*The Grapes of Wrath*, 1939)、《伊甸之东》(*East of Eden*, 1952)、《烦恼的冬天》(*The Winter of Our Discontent*, 1961)等，并获得1940年的普利策奖和1962年的诺贝尔文学奖。

斯坦贝克的小说常以土地和人民(特别是中下阶层的农民和移民工人)为关注点，其代表作《愤怒的葡萄》就是这样一部纪实文学作品——该书以20世纪30年代的美国为背景，讲述了大批农民破产逃荒、辛苦谋生的故事。主人公乔德从监狱假释回家，发现家里因未能清还银行债务，被迫退出了世代租佃的土地，准备另谋出路。由于受到广告传单的鼓动，全家人背井离乡，西行去加州求生，小说讲述了他们一路上历经各种曲折艰辛的故事。

实际上，在其“沙尘地带三部曲”的前两部中，斯坦贝克就已细致刻画了美国经济大萧条时期的社会场景，包括《胜负未决》中的劳资纠纷和斗争，以及《人鼠之间》中现代资本主义社会对人权的践踏。《愤怒的葡萄》则以更为恢宏的笔调，对人性更为深刻的洞察，成为一部大萧条时期的编年史。透过这部作品，我们可以更好地把握彼时美国南方和西部的经济状况，特别是传统农业经济所面临的困境。此外，由于曾受到马克思主义经济理论的影响，斯坦贝克在小说中反映的资本主义商业周期也十分显见。

美国农业的佃租制

随着美国工业在20世纪初的急速扩张，对各种资源(包括土地、原材料、劳动力等)的需求也快速上升，导致对农村造成了巨大破坏。到30年代初，处于经济萧条的美国又碰上严重旱灾，包括俄克拉荷马州在内的大平原地区发生大面积的农业歉收，多达30

万农民无力还贷，被迫离开世代耕种的土地，远赴加州寻找工作机会。《愤怒的葡萄》讲述的即是发生在这个大背景下，资本主义体制导致大公司侵占农民土地权利的故事。

小说开篇出现的俄克拉荷马州的农业经济模式（即主人公乔德家所在田庄的耕种方式），属于典型的佃租制（sharecropping），即地主将田地切割成数块，分给佃农进行耕种；作为回报，佃农一方需将所在田地的收成按一定比例缴纳给地主。这种分成制下的佃农在生产资料方面几乎一无所有，所以他们不同于一般意义上的租种土地的佃农，后者通常拥有用于耕作的牲畜和设备，收成的自留比例也往往更高一些。当然，其中的具体细节要视双方当初签署的分成协议而定。

对于佃农制的生产方式，经济学家的意见存在明显分歧。英国经济学家、新古典派创始人马歇尔（Alfred Marshall）在其《经济学原理》（1890）一书中指出，这种合约承包的方式缺乏效率；而以专门研究佃农理论而著称的张五常却认为，由于能够鼓励充分竞争、省却交易成本，该方式其实是有利于促进农业生产率提高的。

就历史上的美国而言，佃租制乃是其"重建时期"（1865—1877）广泛应用于南方各州的一种农业经济模式。当时盛行的惯例是：除了田地之外，地主还为佃农提供房屋、耕具、种子、牲畜等，而当地的商家则以赊销的方式提供给他们食物和其他日用品；到了收获季节，佃农除去自留部分，余下的全部上交给地主；如果不幸没有收成，佃农将不得不向银行抵押借贷，待日后收成好的时候再予以偿还。

应该说，佃租制有效缓解了美国内战之后因废除奴隶制而产生的经济震荡，并在很大程度上解决了刚刚被解放的黑奴和部分赤贫白人的生计问题，因而一度在美国十分流行。1929年是一个标志性年份——受股市崩盘的影响，小麦价格从1美元/蒲式耳暴跌到25美分/蒲式耳，对农民收入造成很大打击；至随后的30年代（即《愤怒的葡萄》的故事发生的时间），佃租制开始日渐衰微，当时全美大约有550万白人佃农和200万黑人佃农，在数量上达到历史顶峰，然而从1932年到1936年，美国的"沙尘地区"连遇干旱，严重影响农业生产；更重要的是，随着大规模机械化耕作的迅速推广，佃农制这种原先以家庭为单位、局限于小块土地作业的生产方式越发不符合商业趋势，正如地主代理人所说的，一个人开一台拖拉机就能代替十二三户人家，不但生产成本大大降低，而且还能得到全部收成。银行看到佃租土地的盈利能力开始下降，也不愿继续放贷，宁肯把资金转到投资回报率更高的地方。于是，这些佃农的命运只能是被驱赶出世代耕种的田地，迁移到西部成为产业工人。

佃农的土地产权观

在佃农制逐渐瓦解、佃农被迫放弃土地的过程中，我们可以看到地主与佃农各自不同的土地观念——对于当时美国的地主而言，他们平时往往并不直接接触土地，而是雇佣监工代为行使管理权，这些人对土地并没有真正的感情，在他们眼里，后者只不过是纸契上的数字和概念，是其实现经济利益的投资手段而已；可对于世代耕种于此的佃农而言，土地却是其全部所在，即使经济上的产出低得可怜，土地依然具有重要的精神价值，是佃农们家族传承的纽带，亦代表着他们的个人身份与存在方式，以至于"他们很想弄清，一旦放弃了土地，他们是不是会对自身存在的本质造成重大伤害"。[①] 于是在小说中，面对前来索取土地的地主代理人，佃农们据理力争：

> 地是我们量出来的，也是我们开垦出来的。我们在这地上出世，在这地上卖命，在这地上死去。即使地不济事，究竟还是我们的。在这里生，在这里死，在这里干活——所以这块地应该算是我们的。所有权应该以这些为凭，不应该凭着一张写着数字的文契(37)。[②]

佃农们的这番话体现出一种原始朴素的土地产权观。应该说，这种观念同法制原则和契约精神并不相符，在我们当代人看来，似乎着实有些幼稚可笑；然而事实上，这正是斯坦贝克的社会思想的重要基础，同时也是美国建国元勋杰斐逊的"平均地权论"(agrarianism)理念——杰斐逊一直对利润至上的资本主义经济体制和破坏人类自主性的城市生活方式心存顾虑，他崇尚自给自足的农业经济和简单自然的农村生活。杰斐逊坚持认为，每个人都应当有获得土地所有权的平等权利，哪怕这个人在法律意义上并不拥有土地，只要他在这块地皮上长期生活和耕种过，产生了归属感，那就具有索取土地所有权的"自然权利"。

从这个角度来看，乔德家的祖父无论如何也不愿离开这片土地，其实不仅仅是年老体衰、思想顽固所致，更是因为老人实在无法跟作为自己安身立命之本的土地一刀两断。在被迫踏上路程的第一夜，祖父即中风而死，也印证了耕农与故土之间这种难以割舍的紧密关系，或者像欧文斯所说的，"佃农们被一头残酷无情的经济怪兽所害，这头怪兽在撕裂杰斐逊唯农论的根基"。[③]

来自"东部"的银行

伴随着传统佃农制的衰落的，是大规模、机械化农耕作业在美国的快速兴起，以及

① Cook, Sylvia Jenkins. *From Tobacco Road to Route 66: The Southern Poor White in Fiction*. Chapel Hill: University of North Carolina Press, 1976, p. 172.

② 作品原文引自斯坦贝克《愤怒的葡萄》，胡仲持译(上海译文出版社，2004版)。

③ Owens, Louis. "The Culpable Joads: Desentimentalizing *The Grapes of Wrath*." Ed. John Ditsky. *Critical Essays on Steinbeck's The Grapes of Wrath*. Boston: G. K. Hall & Co., 1989, p. 111.

银行资本的愈发强大。我们在小说中看到，俄州地主（及其代理人）在没收土地、驱逐佃农的时候，其言行神态已然是一台台没有生命的商业机器——他们完全被数字所驱策（因为数字可以使他们回避思想和感情），同时也被银行所控制（因为银行才是这一切背后真正强有力的主人）。面对佃农们的抗议，地主的代理人表示十分无辜，他们把一切罪责都很方便地推到银行身上，从而避免了自身在道德上的尴尬境地，可是银行毕竟不是一个有血有肉的自然人，在佃农们眼里，它只是一个冰冷的名称甚至抽象的概念，对其进行道德谴责，等于是无的放矢，连最后一点心理上的宽慰作用都起不到。

同样，负责拆除房屋的拖拉机司机在面对佃农们的指责时，也一脸无辜地表示：自己只是为了养家糊口而奉银行的命令行事，如果不做的话就会失业，导致全家饿肚子；哪怕自己被这些佃农打死，也还是会有新的拖拉机司机来这里，直到他们的房屋被推倒为止。当报复心切的佃农进一步表示要持枪去找银行的行长和董事会时（血债总是要落实到某个自然人的身上才对），司机又进一步指出“银行也是奉东部发来的命令”（42）。这里的“东部”指的就是以纽约为代表的现代金融资本和银行家集团，其代表的利益以及背后的体制，更是这些面朝黄土背朝天的佃农所无法理解和触及的。总之，可怜的佃农们为自己的遭遇愤怒不已，却找不到一个发泄仇恨的具体对象，有心报复都不知道应该去找谁。

这其实正是现代银行（及其所代表的金融资本）的可怕之处，它似乎无处不在、控制一切，却又无影无形、难以捉摸——如小说中所言，银行虽然是人开的，但“却是跟人完全不同的一种东西。银行所做的事情，往往是银行里的人个个都讨厌的，而银行偏要这么做。银行这种东西是在人之上的……它是个怪物。人造出了银行，却又控制不住它”（37）。凡是熟悉英国文学的人一眼就能看出，这番描述简直就是玛丽·雪莱在《弗兰肯斯坦》中塑造的那个毁灭其创造者的可怕怪物。的确，银行这个怪物“既不呼吸空气，也不吃肋条肉的。它们所呼吸的是利润，所吃的是资本的息金。如果它们得不到这个，它们就会死去，正如你呼吸不到空气，吃不到饭就会死去一样。这是可叹的事，但是事实却是如此”（35）。

难以提升的劳动薪酬

离开家乡的乔德一家受到广告传单的诱惑，加入去往加州的移民大军，然而那里其实并没有多少工作机会。他们在路上听一个往回返的移民解释道，一个需要招工八百人的农场，场主可能会故意印制五千张传单，这就意味着有两万人同时在看，其中可能会有两三千人为此而西迁求生，因此即使找到工作，根据劳动力市场的供需关系，农场主也可以任意压低工资，移民挣到手的那点钱很难满足其基本的生活需要——有人情愿接受每小时25美分的工作，随后就有人接受20美分，一直到“留下饿得要命的五百个人，他们只要能挣到面包吃就肯做”(216－217)。而且，采摘水果具有很强的季节性，一旦摘完，移民们就又无事可做了。

如果我们从商业谈判中的BATNA理念来看待此事的话，可以更好地理解加州农场主提供给移民的薪酬。BATNA是“最佳替代方案”(Best Alternative To a Negotiated Agreement)的缩写，指的是假设目前的谈判不成功、双方无法达成一致的话，其中一方可能采取的行动过程。在具体谈判过程中，一方为了确定要不要跟对方谈、怎么谈，可以先假设：如果双方谈不拢、己方就此放弃的话，还有没有别的选择；如果有的话，这些选择里最佳的那个方案(BATNA)是什么，这个BATNA比起如果成交的那个条件来是更好还是不如。很显然，BATNA相当于一个临界点，大致确定了谈判的底线，谈判方应该以其为基础决定是否接受某个方案——如果除了目前的谈判结果之外，其他的可能性微乎其微(或者即使有，其中那个最好的BATNA也比不上目前谈判的这个结果)，你就应该尽量将谈判谈成，而不是放弃。

由此来看小说中的劳动力市场：① 加州的劳动力严重过剩，而采摘水果的工作岗位非常有限，而且不需要劳动者具有任何专业技术；② 移民背井离乡，已经没有回头路，家人饥肠辘辘等着吃饭，不可能等待太久。从这两点看，移民的BATNA无疑实在太弱，无论对方提出的条件多么没有价值，只要能有口饭吃，就很难拒绝。更糟糕的是，假如对方又很清楚你的BATNA很弱，那么你就几乎没有任何谈判能力，只能任由对方摆布了。

对于这些可怜的移民来讲，要想改善自身的BATNA，唯一的选择就是劳方采取统一的集体行动，联合起来同资方进行交涉，紧抓对方的弱点(例如近期不会有新的劳动力涌入本地区、水果不及时采摘的话就会烂掉等)，让农场主不得不权衡相关的几个可能性孰优孰劣，从而做出一定让步。就像书中汤姆所说的：“假如找工作的人聚拢来说‘让桃子烂掉吧’，那么，不久工价可不是就会上涨吗?”然而，加州的农场主对此早有防范，他们跟当地政府和警方勾结，只要有人带头出来说话，就以“赤党分子”的名义将其抓进牢房。例如，小说中汤姆在路上结识的朋友弗洛伊德仅仅因为向前来招工的承包商索要执照并要求先签订招雇合同，对方就恼羞成怒，诬告他是捣乱分子，并喊来随行的警官要逮捕他。因此，通过对劳方的高压管控，资方将制定薪酬的权力牢牢掌握在自己手中，并利用它来最大限度地盘剥工人劳动。

农场竞争：大鱼吃小鱼

前面述及加州农场主对移民的残酷剥削，其实在农场主的内部也存在着严重的压榨。20世纪初的美国，现代农业科技的进步带来了土地的丰产，然而对于小农场主来说，单纯产量的提高却未必带来利润的相应提升，因为劳动力市场和产品市场的定价权都被牢牢地掌握在大农场主手里，使得后者具有强大的毁坏力：

(1) 劳动力市场的定价权。大农场主不仅给工人开的工资极低，而且不容许小农场主随意提高工人待遇——假使某个工人有幸遇到心地善良、愿意合理付酬的小农场主（比如小说中同情俄克拉荷马移民的托马斯先生），那些低价雇佣数千人的大农场便感到自身的利益受到威胁，于是，西部银行把持下的“农场主联合会”随即就会向小农场主施压，逼迫他们统一调低工价。由于大农场高度依赖规模效应，所以这样做的结果，特别有利于其维持很低的薪酬成本，并在未来逐步吞并小农场；而小农场主都是从银行那里获得的抵押贷款，所以即使他们不情愿，迫于融资压力也只能屈从就范。

(2) 产品市场的定价权。在当时的加州，以水果为主的农产品，主要销路是附近的罐头厂，而此类厂家的所有者往往正是当地的大农场主。这种变相的“自产自销”，其实是其操纵原料价格、控制生产成本的有效手段——大农场主故意以极低的价格将自己出产的水果卖给自己开办的工厂，从而压低了小农场的利润空间；而且，虽然厂家出产的成品罐头成本低、存放时间长，但其在市场上的销售价格却并不低，从而保证了他们的商业利润。

反观势单力薄的小农场主，面对低廉的收购价格和短暂的水果保鲜期，他们根本无计可施，要么随行就市、低价甩卖，要么忍痛眼睁睁看着水果烂掉。作者在书中痛惜地写道：

> 梨子也长得又黄又软了。五块钱一吨。五块钱就能收购四十箱，每箱装五十磅；花了工钱修剪枝条、喷杀虫药，还花了工钱培植果园——现在又要采摘、装箱、装车，把水果送交罐头厂，都要花钱——结果四十箱却只能卖五块钱。这可办不到。于是这种黄色的果子就沉甸甸地落到地上，摔出果汁来了。黄蜂钻进柔软的果肉里，到处都散发着发酵和腐烂的气味。(401)

从中可见，在大公司的规模和资本优势碾压下，小农场是何等的孱弱无助，即使获取丰收，也至多得到一点薄利，有时甚至亏本，无力支付工人采摘水果的工资，一旦在债务重压下支撑不住，便被大地主和大公司收购。最终，这些失去生计的小农场主将沦为同俄克拉荷马人一样的贫苦移民。

加州农场的逐利与浪费

我们再来看一下处于资方的农场主和承包商。进一步回溯加州农业史就会发现，这些农场主的祖辈大多正是当年赶走墨西哥人、开疆拓土的第一批农民，他们吃苦耐劳、勤恳能干，对土地充满了强烈的欲望；可是到了后辈那里，在生活方式和思想情感上已经逐渐脱离了土地——他们自己并不亲自耕作，只是以极低的价格雇佣非法移民来干活，耕种内容也由自给自足的粮食作物为主转变为赚取利润的经济作物为主。在这种商业化耕种的情况下，这些原先的农民实质上已演变成买卖农产品的商人。由于土地在他们手里只是实现利润的工具，所以对土地的那种朴素的热爱早已荡然无存，取而代之的是通过土地逐利的资本主义心态——正如作者在书中所言，"他们在纸上经营农场：他们忘记了土地，忘记了它的气味和感觉，他们只记得自己是土地的业主，只记得他们的盈亏"(266)。随着其中的不善经营者被精明者一步步收购合并，农场越来越大，数目越来越少，农业彻底实现了集约化和产业化。

让人叹息的是，当时加州的农场虽然普遍规模很大，却存在着严重的土地浪费现象：一方面，是大量涌入加州的外地移民无工可做、食不果腹；另一方面，却是处于闲置状态的万顷良田不准许移民耕种。例如，小说中提到有一个胖子在加州拥有多达100万英亩的土地适合开垦，却只是养着一些牛羊，而且"到处都有人看守着，不让别人进去"，自己则"坐着一辆避弹汽车四处逛"(236)。对资源的如此浪费令人触目惊心，但由于土地是私人财产，政府对此也无计可施，甚至往往在背后推波助澜。归根结底，这是自由放任的资本主义带来的恶果。

在这种情势下，有的移民为了养活家人，偷偷在一小块地上种了点菜，当地警察发现后会立即将其驱赶，并把刚出土的菜叶践踏殆尽。而且，当地的地主们为了保护自己的产业，把主要资源和精力全都投入到如何防范和镇压这些饥饿的移民上，而不是如何提高生产效率；为了维持农产品较高的销售价格，他们在生产过剩的情况下，宁肯把卖不掉的作物和牲畜毁掉，也绝不施舍一点给饥饿的移民，哪怕有的孩子因营养不良而致死。小说对此有十分形象的记录："咖啡在船上当燃料烧。玉米被人烧来取暖，火倒是很旺。把土豆大量地抛到河里，岸上还派人看守着，不让饥饿的人来打捞。把猪宰杀了埋起来，让它烂掉，渗入地里。"(402)站在一旁观看的移民们深感可惜却无计可施，只能在心中酝酿着仇恨。这些场景，完全就是30年代资本主义经济危机的经典画面。

社会启示与后续效应

从以上讨论可以看出，当时美国大量民众饥饿的真正原因并不在于农业生产环节，而是社会经济体制出了问题。无怪乎斯坦贝克在书中慨叹：

> 那些能接枝，能改良种子，使它又大又丰产的人却想不出办法来，使饥饿的人

吃到他们的产品。那些创造世界上新品种水果的人,创造不出一种制度来,使人们吃到他们的水果。于是衰败的气象笼罩了全州,像一场大难一般。(401)

由此可见当时美国农业经济问题的严重性与复杂性,其产生根源虽然跟城市中的经济危机(即生产的无限扩大与消费者的有效需求相对不足之间的矛盾)有所不同,但在本质上都是由于资本家(包括大农场主)的个人私欲同社会整体利益严重冲突、无法调和。此类问题的解决,只能靠政府出手干预,以实现资源的有效配置和产品的合理分配。斯坦贝克本人也曾在随后的著述中提出过一些方案,包括由政府出资在需要大量采摘劳力的地区建立"自给农场",而且最好靠近学校,以解决劳动力子女的受教育问题;他还提议建立全国范围内的移民劳工局网,以消除"寄主种植者、投机农场主、公司农场"的剥削性雇佣行径,以及实施此类行径的"治安恐怖主义"。① 从这个角度看,《愤怒的葡萄》对同时期的罗斯福新政也起到了一定的鼓吹和推动作用。

需要指出的是,《愤怒的葡萄》在出版后曾遭到大量指责(尤其是来自俄克拉荷马州内部),相关批评主要集中在书中场景的真实性上——俄州众议员博伦明确指出:"俄克拉荷马州就像联邦里的其他州一样,确有其经济问题,但本州从未有什么经济问题被描画得像这本出版物里的那么低俗不堪。"②与此同时,也存在一些认可的声音——俄克拉荷马农工大学的社会学教授邓肯直言:"斯坦贝克的《愤怒的葡萄》里描写的农业移民其实是一系列因素的必然结果,包括经济贫困、缺乏保障、收入过低、生活水平不达标、在教育与文化机会上的贫乏,以及缺少精神上的满足。"③

而在国家层面上,对这本书更多的反应是震惊与反思,如同《屠场》催生了美国《肉制品监管法》和《纯净食品及药物管理法》的出台,《愤怒的葡萄》也以其轰动性的社会影响,促使国会通过立法帮助移民工人。当时的美国第一夫人埃莉诺·罗斯福在读过这本小说后深受震撼,她在1940年专程去加州视察移民营地,并对记者坦承斯坦贝克在书中并未有任何夸张。罗斯福夫人直接促成了国会听证,专门讨论移民工人营地的居住环境以及相关劳动法的改革事宜。在听证会上,时任劳工部长珀金斯提出政府应当延伸工资规定的有效范围,让这些移民过来的农场工人享有跟产业工人类似的待遇。尽管受到二战时局的干扰,随后的改革措施并未从根本上解决问题,但毕竟引起了政府和社会舆论的严重关切,为日后农场工人的待遇提高奠定了基础。

20世纪40年代,由于美国加入二战,滞留在加州的大量过剩劳动力迅速投入军工

---

① Steinbeck, John. *The Harvest Gypsies: On the Road to The Grapes of Wrath*. Ed. Charles Wollenberg. Berkeley, CA: Heyday Books, 1988, pp. 59-61.

② *Daily Oklahoman*. January 24, 1940.

③ Shockley, Martin Staples. "The Reception of *The Grapes of Wrath* in Oklahoma." *American Literature*, 15.4 (1944), p. 352.

生产，就业问题马上得到有效解决，沃伦贝格对此曾意味深长地说："乔德一家以及他们的俄州老乡们最终找到了经济上的救赎，但并不是在他们梦寐以求的小型农场上，而是在数十亿联邦国防的金元所驱动的城市产业里。"[①]与此同时，随着农产品和牲畜价格的提高，以及之前经济大萧条时期政府投资的大量基础设施开始发挥效果，俄克拉荷马州的经济状况得到显著恢复。到 1950 年，该州终于结束了长达 21 年的人口外流现象，随后几年的大量蓄水防洪和土壤保护工程大大改善了这里的农耕条件。随着经济地位的提高，俄克拉荷马人对自己的地域身份也有了相当的自信，《愤怒的葡萄》里加州当地人对外来移民的歧视性称呼"俄克佬"（Okie）如今已不再有明显的冒犯含义，相当一部分俄克拉荷马年轻人甚至骄傲地以"俄克佬"而自居。

---

① Wollenberg, Charles. Introduction to *The Harvest Gypsies: On the Road to The Grapes of Wrath* by John Steinbeck. Berkeley, CA: Heyday Books, 1988, xvi.

埃兹拉·庞德的货币理论与经济思想[①]

埃兹拉·庞德(Ezra Pound)是著名的美国现代主义诗人,亦是重要的文学评论家。他出生于爱达荷州,曾先后就读于宾夕法尼亚大学和汉密尔顿学院。20 世纪 20 年代,庞德远赴欧洲,在意大利期间,他对墨索里尼的治国政策产生了强烈的认同感,以至在二战中不遗余力地为其做广播宣传,直至 1945 年被攻入意大利的美军逮捕。回国后,庞德被判处叛国罪,并被关入精神病院,1958 年出院后即重返意大利度过余生。

在本书所涉及的作家作品中,庞德算是一个相对的异类——多数作家是通过文学叙事来展现出作品中的商业主题,或者折射出当时的经济背景,只有庞德本身即以经济专家自居,他针对货币银行提出了一整套颇为系统的见解,其关注的重心并非当时的美国经济,而是以欧洲为代表的整个西方经济和文明。

一个文学家的经济学情结

庞德是在思考艺术家与社会的关系时开始对经济学萌发兴趣的。他对货币与银行本质的思考将自身引向了政治歧途,这些在其诗歌创作中都有不同程度的体现。常有人说,庞德应当持守诗人本分,不该涉足经济领域,以至"用一堆经济学的胡话污染了自己的诗作",或者说他"对高利贷和货币银行史的痴迷……(是)将艺术政治化,而并非将政治美学化"。[②] 事实上,以公共知识分子自居的庞德关注与探究社会事务本无可厚非,问题出在他的逻辑上,并最终导致他的所谓"犹太阴谋论"与"法西斯合理论"。

第一次世界大战给西方文明带来了深重灾难,庞德将这次战争"看成一个隐喻,是现代世界精神腐烂的迹象和征兆";[③]而在经济领域,战后世界的权力越发向金融资本集

① 原文的主要内容曾发表在《美国文学研究》第 7 辑(济南:山东大学出版社,2014),题为《政治美学化还是艺术政治化:论埃兹拉·庞德的政治观与经济观》,此处根据需要做了部分调整和改动。

② Morrison, Paul. *The Poetics of Fascism: Ezra Pound, T. S. Eliot, Paul de Man*. New York and Oxford: Oxford University Press, 1996, p. 6.

③ Norris, Margot. "Modernist Eruptions." Ed. Emory Elliott. *The Columbia History of the American Novel*. New York: Columbia University Press, 1991, p. 318.

中，从自由资本主义向金融资本主义的转变引发了严重的社会不公，这一切“将庞德从紧张的诗歌投入中惊醒，迫使他开始探索一个自己之前毫不了解的领域”。[①] 这位雄心勃勃的诗人模糊了诗学与经济学的界线，试图为社会经济问题提供一个“在美学上令人满意的解答”。[②] 他甚至为此专门编写了一本《经济学入门》(1933)，颇为系统地阐述自己的经济观。庞德的思想同马克思有一定的相像之处，即认定经济基础决定上层建筑并推动历史向前发展，但马克思是从生产资料与交换方式中寻求实现社会公正的答案，而庞德则把目光投向了货币。因此，虽然庞德自称反对资本主义，但他真正反对的，并非资本主义生产模式本身，而是金融资本(尤其是高利贷和银行信贷)。

高利贷之罪

早在古希腊时代，重农轻商的亚里士多德就曾提出过“家务管理”和“贩卖经商”两种致富方式——前者事出必须且顺乎自然，理应受到尊重；后者却无中生有、违背常理，而“高利贷理所当然是这当中最可恨的行径，因为它凭借金钱自身生利，而不是靠自然之物。货币本该是交换媒介，而非增加利收。‘利息’(字面意思为子嗣)一词意指由钱生钱，即将其用于货币增殖，子肖其父。因此可见，一切生财之道，收贷是最不合乎自然的”。[③]

与之相似，庞德也十分憎恶货币的增殖和衍生，而是强调真实生产与“自然秩序”，其经济思想的基础就是货币符号(能指)与实际商品(所指)之间的相互对应。如果货币拥有的权力同现实脱节，则“既不符合公平正义，也不符合货币发行所对应(或用以购买)的商品性质”。[④] 不过与亚里士多德的反利息立场不同的是，庞德对正常利息与高利贷所得做了区分：前者能够同(由贷款所引发的)社会生产的真实增长保持同步，而后者“是对使用购买力的一种索费，它根本无视生产，甚至无视生产的可能”。[⑤]

同样道理，庞德在生产者和高利贷者之间建立了一种对立关系：前者是社会财富和人类文明的真正创造者，而后者不但不参与社会生产，还毁坏物质与精神财富——其拜金思想对艺术而言是一种灾难，而其不断追求经济利益的冲动也往往诱发战争，因为战争是创造债务最直接的途径，[⑥]“高利贷者总是借助欺诈、伪造、迷信、陋习，当这些伎俩

① Chang Yaoxin. *A Survey of American Literature* (second edition). Tianjin: Nankai University Press, 2003, p. 165.

② Morrison, Paul. *The Poetics of Fascism: Ezra Pound, T. S. Eliot, Paul de Man*. New York and Oxford: Oxford University Press, 1996, p. 50.

③ Aristotle. *Politics*. Trans. Benjamin Jowett. Toronto: Batoche Books. Kitchener, 1999, p. 17.

④ Pound, Ezra. *Selected Prose: 1909—1965*. Ed. William Cookson. New York: New Directions, 1973, p. 7.

⑤ Pound, Ezra. *The Cantos of Ezra Pound*. New York: New Directions Publishing Corporation, 1970, p. 230.

⑥ 庞德认为，从林肯被刺到二战爆发，这些历史悲剧都跟高利贷阶层有直接关系，他甚至将二战爆发的根源一直追溯到1694年英格兰银行的成立。

都不管用的时候,他们就会发动战争。一切都取决于垄断,而具体的垄断企业则要依靠迷惑人心的货币垄断”。[①] 由于银行家扮演的角色跟高利贷者相似,因此也被庞德一并纳入攻击范围。这种立场同法国政治理论家普鲁东的观点很像,后者曾列举过十四种偷窃途径,其中第十二条即为放高利贷。[②] 在普鲁东看来,银行家与高利贷者之间纯粹只是名义上的区别:“(高利贷者)毕竟还靠真实的个人财产放贷,银行家放的贷却是纸面价值”,[③]只是由于银行家的利息收入不像高利贷那么露骨,所以显得合理体面而已。

银行家之罪

在20世纪初的各主要资本主义国家,科技进步与经济发展所带来的财富积累足以让多数民众过上体面生活,可贫穷与饥饿依然盛行。在庞德看来,问题的关键出在分配环节上,即银行家的逐利冲动破坏了社会财富的公平分配。众所周知,银行利润的直接来源是存款和贷款之间的利差,但金融资本家获取暴利的途径远不止放贷和收息这么简单,真正的奥秘在于其对货币的操控——在现代社会,除了央行负责发行货币之外,各个商业银行与金融机构也参与到货币供应的扩张中。事实上,适度的货币增长对一国经济的发展是必须的。如果货币供应量能够随着经济产值的增减而增减,从而同商品供应量保持一致,便可实现价格的稳定以及经济的平稳发展,然而真实情况却是货币供应的增速远远超过商品供应的增速,导致货币迅速贬值,民众对本国货币失去信心,进而对金融秩序、社会经济、人民生活造成灾难性影响。

当时的西方世界即是如此,多数货币没有被投到创造物质财富上,而是被银行以极高的利率贷出,而这种通过债务“以钱生钱”的趋势没有受到任何抑制,泛滥的货币供应与严重的通货膨胀导致工人的真实收入缩水,引发经济不平等与社会骚乱。作为银行同谋的政府亦从中获利,因为通胀其实是一种增加国库收入的隐性课税。而到了通货紧缩的时候,银行家又会囤积货币,直至产品无法继续保存,然后以极低的折扣价全盘买下,依然可以从中获利。也就是说,他们既控制了当前的货币供应,也控制了作为“未来货币”的信用。凭借这种对货币供应的操纵,银行家可以轻易支配社会经济甚至国家

① Pound, Ezra. *America, Roosevelt and the Causes of the Present War*. Trans. John Drummond. London: Peter Russell, 1951, p. 30.

② 根据普鲁东的观点,即使是第十四类偷盗(即商贸)也跟高利贷十分类似,因为在商贸活动中,“商人的利润远远超过其合法收入”。参见 Proudhon, Pierre-Joseph. *What Is Property?: or, An Inquiry into the Principle of Right and of Government*. Ed. Donald R. Kelly and Bonnie G. Smith. Cambridge: Cambridge University Press, 1994, p. 201.

③ Proudhon, Pierre-Joseph. *What Is Property?: or, An Inquiry into the Principle of Right and of Government*. Ed. Donald R. Kelly and Bonnie G. Smith. Cambridge: Cambridge University Press, 1994, p. 200.

政治,庞德称之为“高利贷统治”(usurocracy)。

除了货币供应的变化之外,当时盛行的国际金本位制也是政府及银行获取暴利的有效途径。以英国为例,“日不落帝国”在整个19世纪的统治地位靠的不单单是军事力量,而是金本位时代的伦敦作为全球黄金结算市场的优势。对于资本家而言,金本位是抵消通胀不利后果的有效工具:由于货币购买力的下降以及过低的利率,通胀原本是伤害贷款方的,但由于黄金供应的增长速度通常低于人口的增长速度,金本位制度下的贷款价值就会随着时间的推移而逐步增加,还款负担也会随之变大。庞德曾一针见血地指出:“这把戏很简单。只要从事黄金业的罗斯恰尔德家族或是其他望族有金子可卖,他们就会抬高价格。公众被宣传所骗,以为美元要贬值……可当国家(也就是说国民)持有黄金,而金融家持有美元或其他货币单位时,金本位又得以恢复。这就导致美元价值上涨,而‘富’国公民和其他国家的公民都被玩弄。”[①]鉴于以上国际银行业的卑鄙手段和高利贷的逐利本性,庞德极力呼吁美国政府同其撇清干系。

作为替罪羊的犹太人

纵观西方历史,放高利贷者往往被贴上犹太人的标签,受到各国(包括教会)的排斥和打压,莎士比亚的名剧《威尼斯商人》中对夏洛克的刻画已成为经典示例;与之相似,资本家“在传统上也常被赋予典型的犹太特点”,[②]就像莫里森所说的,“高利贷已成为资产阶级西方世界的正常现象,此后多年又被进一步等同为专门的犹太行径或过失”。[③]

在庞德所处的时代(即20世纪二三十年代),犹太人确实控制了相当比例的国际金融资本,并在很多人眼里成为资本主义罪恶的象征,致使欧洲大陆出现了普遍的反犹情绪,是“当时歇斯底里、不明真相的宣传与反宣传大环境中的一部分”。[④] 例如,犹太人背景的罗斯恰尔德银行被看作“大都市金融资本的神力化身——危害诚实的国民企业与正直的本土工人”。[⑤] 庞德曾经在《诗篇》52的开头予以抨击,但同时也对那些遭受牵连的普通犹太人鸣不平(这一点却在后来常常被忽略):

---

① 参见 Hartley, Carolina. “Ezra Pound on Money.” *Occidental Observer*. May 26, 2010. http://www.theoccidentalobserver.net/authors/Hartley-Ezra-Pound-on-Money.html#R4

② Passmore, Kevin. *Fascism: A Very Short Introduction*. New York and Oxford: Oxford University Press, 2002, p. 112.

③ Morrison, Paul. *The Poetics of Fascism: Ezra Pound, T. S. Eliot, Paul de Man*. New York and Oxford: Oxford University Press, 1996, p. 51.

④ Brooke-Rose, Christine. *A ZBC of Ezra Pound*. Berkeley: University of California Press, 1971, p. 250.

⑤ Passmore, Kevin. *Fascism: A Very Short Introduction*. New York and Oxford: Oxford University Press, 2002, p. 96.

罗斯恰尔德家族的罪过招致复仇，
倒霉的小犹太们在替罗斯恰尔德家族还债，
在替几个犹太大佬与非犹太世界之间的世仇还债。[①]

由此可见，庞德的反犹思想跟种族主义没有太大关系，而是跟他的反金融立场紧密交织、不可分割，如他自己所坦承的——"希伯来的货币体制是最为庞大的高利贷工具，只要从事反犹，无疑不可能不碰它"。[②]

庞德的解决方案

鉴于以上情况，庞德呼吁对经济（尤其是货币体制）进行改革，鼓励对实体经济的投资，使真正的生产者受益，同时保持商品价格稳定，实现市场的公平与繁荣。现代货币政策通常包括利率的变化与货币流通量的调整，由一国央行来实施，具体手段包括储备金要求、贴现率、公开市场运作等。以上措施的合理应用有助于"抑制通货膨胀，维持充分就业，缓和经济周期，促进长期发展"。[③] 或许是出于对美联储的憎恶，庞德对以上措施并无兴趣，而是把目光转向了德国经济学家格塞尔的"邮章货币"(stamp scrip)，其德语原词为 *Schwundgeld*，意为"可流失的钱"，该理论要求货币持有者必须定期给手头的货币加盖含有一定价值的印章，以使货币的购买力始终同面额保持一致。这种做法实质上相当于对现有货币征收印花税，目的是为了防止缺乏社会责任的金融资本家囤积货币（用以贱价购买劳动力和商品，自己却高价放贷、以利迭利），因为贴上印花的货币已不再是以钱生钱的信贷资本，而是会发生折旧和贬值的资产，所以应当回归其交换媒介（即直接衡量商品的真实价值）的原始功能，不断进入市场流通，促进消费，推动经济健康发展；而且"由于货币并不比土豆、庄稼、纺织品这些商品更耐久，人们就有了更为健康的价值观念"。[④] 这一切十分符合庞德心目中理想的"自然秩序"，以至于他将"邮章货币"直接定义为"反高利贷"。

可是在庞德眼里，现代资本主义已经发展到了政府无力（也不愿）推动货币改革、打击金融信贷的地步。以美国为例，庞德非常推崇美国的开国元勋以及早期那些反对货币垄断的领袖们的理念，并在《诗篇》31－41 中向约翰·亚当斯、托马斯·杰斐逊、亚历山大·

① 由于费伯出版社担心被告损害名誉，要求庞德进行删改，后者很不情愿地将"罗斯恰尔德"(Rothschild)改为"斯汀克斯朱尔德"(Stinkschuld)。

② Pound, Ezra. *Selected Prose: 1909—1965*. Ed. William Cookson, New York: New Directions, 1973, p. 351.

③ Parkin, Michael. *Economics* (7th edition). Boston: Person Education, Inc. 2005, p. 616.

④ Pound, Ezra. *Selected Prose: 1909—1965*. Ed. William Cookson. New York: New Directions, 1973, pp. 336－337.

汉密尔顿、约翰·昆西·亚当斯、安德鲁·杰克逊和马丁·范布伦表示了敬意；而美国内战是历史上的一道分水岭，自此之后，政治家与金融家的勾结越发严重——美国宪法第一条第八款明确规定，国会有权“以合众国的信用举债”，有权“铸造货币，调议其价值，并厘定外币价值”。[①] 由于国会必须接受公众的监督和质询，所以其信贷政策和货币供应都容易得到有效控制，然而随着这一权力被逐步移交给作为央行的美联储，金融家们就可以没有顾忌地满足私欲，庞德将之视为对美国宪法的背叛。这种现象在1933年美国新政之后越发严重，庞德认定当政总统罗斯福所代表的正是为金融家服务的利益集团。

法西斯主义与墨索里尼

按照庞德的逻辑推演下来，法西斯主义由于切断了自身同金融资本之间的利益关系，似乎成了应对这些弊端的唯一选择——出于其惯有的反自由主义立场和反金融政策，法西斯主义坚决禁止合股公司，没收非生产性的投机资本；社会经济由政府控制的组织进行集体管理，其理论基础是“利益纠纷不必采取斗争的方式，而是在政府的引导下，在叫作社团(corporation)的机构内通过谈判来解决”。[②] 英国法西斯主义者莫斯利对意大利社团主义评价颇高，将其看作根治自由资本主义与国际金融弊病的妙方——“这就意味着一个国家的组织结构如同人体，每个器官各司其职，同时又跟整体协调合作”。[③] 出于类似的逻辑，庞德在政治上既反对西方民主制也反对社会主义，却对社团主义情有独钟，因为该主义宣称能够避免经济上的贵族统治，确保社会财富的公平分配，俨然是除货币政策之外的另一剂妙方。

怀着对社团主义的推崇，庞德把眼光投向了意大利，并在墨索里尼的改革计划中找到了希望。他认定意大利法西斯是民族主义与社团主义的绝佳结合——在种族政策上，意大利法西斯纵容反犹主义，但残酷程度远不及奉行极端民族主义政策的纳粹德国；在经济制度上，只有一个高度集权的社团国家才能够采取有效手段对付犹太高利贷者。而且，意大利法西斯在其纲领中大力突出文化艺术的作用，宣称要将其与经济改革紧密结合：“墨索里尼对法西斯艺术的呼吁与其说是一种倡导，不如说是一项命令”，[④]他

---

① Schultz, David. *Encyclopedia of the United States Constitution* (Vol. 1). New York: Facts on File, Inc., 2009, p. 833.

② Grenville, J. A. S. *A History of the World in the Twentieth Century*. Cambridge, MA: Harvard University Press, 2000, p. 157.

③ Eccleshall, Robert, Vincent Geoghegan, Richard Jay, Michael Kenny, Lain Mackenzie, and Rick Wilford. *Political Ideologies: An Introduction* (second edition). London and New Ycrk: Routledge, 1994, p. 208.

④ Harris, Leigh Coral. "Acts of Vision, Acts of Aggression: Art and Abyssinia in Virginia Woolf's Fascist Italy." Ed. Merry M. Pawlowski. *Virginia Woolf and Fascism: Resisting the Dictators' Seduction*. New York: Palgrave Publishers Ltd., 2001, p. 81.

给了群众一个宣泄激情的机会，其结果就是“通过审美的方式获得集体体验的幻觉”，[①]或者用本雅明的话，“将审美引入政治生活”。[②] 这一切都使得庞德认定法西斯主义将会改善社会秩序、提高商业伦理。即使面对种种批评，他也不改初衷，坚信“法西斯主义中的建设性因素以及社团国家的特殊事实，这些都值得跟北美制度建立者的伟大成就相提并论”。[③]

此外，庞德还是一个精英主义的坚定支持者，他认为只有禀赋超人的个体才能有效地管理国家、维护文明，而墨索里尼恰恰是一个具有非凡个人魅力的领导人——“此人集艺术家、编辑、领袖于一身，而且还是个实干家，能够扫清一切障碍、直击问题要害”，[④]这使庞德对其十分仰慕，甚至将之同杰斐逊相提并论，认为他们都是“才智过人的领袖典范，能够采取果断措施改善物质与文化状况”。[⑤] 可见，庞德的亲意大利立场既有意识形态上的原因，也有英雄崇拜的因素。

具有反讽意味的是，墨索里尼几乎从未将其改革计划付诸实践，这使庞德经济思想的有效性与可行性究竟几何变得不得而知。例如，由墨索里尼引入的被视为“法西斯主义正面贡献”的社团国家概念，到头来变得前后矛盾——意大利法西斯之所以反对资产阶级自由主义与无产阶级马克思主义，其理由便是两者都完全以经济阶层为基础，[⑥]而它却试图利用集体化的工会组织来管理经济。从理论上讲，这种超越阶级的政策本应有助于终结阶级冲突、确保国家团结，[⑦]但“真实的经济社团主义却被用来堵住反对者的嘴巴、犒赏政治上的效忠者”。[⑧] 最终，社团制度变成了“一头笨重的官僚怪兽，被形形色色的社团与公社组织四下拉扯，同时又贪婪地大量吞噬政府拨款，变成了一个庞然大物”；[⑨]而工人阶级的境遇却是每况愈下——由于代表劳方利益的是各个“社团”中的法西斯官僚，工人依旧处于被剥削的地位，甚至连“不需官方批准就可调换工作的

---

① Morrison, Paul. *The Poetics of Fascism: Ezra Pound, T. S. Eliot, Paul de Man*. New York and Oxford: Oxford University Press, 1996, pp. 6 - 7.

② Benjamin, Walter. "The Work of Art in the Age of Mechanical Reproduction." Walter Benjamin. *Illuminations*. Trans. Hannah Arendt. New York: Schocken Books, 1969, p. 241.

③ Pound, Ezra. *The Letters of Ezra Pound to James Joyce*. Ed. Forrest Read. New York: New Directions Publishing Corporation, 1965, p. 272.

④ Nadel, Ira B. *The Cambridge Introduction to Ezra Pound*. Cambridge: Cambridge University Press, 2007, p. 71.

⑤ Beasley, Rebecca. *Theorist of Modernist Poetry: T. S. Eliot, T. E. Hulme and Ezra Pound*. New York: Routledge, 2007, p. 102.

⑥ Laqueur, Walter. *Fascism: A Readers' Guide: Analysis, Interpretations, Bibliography*. Berkeley and Los Angeles: University of California Press, 1976, p. 338.

⑦ Griffin, Roger. *The Nature of Fascism*. New York: St. Martins Press, 1991, pp. 222 - 223.

⑧ 参见“Fascism.” Encyclopædia Britannica. Encyclopædia Britannica Online. Encyclopædia Britannica, 2010. Web. 15 Apr. 2010 〈http: //search. eb. com/eb/article-219369〉.

⑨ Bell, Daniel. *The Cultural Contradictions of Capitalism*. New York: Basic Books, Inc. Publishers, 1976, p. 25.

基本权利也被剥夺。实际工资急剧下降，而法西斯主义无法推动落后的经济向前发展”。①

庞德错误思想的根源

由上述分析可见，庞德的理论可说是不伦不类、问题重重，这不仅仅是因为“当时的正统经济学对全球萧条的灾难拿不出解决办法”，②而且庞德的思想本身就是“意大利法西斯主义、社会信贷经济学、儒家社会价值观的失败组合”；③作为其经济思想基础之一的社会信贷说，实际只是“将所有的经济不公简单归咎于一个原因，即消费者购买力的不足，凭借对资本主义逻辑的修正即可补救”。④

除此之外，庞德还广泛吸收奥利奇的左翼政治学、厄普沃德的社团主义、格塞尔的自然经济秩序等学说，其结果便是一堆相互抵触的学说与思想的杂糅。例如，庞德极力推崇的社团主义以强调工业斗争、反对官僚主义而著称，可法西斯国家却纷纷建立起庞大的官僚机构，其狂热的个人崇拜与独裁统治也跟社团主义内在的反精英思想相抵触；再比如，庞德哀叹美国国会将金融权力丧失给美联储，认为这是对美国宪法的背叛，可在法西斯国家里，这种将权力集中于行政机构的现象却有过之而无不及——不管是墨索里尼还是希特勒，其根本权力“并非来自他们在政府中的官方职能……而是来自他们作为法西斯政党党魁的个人地位”。⑤

总之，法西斯主义擅长制造迷人神话，在蛊惑人心的口号下，裹藏的是寡头统治与强权政治；而墨索里尼作为欧洲文明的“救世主”，不过是“一个巧妙打造的形象，误导了轻易受骗的世界，直到这个形象轰然碎裂”。⑥ 不幸的是，庞德对墨索里尼的崇拜、对意大利的眷恋却始终未有改变，他在美国结束了 12 年的精神病院监禁后，旋即重返意大利，长住在文化名城威尼斯，直至去世。晚年的庞德在反犹问题上确曾有过明显转变，

---

① Grenville, J. A. S. *A History of the World in the Twentieth Century*. Cambridge, MA: Harvard University Press, 2000, p. 157.

② Surette, Leon. *Pound in Purgatory*: *From Economic Radicalism to Anti-Semitism*. Urbana and Chicago: University of Illinois Press, 1999, p. 2.

③ Beasley, Rebecca. *Theorist of Modernist Poetry*: *T. S. Eliot*, *T. E. Hulme and Ezra Pound*. New York: Routledge, 2007, p. 7.

④ Nichoils, Peter. *Ezra Pound*: *Politics*, *Economics and Writing*. Atlantic Highlands, New Jersey: Humanities Press, 1984, p. 53.

⑤ Bataille, Georges. "The Psychological Structure of Fascism." Trans. Carl R. Lovitt. *New German Critique*, 16 (1979), p. 83.

⑥ Grenville, J. A. S. *A History of the World in the Twentieth Century*. Cambridge, MA: Harvard University Press, 2000, p. 154.

在修订自己的早期著作时，他曾悄悄删掉若干反犹文字，[①]更是在美国垮掉派诗人金斯伯格来看望自己时直言："我最大的错误就是愚蠢狭隘的反犹偏见，它毁了一切……"[②]但在对待意大利法西斯的态度上，庞德却从未表现出任何的悔意和醒悟，这不能不说是一大遗憾。

附言：一个饱受争议的爱国者

需要指出的是，庞德的亲法西斯立场仅限于意大利，他跟纳粹德国和希特勒并无直接瓜葛。对于美国而言，庞德曾经坦承，由于历史、文化、国民性格等具体国情上的差异，法西斯制度在美国本土没有任何可行性，而他对美国宪法的崇仰也从未有过丝毫动摇。事实上，庞德终生以爱国者自居，在其早年的诗歌《从迦巴鲁河上》(*From Chebar*，1913)中，他曾对自己的祖国发出无比深情的呼告：

最初我没有和你在一块，
最后我也没有和你在一块，美国。
你是现在这个模样。
我的血在你身上涌流，
你是由我的人民组成！
……
你可以杀死我，但我决不同意，
你可以忽视我，流放我，
你可以否定我，攻击我，
你可以使我暂时消隐，
但我仍在你的周围，
最重要的，我决不同意。
我不参加那些不费力气的歌功颂德，
和随时准备好的热烈的喊叫。[③]

---

① 参见 Parker，Andrew. "Ezra Pound and the 'Economy' of Anti-Semitism." *boundary* 2，11. 1/2，*Engagements*：*Postmodernism*，*Marxism*，*Politics* (1982 - 1983)，pp. 109 - 111.

② Morgan，Bill. *The Letters of Allen Ginsberg*. New York：De Capo Press，2008，p. 340.

③ Pound，Ezra. *Collected Early Poems of Ezra Pound*. New York：New Directions Publishing Corporation，1976，pp. 269 - 270. 译文选用湖南人民出版社 1985 版《美国现代六诗人选集》(申奥译)，第 55 - 58 页。

这首诗歌似乎是庞德一生颠沛流离、饱受争议的写照。作为一个伟大的诗人,他对法西斯主义的支持自然让人扼腕叹息,但从诗中可以看出,庞德对美国的爱是深沉、苦痛而复杂的,将其不加分析地简单斥为“叛徒”似乎有失公允——毕竟,他反美亲意的立场本是源于对社会公正的诉求和对信贷资本的反对。

第三部分

二战后至 60 年代：复苏之路上的反思

二战期间，美国曾建立起 2 600 多家大型国有工业企业，这些企业“主要分布在军火、机械制造、化工、合成橡胶、电力等部门。政府对经济的干预达到顶峰”。[①] 尽管此类举措同早已深入美国骨髓的自由资本主义理念明显忤逆，但在战时的特殊情况下，并未遭到太多反对；事实也证明，政府集中资源开展军工生产的方式，确实为美国(及其所支持的盟国)战胜法西斯势力发挥了重要作用。仅就经济领域而言，战时生产的贡献也是相当巨大的，博德指出，“美国资本主义，这一资本积累的庞大机构，并不能因‘新政’而重新崛起；只有战争才能完成这一任务”；[②]富尔彻更是将二战的经济功能拓展到整个西方世界——“帮助全球经济摆脱萧条的，主要还是二战所造成的巨额政府开支”。[③] 这些经济学家的论断或许有以偏概全之嫌，但确实点出了战时生产与支出对国民经济的重要拉动作用。

至 1945 年，美国生产了世界一半的煤、三分之二的石油和一半以上的电力；其生产能力达到了 9 500 万吨钢、100 万吨铝和 120 万吨合成橡胶，有能力生产大量的船舶、飞机、车辆、武器、车床、化学产品等，同时拥有世界 80%的黄金储备。从二战结束到 70 年

---

① 郎咸平：《马克思中观经济学：拯救世界的经济学》。北京：东方出版社，2018，第 163 页。

② 米歇尔·博德：《资本主义史：1500—1980》，吴艾美等译。北京：东方出版社，1986，第 211 页。

③ 詹姆斯·富尔彻：《牛津通识读本：资本主义》，张罗、罗赟译。南京：译林出版社，2013，第 107 页。

代初的20多年时间，是美国资本主义发展的黄金时期——战争结束后不久，美国政府将大量战时的国有企业予以出售或出租，将相关的资源和技术转向民用生产，确保了强大的生产活力；随着2 000亿美元的战争债券到期，民众拥有巨大的消费能力，确保了基本的市场需求，在很大程度上也避免了过度生产的危机；《退伍军人权利法案》(1944)带来了大批受到良好教育的青壮年劳动力，确保了高素质的人力资源。在这些因素的影响下，整个美国经济的复苏势头良好。

美国在二战期间也出现了几部含有商业元素的文学作品，例如菲茨杰拉德的小说《最后一个大亨》(1941)对好莱坞黄金时代电影行业的描写，兰德在小说《源头》(1943)中对拜金主义和利他主义这两种理念的批判等。这些作品要么影响力相对较小，要么另有同类主题的作品收入书中，因此就不再额外详述。

二战后至整个50年代是杜鲁门和艾森豪威尔两位总统主政时期，其间美国经济总体繁荣，中产阶级的规模也随之增大。更重要的是，这轮经济增长所带来的财富，在各个社会阶层的分配相对比较均衡，并未出现贫富差距明显拉大的马太效应。60年代的美国政府主要由民主党人把持，其间的社会经济延续了50年代的良好势头。无论是肯尼迪的“新边疆”政策，还是约翰逊的“伟大社会”计划，都对促进社会公平和刺激经济发展起到了积极作用，从而构成美国社会经济的又一个黄金时代。

同时期的文学作品中反映出的社会气象和人物面貌，似乎跟这20多年的总体繁荣并不匹配。一方面，残酷的战争虽已结束，但它的影响依然存在，并成为大量文学作品的刻画主题或故事背景；另一方面，经济上的繁荣并不能掩盖当时政治局势的复杂、社会矛盾的激化，以及人们心理上的焦虑，而作家凭借其敏锐的观察力，往往更会关注这些问题。本部分收入的作品包括：① 战后五年：米勒的剧作《推销员之死》中对推销员人生价值的评价与衡量；② 20世纪50年代：马拉默德的《店员》中零售业态的变迁和经商中的道德伦理问题，兰德的《阿特拉斯耸耸肩》中对理性利己主义和自由资本主义的道德辩护；③ 20世纪60年代：凯勒的《第二十二条军规》中所揭露的美国军事-工业复合体的雏形，冯内古特的《上帝保佑你，罗斯瓦特先生》中的现代美国慈善业的各种问题，黑利的《大饭店》中所体现的现代酒店管理之道。

《推销员之死》：人生价值的商业估算

阿瑟·米勒（Arthur Miller）出生于纽约市哈莱姆社区的一个犹太移民家庭，其父曾拥有一家规模不小的服装厂，但在经济大萧条时不幸陷入破产，导致全家一贫如洗。为了补贴家用，少年时代的米勒即做过仓库搬运工和公司文员，可谓阅尽世事艰辛。然而这段经历为他体验社会万象、深刻洞察人性提供了宝贵机会，也为他日后文学创作上的成功奠定了基础。米勒本人实际是一个反商业化的剧作家，他反对在戏剧作品中为了迎合观众而追求娱乐效果，而是力图挖掘当代美国家庭生活与社会生活中的道德与人性。不过，米勒的作品倒时常以商业世界为故事背景（如《都是我的儿子》中的战时生产和《推销员之死》中的营销行业），这为我们观察作品背后的美国社会经济状况提供了一个很好的窗口。

《推销员之死》（*Death of a Salesman*，1949）是米勒最有名的作品，上演后连续赢得托尼奖、普利策奖和纽约剧评界奖。该剧讲述了老推销员威利职场失意，同儿子关系紧张，最终选择以自杀方式诈取保险赔偿金的故事。洛曼的个人悲剧展现了众所周知的“美国梦幻灭”主题。除此之外，我们也可以从这部作品中挖掘出不少商业信息，其中包括销售行业的变迁、职场中的沟通等，以及 20 世纪 20 至 40 年代的美国社会经济状况。①

矛盾的推销员与破碎的美国梦

尽管威利在剧中是一副落魄失意、耽于幻觉的状况，但他也曾经有过属于自己的成功时代——年轻时的威利在新英格兰各州四处推销、业绩不凡，颇有些春风得意，在两个儿子的心目中，他亦是一派精明能干、温存顾家的模范父亲形象；然而等到年老健忘、精力不济的时候，他只能沉浸在过去的荣光中无法自拔。于是，威利身上出现了一对矛

① 虽然剧中没有明确具体年代，但是根据故事情节和出版时间，我们基本可以推断出：故事中的“当下”是在 1945—1949 年；而威利在幻觉中不断回想的过去时光，大致是在 20 年代末 30 年代初。

盾，即望子成龙的父亲和业绩糟糕的推销员——前者希望儿子比夫子操父业，成为一名成功的推销员；后者则作为一个反例，说明这一职业的前景之黯淡。

在威利本人眼里，推销员始终是一项神圣而伟大的事业，他一心打算给比夫也找一份推销员的工作，而不是在得克萨斯州的农场继续干力气活儿（尽管后者才是比夫的兴趣所在）。可有些自相矛盾的是，威利本人却时常懊悔自己当年没有听从兄长本的建议，随他一起去阿拉斯加州闯荡发财，而是选择做了一辈子寒酸的推销员。根据时间推算，本离家出走大致发生在 20 世纪初期，此时正值阿拉斯加淘金潮的鼎盛时期，作为一名 17 岁即远赴非洲丛林冒险、21 岁就从中赚到大钱的人，本在生意场上自然是游刃有余、所获颇丰；而对于决断力和执行力远逊于本的威利来说，纵使当年真的去了阿拉斯加，也未必会如他想象的那般成功。然而这一人生选择却成了威利一生的遗憾，只要碰上不顺心之事，他就开始思考“假如我当年要是去了的话会怎样”的假设，结果自然总是怅然失落，这种思维方式也间接推动了他的灭亡。

作者在剧本开篇着意描写了威利的居住环境：“观众面前出现的是推销员的家。可以感觉到这个家背后和周围四面都是高耸的见棱见角的建筑……这所小小的、脆弱的房子被包围在周围坚实的公寓大楼中”（4）。[①] 这一描写暗示了“庞大、邪恶的纽约城对他们一家的蚕食”。[②] 在这里需要指出的是，尽管威利的房屋狭小局促、环境欠佳，但好歹也是一套位于纽约城区（布鲁克林）的房产，而且他的贷款还有一个月即彻底还清，对于一个普通推销员而言，这在当时已属不易。我们知道，二战刚结束的几年，由于大量美军士兵从海外回国，加上国内的经济复苏，民众对住房的需求激增，房价也有所攀升，在土地资源相对不足的纽约，住房尤其紧张。杜鲁门总统为此签署了《1949 年住房法》，为低收入阶层建设了大量公共住房（包括共有产权公寓和出租型公寓）；同一年，美国国会批准了高达 10 亿美元的贷款以及 5 亿美元的拨款，用于清除大城市城区内的贫民窟，改善民众的居住条件。在这种背景下，威利能够在纽约城区拥有一套自购房屋，说明其经济状况尚可。

让人不解的是，就在即将还清房贷、财务负担大减的时刻，威利却变得情绪低沉、消极悲观，尤其在老伴琳达提到家里要应对的各项开支（包括汽车、冰箱、保险等）时，他更是大加抱怨。这其中除了反映出他当时经济上的窘境之外，恐怕更多地折射出他内心的一种反消费倾向。可是威利忘记了一个重要事实，正是自己所抱怨的东西，为他们这些人提供了工作机会——作为推销员，他必须要依赖（甚至激发）顾客的消费欲望来实现利润、养家糊口。可一旦轮到自己头上，他却看不到这些欲望对于商品市场的重要性，而只是一味地抗拒和压制自己的需求。这种矛盾性，预示了威利在这个社会注定要

---

① 作品原文引自阿瑟·米勒：《推销员之死》，英若诚译（上海译文出版社，2008 版）。

② 杰西·祖巴：《纽约文学地图》。薛玉凤、康天峰译。上海：上海交通大学出版社，2017，第 170 页。

失败的命运。

除了威利本人销售业绩的下滑，导致悲剧的另一个重要因素就是所谓的"美国梦"——美国梦在激励人心的同时，也不可避免的产生一个可怕的副作用，那就是如果你对它(以及它背后的制度)笃信不疑的话，在你不成功的时候，自然只会归咎于自身，并因此产生一种自我否定甚至绝望的感觉，这就是威利灭亡的深层次根源——既然威利的价值取决于他所能实现的销售额，那么当他卖不动东西的时候，自然也就失去了一切价值。如前所言，作者从未明确告知威利卖的到底是什么商品，这似乎是在暗指他所售卖的其实就是他自己。因此，他对儿子比夫表达父爱的最高境界和最佳方式，便是把自己的生命作为"一个经济单位和社会商品的价值"[①]予以变现，并将之馈赠给儿子。照此来看，他当时选择以自杀的方式为儿子获取 20 000 美元的保险赔偿，其实并非一时冲动，而是有其一定的必然性。

丝袜：稀缺商品的象征符号

在《推销员之死》中，米勒有意淡化了故事中的推销内容：他并未提及洛曼到底是一个什么样的推销员，销售的具体是什么商品(据推测可能是服装类)，而只是指出其"推销员"的笼统身份而已。这种宽泛化的处理方式，等于在一定程度上模糊了主人公与观众之间的界限，让更多的人从威利身上看到自己的影子，进而审视和反思自己的内心。

剧中有一个并不起眼但颇值得关注的物品，就是女性的长筒丝袜。威利当年曾趁出差的机会在波士顿跟"那个女人"厮混，并慷慨赠其长筒丝袜。如前所述，这个情节的发生时间大约是在 20 世纪 20 年代末至 30 年代初，即美国经济大萧条时期，各种物资极度匮乏，更何况丝袜在当时还是稀缺品。[②] 正因为此，比夫在偶然撞见父亲的外遇、得知父亲把丝袜送给对方的时候，才会如此受打击，含着泪水说："你——你把妈妈的袜子送给她了！"(95)

在美国正式参加二战之后，整个国家进入战时经济，杜邦公司随之中止了常规的尼龙丝袜生产，转而生产降落伞、绳索等各种战争物资，这就导致丝袜供应奇缺、黑市交易兴起，甚至在战争结束、杜邦宣布恢复生产后的很长一段时间，依然无法满足巨大的市场需求。[③] 从 1945 年 8 月至 1946 年 3 月，全美多个地方的商店甚至出现了由于哄抢丝袜而导致的混乱局面，即美国商业史上著名的"尼龙骚乱"。直到杜邦公司将月产量提

① Gray, Richard. *A History of American Literature*. Blackwell Publishing Ltd, 2004, p. 705.

② 根据历史记载，杜邦公司 1939 年才开始大批量生产尼龙丝袜。

③ 也有很多人怀疑，这是由于杜邦公司故意延缓生产，从而实现其饥饿销售策略。

高到3 000万双，这种局面才得以缓解。

可以肯定的是，在《推销员之死》的“当下”情节中（即20世纪40年代中后期的美国），丝袜虽已不是什么紧俏商品，但价格仍旧不菲，因此在剧中出现了琳达织补丝袜的情节——当威利问她在做什么时，琳达漫不经心地答道“补补袜子。现在买一双可贵呢——”（29）。然而此时的丝袜已经从稀缺品的象征符号变成威利负疚感的载体，所以他恼怒地夺过丝袜，大声喝道：“我不许你在这个家里补袜子！把它扔了！”（29）

商务沟通的反面教材

威利的销售工作之所以不成功，除了他外在的精力不济和内在的反消费倾向之外，还有很多其他因素。就其具体的推销策略和方式而言，虽然剧本中并未对此做太多交代，但我们根据剧中情节也可以大致做出一定的推断，即这是由于其个人性格和职业习惯共同作用的结果——威利在交谈时总是只顾得自己滔滔不绝、沉浸其中，根本没有给对方插话的机会。或许他觉得，讲话远比倾听能够给自己的工作带来更多的好处，让自己有机会充分地介绍和宣传待售产品的优点，这其实是一个认识上的误区——在职场沟通中，只顾讲话（而不倾听）会导致专业人士错过一些重要信息，有商务沟通方面的咨询专家曾这样说过：“一个推销员，每多花一分钟倾听，他就会节约随后四分钟的、用来应对顾客反对意见的时间”。[①] 事实上，对于只顾夸夸其谈、脱离实际的推销术，作者是持否定态度的——在他眼里，以此为代表的商业文化很容易误导美国公众的价值观。

如果我们仔细考察剧中威利跟老板霍华德之间的对话内容，就会发现他的沟通方式很有问题。在职场当中，向上级提出加薪、升职、调动工作等一类要求，属于典型的劝说型发言。根据商务沟通的一般原则，此时的讲话者应该注意三条禁忌：① 不要情绪化；② 不要把你的主观努力和你的客观贡献混为一谈；③ 不要倚仗自己的工作时间长度和个人需求。[②] 反观威利的表现，这三条禁忌几乎全都触犯——他在向老板申请在纽约城内工作时，情绪异常激动，大谈特谈自己当年如何辉煌（以及霍华德的父亲曾如何敬重自己），并一再声称自己只要一星期几十块钱的薪水就足够，这些都给威利起了减分的作用，最终导致老板对他的嫌恶和抛弃。

---

① Adler, Ronald B. *Communicating at Work: Principles and Practices for Business and the Professions* (10th edition). Beijing: Peking University Press, 2013, p. 75.

② Adler, Ronald B. *Communicating at Work: Principles and Practices for Business and the Professions* (10th edition). Beijing: Peking University Press, 2013, p. 419

霍华德：生意是生意

威利的现任老板霍华德是一个重要的配角，亦是很多读者和评论家心目中典型的冷酷资本家形象。虽然威利已是为公司效力三十余载的资深员工，亦曾为霍华德的父亲所看重(甚至连霍华德的名字都是威利当年给他定的)，可待他年迈力衰、业绩不佳时，在新老板的心目中便已毫无价值，导致他在多年苦劳之后，居然未能获得基本工资的待遇，只能靠纯佣金过活；而在威利因疲于出差，跑到老板的办公室要求在纽约城内上班的时候，霍华德也是断然拒绝，甚至在随后解雇了他。

如果我们细心探究的话，或许会发现霍华德其实并不是一个特别冷酷无情的人，起初他对威利还是抱有一份耐心和怜悯的，但他毕竟是一个生意人，非常清楚自己的底线，那就是公司的损益盈亏。如果我们只站在企业利益的角度看，霍华德断然不给威利在纽约工作的机会，其实也是完全可以理解的，原因至少有三点：① 从公司利润上讲，霍华德一旦同意威利的要求，将其安置在纽约的门市，就要让这个已经价值不大的老推销员重新得到底薪，尽管数额并不算大，但对公司而言，毕竟是一笔不必要的支出负担；② 从公司形象来讲，以老威利目前的沟通能力和精神状态(长期耽于幻觉、说话语无伦次)，让他在纽约工作，无疑会影响到公司在客户心目中的企业形象与可信度；③ 从人力资源管理上讲，一旦在此事上开了先例，很有可能在同事中形成不利影响，使老板在未来的员工管理中陷入被动。

因此，霍华德最终提出解雇威利，不再让他代表公司去跑波士顿，与其说是出于恶意，倒不如说只是一个理智的商业决策而已，我们也没必要对他在道德上过于苛求。霍华德当时对威利说的一句话是“生意是生意”，以及“亲是亲，财是财”(62)，其意思很明显，就是告诫威利不要把生意和交情混为一谈；这句话同时暗指在商业社会，界定一个人(特别是一个推销员)的价值，只能是其工作业绩的量化体现，即现有的物质财富以及未来的创收能力。对于这番话，威利虽然听上去肯定会感到不快，但其内心似乎是认同的，因为正是在这种量化估值的指导思想下，他才猛然发现：从纯经济的角度看，如果兑现自己的人寿保险，可以将之作为给妻子养老以及儿子经商的启动资金，这要比自己继续活下去对家庭更为有利，于是就很自然地想到了以结束生命换取赔偿的疯狂方式。

《店员》中的经商伦理与销售业态

伯纳德·马拉默德(Bernard Malamud)是当代美国著名的犹太作家。他出生于纽约市布鲁克林区的一个俄国犹太移民家庭,先后求学于纽约市立学院与哥伦比亚大学。马拉默德极善于刻画美国底层犹太人的生活世态,尤其是他们的困苦与坚韧。他的代表作包括长篇小说《店员》(*The Assistant*,1957)、《修配工》(*Fixer*,1967)、《房客》(*The Tenants*,1971)、《杜宾的生活》(*Dubin's Lives*,1979),以及短篇小说集《魔桶》(*The Magic Barrel*,1958)等。

《店员》在美国文学史上占有重要地位,对这部小说的相关研究非常之多,大多集中在作品的文化适应与犹太性主题(尤其是受难与救赎)。事实上,这本书亦含有丰富的商业伦理内容,包括商业诚信、经商策略、雇主—员工关系等;与此同时,透过这个故事,我们还可以窥见 20 世纪 30 至 50 年代美国的社会经济状况,包括后禁酒令时代的售酒情况、零售业态的变迁(特别是超市的兴起)、移民家庭的日常生计等。

小说故事发生在纽约布鲁克林一个工人阶级居住区的杂货店,时间大约是 20 世纪中叶(但其反映的更像是 30 年代大萧条时的景象)。来自俄国的犹太移民莫里斯和妻子艾达苦苦支撑着这家破旧的店面,意大利裔的流浪青年弗兰克随同无业恶棍沃德一起蒙面打劫这家店铺,并把莫里斯打伤。为此而负疚的弗兰克为了赎罪,到莫里斯那里做店员,帮助他支撑起这家日渐衰败的店铺,并最终受其感染,在莫里斯去世之后皈依犹太教。

希伯来《圣经》中的经商道德

如果留意的话,我们会发现小说中的人物几乎全都是外来移民及其子女,他们为实现各自的美国梦而奋斗和挣扎。店主莫里斯是一个传统犹太人的形象,尽管他在日常生活中并没有完全遵守犹太人的各种清规戒律,但其经商理念无疑受到了犹太律法和希伯来《圣经》的深刻影响——他经营店铺、待人接物的方式,大都可以从《圣经》(特别是《利未记》和《申命记》)当中找到相关的理论来源,其中包括:

(1) 诚信经商与公平定价：在诚信经商方面，《圣经》要求"当用对准公平的法码，公平的升斗"(申命记25：15)；在公平定价方面，《圣经》训导"你若卖什么给邻舍，或是从邻舍的手中买什么，彼此不可亏负"(利未记25：14)。换言之，经商者决不可利用顾客的无知或紧迫为自己渔利。这也正是莫里斯的所为，他诚实经商、童叟无欺，有顾客将所找的零钱忘在店里，他也会追出去很远，将钱归还对方。

(2) 雇主-员工关系以及员工待遇：《圣经》对此也有相关要求，"雇工人的工价，不可在你那里过夜，留到早晨"(利未记19：13)；即使在员工离开时，"你任他自由的时候，不可使他空手而去，要从你羊群、禾场、酒榨之中多多地给他。耶和华你的神怎样赐福与你，你也要照样给他"(申命记15：13－14)。弗兰克为了报答莫里斯的好心招待(当然也是出于曾参与打劫的愧疚心理)，主动帮他刷洗橱窗，但莫里斯马上准备付钱，无意占取便宜；而当店里生意略有好转的时候，艾达又马上从微薄的利润中拿出钱来给弗兰克加薪，这些举动正是以上理念的体现。

(3) 社会救济：《圣经》中提到，无论是割剩的庄稼、打剩的橄榄还是摘剩的葡萄，都"要留给寄居的与孤儿寡妇"(申命记19－21)。正是在这种理念的影响下，莫里斯为了让穷苦的波兰女人买到三分钱的面包，坚持每天在大冷天早开门一个小时，尽管这样做的时间投入产出比根本不划算；他还反复赊账给可怜的小女孩，尽管心里很清楚，对方根本不会还账；甚至碰上牛奶和面包被偷时，他也从不报警，因为他知道小偷通常都是一些吃不上早饭的穷人。莫里斯的这些行为，其实等于是在间接发挥对社会弱势群体的慈善救济作用。

(4) 社区环境与安全责任：《圣经》明确指出，"你若建造房屋，要在房上的四围安栏杆，免得有人从房上掉下来，流血的罪就归于你家"(申命记22：8)。此言说的就是业主对所在社区的安全责任。莫里斯即是这么做的——临近故事结尾，尽管身体已极度虚弱，他却不听家人劝告，执意出门清除店前的积雪，以防去教堂做礼拜的基督徒邻居滑到，这一细微行为直接导致了他的病情恶化和死亡。

经商水平，高下立判

住在同一街区的卡帕也是犹太移民，但他跟莫里斯截然不同——卡帕也曾穷得叮当响，开的鞋店并不赚钱，仅够勉强维持家用；可此人的商业嗅觉非常敏锐，1933年禁酒令刚一结束，他就马上借钱，设法获得卖酒执照(根据书中暗示，他很可能是通过行贿达到的这一目的)，将自己原先的店铺改成一家酒类商店。如我们所知，刚刚解禁的市场面对的往往是由于长期积压而导致的井喷式的巨大需求，所以很自然地，卡帕的商店销售业绩颇佳，很快就挣了不少钱，并在这一带形成不小的影响力。很明显，经济利益是驱动卡帕的唯一因素——当他看到有利可图时，便毫不犹豫地违背原先对朋友的承诺，把自己的另一处房产租给了一个德国人用来开熟食杂货店，明知这会对莫里斯形成竞争和威胁。果然，这家新店刚一开业，就以其气派的装修、一应俱全的货品，把莫里斯的许多老主顾都吸引了过去，就连住在他楼上的租客都躲着他去那里买食物，这让莫里斯的经济状况雪上加霜。

此外，卡帕还希望莫里斯的女儿海伦嫁给自己的儿子，如此一来，他就能够顺手接过莫里斯的摊子，对其“加以整修扩充，使之面目一新成为设备时髦、商品齐全的自助商场”(160)。[①] 当然，尽管卡帕是个自私自利之人，甚至有些卑鄙和猥琐，但他毕竟没有干任何违法行径；其物质上的成功，很大程度上源于他对商机的快速捕捉，以及为了达到目的所做的不懈坚持，而这些恰恰是实现美国梦的一种表现。

另有一个犹太移民萨姆，原本只是个出租车司机，境遇也不算好，如今开一家糖果店，平日靠赌马赚了不少钱。显然，此人的敏锐嗅觉并不在经商本身，而是在投机分析上——书中萨姆总是在躬身研究赛马的内情报告，“正如现代美国冒险股民们成天研究股票行情及道琼斯指数一样”，[②]一旦看准机会便果断下注。

凭借不菲的赌马收入，萨姆得以供儿子纳特就读哥伦比亚大学法学院，“总有一天会成为一个有钱的律师”(9)。同前面提到的卡帕类似，纳特也并非道德崇高之人——这个年轻人极具功利之心，只关注对自身发展直接有利的事物，对海伦钟爱的文学这种“无用之学”完全不能理解；他跟海伦之间也并非认真交往，因为对方家里的经济条件不佳，对自己的未来发展毫无帮助。不过如若我们换一个角度看的话，作为第二代犹太移民，纳特能够通过自身优秀的学业成绩，实现未来社会地位和经济状况的极大提升，其实还是有其可圈可点之处的。

反观莫里斯，其经济理念和经商方式可说是极度的保守和落后——当妻子问他为什么不像卡帕那样改行卖酒时，莫里斯除了表示没有足够的现金进货之外，还十分不屑地说“那是同醉鬼做买卖”(8)。这一态度的确反映了莫里斯的道德操守，但同时也体现出他在经营方面的愚顽不化。类似的例子还有很多：卡帕劝莫里斯把这个经营了20年的店铺做一下装饰和整顿，对于这一合理建议，他却不以为然，完全忽视店面外观对顾客的吸引力；供货商奥托来送肉，莫里斯即使手头的现金流极度紧张，也绝不肯赊欠，而是坚持用现金这种最不划算的方式进行支付，原因仅仅在于奥托是一个德裔，作为犹太人的莫里斯不愿欠他的情。

事实上，莫里斯虽有着高尚的商业道德，但其经商能力却让人实在不敢恭维——在整部小说里，我们几乎看不到他在管理店铺方面表现出任何技能，其唯一的奋斗方式就

---

① 作品原文引自马拉默德：《店员》，杨仁敬、刘海平、王希苏译（江苏人民出版社，1980版）。

② 魏啸飞：《美国犹太文学与犹太特性》。桂林：广西师范大学出版社，2009，第143页。

是最原始的"加班加点消耗时间"(18),甚至在犹太节日时也照常营业。可悲的是,莫里斯对自己经营不善、贫穷的唯一解释就是运气不好;相应地,他认为卡帕能够发财也仅仅是因为运气好,完全看不到对方的商业嗅觉和钻营能力。

价格弹性与定价策略

在莫里斯养病期间,寄居在此的弗兰克临时接手店铺,结果没过多久,这个年轻人就让店铺面貌焕然一新,赢得了远超以往的顾客和销售收入(也从反面证实了莫里斯经营水平的低下):

> 顾客们看来都喜欢他。他接待他们时,和他们说长说短,有时弄得艾达难堪,但逗得顾客们尤其是非犹太人的家庭主妇们哈哈大笑。他把艾达在附近没见过的人都吸引来了,不单是妇女,也有男人。弗兰克做的事,有些是莫里斯和她从来不会做的,比如劝顾客多买些东西,而且往往就卖成了。"四盎司能顶啥用?"他这么说,"只够喂鸟——一口也不够,还是来半磅吧。"有些顾客就真的买了半磅。或者,他会说,"这是今天刚进的芥末,新牌子,同超级市场的价钱一个样,数量却多两盎司。为啥不买点尝尝?如果不喜欢,可以退回来,我吃给你看。"顾客们听了,笑着就买下来了。这使艾达怀疑,她和莫里斯是否真的适合卖杂货这个行当。他俩从来就不是做生意的料子。(70)

我们都知道经济学里的"需求的价格弹性"概念,指的是顾客对某一商品的需求数量随着商品价格的变动而变动的情况。用公式表示就是:

需求的价格弹性=需求量变化的百分比/价格变化的百分比

通常情况下,非必需品(如奢侈品)的价格弹性相对比较高,顾客对其价格变动往往十分敏感;而生活必需品(如食品)的价格弹性非常低,顾客(在一定范围内)通常不太会在意其价格上的差异。

由于莫里斯的店铺里卖的主要就是食品,这就意味着其商品定价对顾客的购买决定影响相对不大(尽管他们多数都来自中下阶层),此时的关键就是顾客的购物体验了。由于莫里斯不愿对店铺进行装修,那么剩下的工作就只能是在服务质量上做文章。在这种情况下,弗兰克强大的亲和力与娴熟的沟通技巧,再加上他非犹太人的身份,就发挥了重大作用。例如在上文中,为了鼓励顾客,他把店里卖的芥末跟超市里的同类产品进行比较，强调的是“同等价格数量更多”（侧重点是商品本身的实惠，突出了选择该商品的明智之处），而非“同等数量价格更低”（侧重点是价格的低廉，而顾客对此类产品的价格并不敏感），这样一来，更容易迎合顾客心理，推动其消费决定。

弗兰克接手店铺期间的经营状况之所以大为改观，还有一个很重要的原因——对街的竞争对手施米茨身染重病，每天只能勉强开张半天，等于把部分客源拱手送给了莫里斯的店铺。然而好景不长，由于施米茨久病住院，他的熟食店终于不得不易主，而接手的两个挪威人来者不善，大打宣传攻势和低价策略——他们在开业一周前就广发传单，“用大号字体列出了一长串开店第一周特价商品的名称。这些特价商品，价格之低廉，莫里斯是永远无法与之竞争的，因为挪威人计划做出的削价牺牲，莫里斯负担不起”（179）。

在这里，我们能够清晰地看出挪威人的策略所在：① 凭借规模优势有效压低经营成本，凭借资金优势敢于用低价竞争；② “招徕定价”（loss-leader pricing）策略，即有意将少数商品大幅降价，以招徕顾客前来购买（甚至仅仅是来浏览），从而带动其他未降价商品的销售。也就是说，这些大肆宣传的特价商品，由于定价明显低于市价（甚至可能低于成本），能够极大满足消费者的求廉心理，从而有效吸引客流，至于这些商品造成的销售损失，完全可以被店内其他商品的销售收入所弥补，而且整体上往往有超额盈余。至于莫里斯，由于他是小本经营、店小资薄，再加上其人思想保守、不善变通，所以自然无力应对来自新的竞争对手的挤压。

查理：现代超市的崛起

后来的莫里斯去找多年前的合伙人查理求一份出纳员的工作。两人当年一起开店，莫里斯曾不顾太太的极力反对，同意由查理来管账，结果此人借机背地使诈、自肥腰包，导致店铺轻易破产，莫里斯的老本儿也赔个精光；而查理随后又轻易地筹足现金，买回这家店铺，并逐步把它扩建成一家生意兴隆的超市。如今的查理俨然已是一派成功人士的形象，至于他起初发家的资本是如何来的，怎样的不光彩，在这样一个崇尚物质财富的社会已经无关紧要了。

此处还有一个值得注意的细节：临下班时，作为老板的查理到各个收款机前点钱。他笑着对莫里斯说“你短了一块钱”（219）。当年查理监守自盗，无论在道义上还是经济上，都非常的亏欠莫里斯，但他却能无比平静地向对方指出这一块钱的差额，可见“在马拉默德看来，追求物质成功跟冷酷无情是密不可分的”。[1] 事实上，也只有像查理这种人

---

① Shaw, Martín Urdiales. *Ethnic Identities in Bernard Malamud's Fictions*. Oviedo: Universidad de Oviedo, 2000, p. 98.

才能在资本主义残酷的商业竞争中立足和发展。自尊心强的莫里斯马上赔付了一美元,并辞掉了这份工作。

事实上,小说中查理和莫里斯,不仅代表了商业道德的两个极端,他们各自所经营的超市和杂货铺,也是当时美国零售业最典型的新旧两种业态。两者在购物环境和经营效果上孰优孰劣,可谓一目了然。一般认为,美国第一家真正意义上的现代超市始于1930年8月4日,由库伦(Michael J. Cullen)在纽约皇后区建立。由于当时正处于经济大萧条时期,普通民众的消费能力较低,对价格普遍敏感,所以超市这种形态以其多种类、低价格的优势,迅速变得大受欢迎。到了50年代,各大超市普遍采取发行"赠品券"的形式,以吸引顾客;作为今天超市里各种会员卡的前身,赠品券让消费者尝到了实惠,极大地培养了顾客忠诚度。相形之下,传统的店铺形式已严重落后于时代,除了就近服务本街区的居民之外,很难吸引大量消费者。

现代超市的强势崛起,特别是对传统店铺的残酷碾压,曾让很多人感到不安甚至愤慨,但也有人对此表示欢迎——客观主义的代表人物之一布兰登对此有着极为开通的看法,他在《停滞不前是神圣的权利》一文中提到:"谴责资本主义具有此类'不公行为':如允许一家大型连锁商店将街角老杂货铺驱逐出局。这种谴责暗示那家老杂货铺顾客以及连锁商店店主的经济利益和发展应该受到扼杀,从而保护老杂货铺有限的主动性或技能——这就是把停滞不前当作神圣权利的教条。"[①]换言之,以查理为代表的现代超市符合商业潮流,有着更为强大的生命力,而以莫里斯为代表的传统店铺则是阻碍潮流的保守势力,理应退出历史舞台。

诚信经营,主动受难

莫里斯偶然发现弗兰克偷偷从店里的收款机取钱。对于恪守道德的老店主而言,这种行为是绝对无法容忍的,于是他不顾弗兰克的诚恳道歉和苦苦乞求,决意将后者赶走。此后,店里的情况更是每况愈下,莫里斯只好决定卖掉店面。经卡帕介绍,一个新近来自波兰的犹太难民波多尔斯基准备购买这个店铺用以谋生,莫里斯看到波多尔斯基的可怜相,顿时心生怜悯,居然"诚挚地告诉他小店正在走下坡路"(215),并主动将售价从原先的2 000美元降到1 600美元,再次体现了他做人经商的诚信所在。

不管在经济伦理上作何结论,杂货铺的每况愈下无疑已是不可避免的,但难能可贵的是,即使在经济如此拮据的情况下,莫里斯也拒绝使用任何不正当手段牟利——当一

① 纳撒尼尔·布兰登:《停滞不前是神圣的权利》,安·兰德,纳撒尼尔·布兰登著,《自私的德性》,焦晓菊译。北京:华夏出版社,2007,第126页。

个纵火犯帮他出主意，提出以500美元酬劳的代价，将莫里斯的房屋烧掉，以骗取7 000美元的保险赔偿(其中店铺2 000美元，房子5 000美元，远高于他卖掉店铺的收入)，莫里斯断然拒绝。这一场景或许会让人联想到《推销员之死》中威利为了给儿子留下一笔钱财而故意自杀的欺诈行为。在对待保险的问题上，莫里斯和洛曼之间存在着很大差异——如果说洛曼可以被列入悲剧英雄的话，那么莫里斯漠视经济利益、主动选择受难的悲剧形象，显然比洛曼更有古典性。

具有讽刺意味的是，拒绝纵火诈骗的莫里斯在第二天晚上却不小心点着了火，差点把自己烧死。随后，为了防止去教堂做礼拜的邻居滑到，他执意在寒风中出门清除积雪，又染上肺炎，死于医院。纵观整个故事，诸如卡帕、萨姆、查理这些物质意义上的成功者，其致富途径虽然未必全都违法，但毕竟多少都有不光彩之处，而一贯坚持诚信原则、忠实地履行着“企业责任”的好心人莫里斯却一败涂地。马拉默德似乎是在借此揭示现代资本主义社会的窘境——遵守商业伦理者，往往被排除在社会现实之外，从而得不到好的下场。

《阿特拉斯耸耸肩》：自由资本主义的辩护书[①]

安・兰德(Ayn Rand)是20世纪美国重要的小说家和哲学家。她出生于俄国圣彼得堡一个富裕的犹太家庭，童年时代即对文学和电影兴趣浓厚。1917年，俄国革命爆发，兰德家也受到冲击，这在她的内心埋下了反苏(进而反对一切集体主义与国家主义)的种子。1924年，兰德毕业于圣彼得堡国立大学；毕业次年，她即获得赴美探亲的签证，并于1926年乘邮轮抵达纽约，从此再未回到故乡俄国。兰德到美国之后开始从事文学创作，先后写出了《我们活着的人》(*We the Living*，1936)、《颂歌》(*Anthem*，1938)、《源头》(*The Fountainhead*，1943)、《阿特拉斯耸耸肩》(*Atlas Shrugged*，1957)等小说以及大量的客观主义哲学论述，对美国的知识分子阶层以及社会大众产生了极大影响。

兰德与客观主义

兰德以富有哲理的小说创作闻名于世。她在文学创作的基础上提出一整套相对独立的哲学体系——客观主义。该理论受到亚里士多德思想的深刻影响，强调自由意志与个人权利的重要性，即人生的最高道德目标在于追求个人幸福和理性私利；与之相应，一个无法最大限度地满足个人利益的社会，绝不是理想的社会。反映到经济体制上，这种理念表现为推崇纯粹的自由资本主义，以及不受任何侵犯的私人产权，因为只有这样，才能最大限度地发挥优秀人才的创新热情。与此同时，兰德反对一切形式的集体主义经济形态(包括混合制经济形态)。因此，兰德也被广泛视为英美新自由主义和新保守主义的集大成者。

兰德曾系统地考察过西方资本主义的发展历史，她十分推崇美国20世纪初的那一代伟大的发明家和企业家(如爱迪生、贝尔、莱特兄弟、福特、卡耐基等)，认为这些天才

① 原文的部分内容曾发表在《文学跨学科研究》(*Interdisciplinary Studies of Literature*)2019年第1期，题为“自私的德性：论《〈阿特拉斯耸耸肩〉中的经济思想》，此处根据需要做了适当的调整和改动。

之所以能够释放出如此巨大的创造力，推动经济增长与社会进步，跟当时的经济自由度不无关系；而对于自己所处时代的国家政策和社会气候，她却极度担忧——在战后的美国知识界、政界和商界，集体主义和国家福利主义思想一度十分盛行，进而影响到政府决策。兰德认为，对于政府权力过度集中的趋势，如果不加以防范和控制，而是任由其滋生蔓延，将会对个人自由和知识创新构成严重的侵蚀和威胁。于是，她选择通过文学创作的形式向世人敲响警钟。

资本主义的道德辩护书

《阿特拉斯耸耸肩》是兰德整个文学生涯的巅峰之作。作者以一个反乌托邦的未来美国社会（20 世纪下半叶）为背景，讲述了高尔特、达格妮、德安孔尼等优秀企业家面对政府的过度干预而愤然罢工、隐匿山谷的故事。为了写这本书，尤其是塑造里尔登和达格妮这两个经典的企业家形象，兰德曾专门调查过美国的钢铁业和铁路运输业——她亲身去凯撒钢铁公司参观工业设施，专门乘坐纽约中央铁路公司的火车，甚至学会驾驶“20 世纪高级快车”，这些经历为她生动展现小说中的里尔登钢铁厂和塔格特泛陆运输公司的运营情况奠定了基础。

这本小说可以从多个角度进行解读——“它是一部资本主义的道德辩护书，是政治寓言，是社会评论，是科幻小说，是怪诞小说，是爱情故事”；[①]但它归根结底是一部哲学小说，作者通过引人入胜的故事情节，完整而清晰地展现了自己的客观主义和理性利己主义思想，标志着她从一个纯粹的小说家向一个哲学运动引领者的转变。

仅就经济思想而言，该书主要涉及国家的经济政策和企业的管理运营，其中传递的经济信息包括“生产效率与创新所带来的回报，贸易带来的益处，由于政府的经济干预所造成的生产破坏以及交换关系的扭曲”。[②] 这本小说里面既有抽象的哲学原理，也有具体的商业案例，是经济类题材的文学经典之作。奥地利学派的经济学家勃特克曾说，人们“很难再找到一本由非经济学家所写的如此具有经济学素养的作品”。[③] 的确，如果读者单看各章标题的话（如“非商业化”“剥削者和被剥削者”“透支的账户”“美元的标志”），很可能以为这是一部商业著述，断难想到会是一部跌宕起伏的小说。书中故事充分体现了当时经济学上的新自由主义转向，即“赞扬作为创造性个体的经济人，相信该

---

① Younkins, Edward W. “Philosophical and Literary Integration in Ayn Rand’s Atlas Shrugged.” *The Journal of Ayn Rand Studies*, 14. 2 (2014), p. 125.

② Younkins, Edward W. Introduction to *Ayn Rand’s Atlas Shrugged: A Philosophical and Literary Companion*. Ed. Edward W. Younkins. London and New York: Routledge, 2007, p. 4.

③ Boettke, Peter J. “The Economics of *Atlas Shrugged*.” Ed. Edward W. Younkins. *Ayn Rand’s Atlas Shrugged: A Philosophical and Literary Companion*. London and New York: Routledge, 2007, p. 180.

个体对财富、自利、成功的坚定追求有利于整个社会”。[①]

企业家的社会价值

《阿特拉斯耸耸肩》主要探讨了两个重要问题：① 企业家的经济贡献与社会价值；② 政府干预对个人自由的侵蚀以及对技术创新的阻碍。这两个问题同兰德的客观主义哲学观紧密相关。兰德认为，优秀的个人（特别是具有创新能力的企业家）是整个社会发展的最重要的驱动力，这些人通过聪明才智和辛勤劳动创造出远超自身需求的大量产品，然后通过公正诚实的交易，让产品进入市场进行自由流通，由此实现自身的经济利益和道德目标，同时大大丰富社会产品总量，而且这种交易范围的持续扩大，还会进一步促进社会的专业化分工、提高生产效率。因此，政府对这样的企业家，应当充分保护其生产创新的积极性，同时最大限度地减少不必要的干涉。

然而，并非所有的企业家都具备以上的创新能力和道德观念。兰德在小说中塑造的各色人物，大致可以分为两个阵营，象征着两种截然不同的社会功能与道德理念：一方是社会财富真正的创造者，以高尔特、达格妮、德安孔尼等优秀企业家为代表，他们兼具能力和胆识，追求自由与创新——“这些主导者热爱自己的工作，通过自身的思想与努力去追求成就，痛恨集体主义和庸碌无为”；[②]更重要的是，他们都是无比真诚的利己主义者，以追逐经济利益与个人幸福为最高道德目标，其一切行为均以实现此目标为导向。在兰德看来，这些人体现出在一个非理性的世界里，理性之人到底该如何发挥自身的社会功能。另一方是伪善的利他主义者，其中不仅有因循守旧、思想僵化的政府官僚，还包括无能的企业家与懦弱的科学家，这些人“害怕诚实竞争，为了政府调控的安全，出卖自己的主动权、创造力和独立性”，[③]只为求得自身的安稳；更有甚者，像詹姆斯·塔格特这样的企业领导，缺乏必要的才能和担当，无力创造实体财富，而是打着社会公平、机会均等的旗号，通过结交权贵、社交游说等方式影响政府决策，从而分享财富成果、维系自身利益，其行为与社会寄生虫无异，因此被作者恰当地称为“掠夺者”。

于是，小说中出现了一个有趣的悖论。利己主义者并不讳言自己对企业利润和个

---

① Comyn, Sarah. *Political Economy and the Novel: A Literary History of "Homo Economicus"*. London and New York: Palgrave Macmillan, 2018, p. 17.

② Younkins, Edward W. "*Atlas Shrugged*: Ayn Rand's Philosophical and Literary Masterpiece." Ed. Edward W. Younkins. *Ayn Rand's Atlas Shrugged: A Philosophical and Literary Companion*. London and New York: Routledge, 2007, p. 10.

③ Younkins, Edward W. "*Atlas Shrugged*: Ayn Rand's Philosophical and Literary Masterpiece." Ed. Edward W. Younkins. *Ayn Rand's Atlas Shrugged: A Philosophical and Literary Companion*. London and New York: Routledge, 2007, p. 10.

人幸福的热烈追求，而正是这些人，在实现理性自利的过程中也在有效地增加物质财富、推动经济繁荣，使整个社会从中受益；利他主义者口口声声维护公共利益，实则却阻碍社会进步与大众福祉。很明显，这两类人的价值观迥然相异、无法调和，他们的矛盾冲突贯穿整部小说，构成了故事内在的张力，也是我们理解这部作品的主题时应该着力关注的。正如比迪诺托所言，“强烈的戏剧冲突，有赖于极端固执的人物追求互不相容的目标（而这些目标又跟故事的主题紧密相关）。他们的冲突贯穿整个故事，一直在有力积聚，直到最终的高潮部分得以解决，主题随之显现”。① 在《阿特拉斯耸耸肩》中，最终的高潮就是企业家的集体失踪导致社会完全瘫痪，此时的高尔特准备率众出山，按照自己的理念重新建设这个世界，而核心主题就是对理性利己主义的高度推崇。

遗憾的是，在现实世界中，无论是传统的思维模式，还是大众的舆论导向，一般都是以利他主义为崇高，而对利己主义持鄙视态度（这也为“掠夺者”们掌握话语权力、制定道德规范创造了条件），导致人们对一心追求利润的资本家抱有极大的偏见和怨恨，甚至无视其巨大的社会贡献。在兰德看来，既然推动社会进步的是思想创新而非体力劳动，创造社会财富的是企业家而非工人，所以在政府干预和舆论压迫的情况下，蒙受各种损失的资本家才是真正的“受剥削者”，也是广大读者应当予以崇敬和同情的对象。于是，她的《阿特拉斯耸耸肩》就成为世界文学中少有的一部将企业家作为英雄来刻画的作品——为了证明这些生产者的巨大价值，兰德巧妙地采用类似“或然历史”的表现方式，即通过“企业家罢工”和“思想罢工”这种或然假设，描绘出一个社会精英缺场、经济濒于停摆的可怕场景，从反面突显这些伟大个体的重要性，进而证明自己经济观点的正确性。

政府过度干预的危害

上述利己主义者与利他主义者之间的斗争，实际上是生产能力与政治权力之间的对抗——前者倡导完全自由的市场竞争和个人创造力的充分释放，后者则支持“高税收、大工会、政府所有制、政府开支、政府计划、调控和资源再分配”。② 在这两者之间，兰德毫无保留地支持前者，她始终强调企业家对社会的巨大价值，而对一切形式的国家干预都甚为反感。在《阿特拉斯耸耸肩》中，政府采取的这类“锄强扶弱”的经济政策主要包括：① 牺牲高效企业的利益，大力补贴弱小、低效的企业；② 强迫发明家放弃专利

① Bidinotto, Robert James. “*Atlas Shrugged* as Literature.” *New Individualist*, October 2007, p. 53.

② Younkins, Edward W. “*Atlas Shrugged*: Ayn Rand's Philosophical and Literary Masterpiece.” Ed. Edward W. Younkins. *Ayn Rand's Atlas Shrugged: A Philosophical and Literary Companion*. London and New York: Routledge, 2007, p. 10.

权，将其低价收归国有，让所有企业从中获利；③ 采取反垄断措施，强行拆分优质企业，逼迫其同弱小企业分享市场份额。

小说中最典型的例子就是主人公之一里尔登发明的新型合金，这种材料在强度、耐久度、生产成本方面均优于传统钢材，一旦大规模投入使用，可大大提升铁路运营的效率，但美国政府为了维护其他钢铁制造商的利益，通过所谓的《机会平衡法案》，以“禁止从事破坏性竞争”的名义，要求他将该技术低价转让给政府；在遭到里尔登的断然拒绝后，政府便出台各种政策，在技术要求和市场份额上对该产品加以限制和阻挠，并辅以额外的税收，甚至对里尔登个人进行指控。在兰德看来，政府的职能应当是企业的保护者与服务者，而非统治者；美国宪法的目的就是为了保护人民免受政府的侵害，而《权利法案》的初衷更是为了保障个人自由、限制公共权力（特别是政府的司法权），以“禁止政府‘合法地’成为罪犯而侵犯人权的行动”。[①] 小说中美国政府的做法，显然违背了相关精神，在本质上与罪犯无异。

兰德的追随者布兰登的相关论述更加切合这部小说——在《停滞不前是神圣的权利》一文中，布兰登专门提到政府对优势企业的限制：“有一家企业预测未来的需求并扩大生产能力来满足这种需求，但这有可能会‘妨碍’它未来的竞争者，于是法庭便判决该企业具有远见是有罪的，并阻止它往这些方面发展（美国铝业公司案，1945 年）——这就是对发展施予的法律处罚，这就是对有能力者的能力施予的法律处罚——这就是把停滞不前当作神圣权利的教条的目标，也是它赤裸裸的本质”。[②] 此处提到的“美国铝业公司案”，是美国历史上一件影响深远的经济案件——1945 年，美国铝业公司被指控违反联邦反托拉斯法，不得不卖掉加拿大子公司，布兰登对此明显持保留态度。

在《阿特拉斯耸耸肩》中，政府干预导致众多优秀企业家心怀不满，他们宁愿自毁企业，陆续失踪，导致整个社会经济近乎停摆。为此，政府又采取新的措施，包括强制企业生产、工人上班等，甚至要求将私人的发明专利赠与政府，以摆脱困境。布兰登对此亦有专门阐述：“在利他主义法律下法庭判决一个成功的企业对其专利产品不拥有专利权，却必须把专利权免费给予付不起专利费的潜在竞争者（通用电气公司案，1948 年）——这就是把停滞不前当作神圣权利的教条。”[③]换言之，政府的这种行为，等于是将寄生者的掠夺进一步合法化。

除以上三点外，20 世纪美国社会经济中常见的其他干预措施（如对企业课征重税、大规模社会福利、政府的计划调控等）也都在小说中出现。在兰德看来，这些措施表面

---

① 安・兰德：《人类的权利》，兰德等著，《自私的德性》，焦晓菊译，北京：华夏出版社，2007，第 93 页。

② 纳撒尼尔・布兰登：《停滞不前是神圣的权利》，兰德等著，《自私的德性》，焦晓菊译。北京：华夏出版社，2007 年，第 126 页。

③ 纳撒尼尔・布兰登：《停滞不前是神圣的权利》，兰德等著，《自私的德性》，焦晓菊译。北京：华夏出版社，2007 年，第 126 页。

上是为了整个社会的大众福祉，实则却导致商业腐败和社会倒退——任何为了满足大众需求而牺牲个人利益的行为，本质上都无异于道德绑架与侵犯人权，只能使优秀的企业家失去持续创造财富的源动力，而弱者则可以理直气壮地吸食强者来之不易的财富；更可怕的是，在这样一种体制下，那些管理能力低下、不胜公开竞争的企业家，很自然地将不再专注于高效生产，而是采用各种不正当手段，跟执掌决策权的政府官员建立互惠关系，以谋求利益（如政策倾斜、政府补贴等）。

这属于经济政策中比较典型的"规制俘虏"现象，属于政府失灵中一种比较常见的现象。政府规制原本是以矫正和改善市场机制中的各种内在问题（例如市场失灵、资源配置不合理、社会福利不足等）为目的，从而采取一系列干预经济主体活动的行为（如产量的定额和价格的管制等）。然而，这种干预行为经常适得其反，产生破坏市场竞争、背离最优化配置的结果，最终只是让某一特殊的利益群体（如某一行业或企业）从中获利，而整体的公共利益并未得到有效增加，甚至遭受严重损害；更有甚者，某些企业俘虏和控制了立法者，从而利用公共权力为自身谋取利益，由于这些企业常常是以"遵守政府规章制度"的名义，名正言顺、大义凛然地开展这种"损公利己"的经营行为，所以以兰德为代表的客观主义者认为，政府与其建立动辄被利益群体所俘虏的规制机构，还不如根本不进行任何规制，任由市场自行调节一切。

受害者的认可与反抗

政府对经济活动的过度干预构成了优秀企业家（即所谓的"阿特拉斯"）肩上的重负——阿特拉斯原本是希腊神话中的巨人，因反叛宙斯失败，被罚双肩支撑苍天。兰德在小说中用阿特拉斯来比喻那些用自己的智慧和劳动支撑社会却备受"剥削"的企业家，其中既有像高尔特、德安孔尼这样自始至终都非常坚定的理性利己主义者（即前后变化不大的"扁平人物"），也有像达格妮、里尔登这样起初犹豫不决、随后彻底醒悟的成长者（即始终处在动态发展中的"圆型人物"）。相比而言，兰德着墨更多的是后者——他们的成长过程体现出企业家从委曲求全到奋起反抗的动态变化，因此能更加"令人信服地给人以惊奇之感"。[①]

女主人公达格妮有着复杂的伦理身份。她既是大型铁路企业的实际负责人，承担着关系国计民生的铁路运输业务，又是一个反对政府管制的自由主义者，因而在集体主义和国家主义盛行的大环境下，其经营管理陷入了难解的伦理困惑。尽管对"掠夺者"把持下的社会极不认同，但她起初并不赞成以逃离社会的方式将这个世界拱手让给对

① 爱德华·摩根·福斯特：《小说面面观》，朱乃长译，北京：中国对外翻译出版公司，2002，第205页。

方，认为这是不负责任的懦弱表现，因而在商业决策中，她时常要面对各种痛苦的纠结。然而在遇到高尔特之后，达格妮完全接受了对方的客观主义思想（即人生的道德意义就在于对个人幸福和理性私利的追求），她也认识到如果自己继续在这个世界待下去，其实是对"掠夺者"的变相配合与鼓励，等于给他们继续奴役自己的机会。于是，她决心跟随高尔特一起逃离纽约、藏身峡谷，通过这种"企业家罢工"的方式，迫使政府以及整个社会深切体会到扼杀企业家积极性、束缚个体创造力的严重后果，以实现"大破大立"的目的。至此，达格妮才算彻底厘清了自己作为一名自由主义企业家的伦理身份，实现了故事当中伦理秩序的重构，她本人也由此成为"西方文学中最坚强的女性主人公"。①

里尔登具有强大的创新能力和经营才能，面对政府的各种干预和威逼，他尚能尽力捍卫自身利益，然而在生活中，他却不像达格妮那样坚定地追求个人幸福与尊严，而是部分地认同利他主义思想，对寄食自己劳动成果、毫无感恩之情的家人怀有强烈的负疚感。这一切导致了里尔登经济利益的损失和精神世界的苦闷。客观主义哲学家培可夫将之称为"受害者的认可"，即"善者情愿在恶者手中受苦，接受自己由于创造价值的'罪过'而成为牺牲品的角色"，②这种认可等于是让善者被动参与了对自身的盘剥与压榨，间接协助了反派的恶行。在兰德看来，纵使是伟大的企业家，如果屈从于利他主义压力，放弃对自身正当利益的捍卫，即等于参与了对个人权利和经济自由的破坏，因此其自身也应承担相应的责任。

幸运的是，里尔登后来终于意识到，他毫无根据的愧疚感和看似崇高的自我牺牲，实则是自己被奴役的前提，只有摆脱这种观念，才能实现真正意义上的自我解放，于是他最后决定摆脱折磨自己的家人、参与企业家的罢工，从而成功破解了自己的伦理困惑，实现了价值的提升和精神的圆满，即"正是里尔登的内心冲突，才推动了情节的发展；也正是他对自己错误设想的摆脱，以及最终对潜意识里客观主义前提的有意接受，才化解了这一冲突"。③

简而言之，像达格妮和里尔登这样的企业家，虽然在思想理念上反对掠夺者，但在实际行动上却未能完全挣脱后者，而是部分地配合他们，从而无意间成为其帮凶；两人随后逐渐看清了掠夺者的破坏本性，遂放弃了调和自身价值观和现实世界之间矛盾的幻想，毫无保留地拥抱客观主义思想，坚决抵制来自政府的干涉和家人的操控。这一转变过程体现出兰德眼中受害者的觉醒与反抗。从这个角度讲，整部小说所着力展现的，

---

① Younkins, Edward W. "Business in Ayn Rand's *Atlas Shrugged*." *The Journal of Ayn Rand Studies*, 15. 2 (2015), 166.

② Leonard Peikoff. "The Philosophy of Objectivism." *Lecture Series* (1976), Lecture 8.

③ Younkins, Edward W. "Business in Ayn Rand's *Atlas Shrugged*." *The Journal of Ayn Rand Studies*, 15. 2 (2015), p. 170.

其实就是假设上述“受害者的认可”被撤除掉(即阿特拉斯耸耸肩、摆脱身上重负)之后世界将会如何的场景。

金钱的准则与黄金的价值

除了高尔特、达格妮、里尔登之外,小说中还有一位重要的人物,即达格妮的前男友、企业家德安孔尼。兰德借由此人之口表达了自己独特的金钱观念。面对人群中“金钱是万恶之源”的呼声,德安孔尼发表了一通铿锵有力的长篇演讲,解释说金钱只不过是商品交换的工具,体现了等价交换的公平原则:

> 用金钱作为手段来进行贸易是诚实的人们的信条。金钱所依赖的准则就是每个人都有自己的头脑和努力。金钱不允许任何力量将你的努力强行定价,只是让人们自愿选择用他的劳动和你的去交换。金钱允许你把你的成果和劳动给购买它的人,并获得应得的,而不是多于它的报酬。除了贸易双方自主决定彼此获得的利益之外,金钱不允许其他的任何交易。(379)①

也就是说,金钱可以确保人们为了实现自己的正当利益去努力工作,从而在理智中彰显才华,推动社会向前发展。因此,德安孔尼将金钱称为“尺度和象征的生存法典”(379),甚至将其拔高为道德存在的基础。出于同样的逻辑,他对美国这个人类历史上“绝无仅有的金钱之国”表达了无限的敬意,因为“它代表了一个充满了理智、正义、自由、创造和成就的国家”(382),让人类的精神第一次获得了自由和解放。特别是美国的企业家,他们才是真正的财富的创造者。

与这种金钱观相应的是,德安孔尼还进一步表达了对纸币的担忧以及对黄金的重视:

> “当破坏者出现在人们当中时,他们首先会摧毁金钱,因为金钱是人们的护身符和道德存在的基础。破坏者夺走黄金,留给主人一堆废纸。这就扼杀了一切客观的标准,把人们置于恣意摆布价值而形成的武断统治之下。金子是一个客观的价值,与被创造的财富价值相符。纸币是对根本不存在的财富的抵押物,枪在它的后面撑腰,指向那些要去生产财富的人。纸张是那些合法的强盗们从不属于他们的账户开出的支票:支取的是受害者们的美德。注意看,总有一天它会被退回来,

① 作品原文引自安·兰德《阿特拉斯耸耸肩》,杨格译(重庆出版社,2005版)。

上面写着：'账户透支'。"(381-382)

这番话指向的其实是"兰德资本主义道德观的关键方面，即金本位制的重大意义"。[①] 金本位制是以黄金为本位币的货币制度。二战结束后，西方世界建立起以美元为中心的国际货币体系——"布雷顿森林体系"，[②]该体系其实是一种"金汇兑本位制"，即把美元同黄金挂钩，而其他国家的货币同美元挂钩，以此确立了美元(作为各国主要储备资产)的主导地位，并通过统一的兑换标准确保了各国币值的相对稳定。然而，由于受到后来的美元危机和美国国内经济危机的影响，金本位制开始动摇，至1971年8月，美国政府停止美元兑换黄金，并先后两次将美元大幅贬值，"金汇兑本位制"彻底终结，由此导致各国普遍超发货币所引发的通货膨胀，以及国际汇市的剧烈波动。

在《阿特拉斯耸耸肩》出版的1957年，金本位制尚在实施中，却已面临不同声音，即呼吁以政府力量为担保、摆脱纸币发行对黄金储量的依赖。对此，兰德在小说中借德安孔尼之口表达了自己的隐忧(即由此引发的纸币滥发与价值混乱)；基于同样的原因，她特地让黄金成为"高尔特峡谷"的唯一货币。兰德的这一立场在十年后也得到格林斯潘的支持——面对当时针对金本位制"近乎歇斯底里的敌对态度"，格林斯潘在兰德主编的《资本主义：未知的理想》(1966)中撰文指出："黄金与经济自由是密不可分的，金本位制是自由放任的工具，两者互有所指、彼此需要。"[③]在他看来，金本位制可以确保标准、客观的价值，而后者是实现自由贸易的基础，而且金本位制可以有效防止政府干预，特别是赤字开支和福利政策。格林斯潘的这些观点都是对德安孔尼演讲的直接呼应。

自由放任，市场至上

事实上，《阿特拉斯耸耸肩》揭示的是经济效益与公平分配之间的内在矛盾：一边是企业利润与企业家的积极性，另一边是国家利益与普通民众的诉求。政府在制定经济政策时，如果过于重视前者(如减少对企业的监管和赋税)，难免会落下"袒护企业""嫌贫爱富"的名声，遑论自身还要面对税收减少和债务增加的压力；如果一味关注后者(如增加对企业的监管和赋税)，短期看虽然可以迎合普通民意、增加政府收入，但由此导致的对企业家热情的打击会妨碍整个财富蛋糕的做大，进而影响未来长期的经济状况(特

---

① Comyn, Sarah. *Political Economy and the Novel: A Literary History of "Homo Economicus"*. London and New York: Palgrave Macmillan, 2018, p. 189.

② 布雷顿森林会议(Bretton Woods Conference)于1944年7月召开，此时二战尚未结束，但相关协议生效是在战后的1945年12月。

③ Greenspan, Alan. "Gold and Economic Freedom." Ed. Ayn Rand. *Capitalism: The Unknown Ideal*. New York: New American Library, 1967, p. 96.

别是可持续的税收以及工作岗位的创造)，这对社会经济而言是非常不利的。因此，在这两者之间到底应当如何平衡，对任何政府而言都是一道难题。

兰德的思想明显倾向于前者——政治上，她推崇古典自由主义，坚持个人权利至上；经济上，她推崇自由放任主义，相信市场本身的调节力量，反对一切形式的政府干预。事实上，这两者是彼此相关的。如前所述，兰德认定人生的最高道德目标就是追逐自身的幸福(即理性的利己主义)，而只有自由资本主义才是唯一充分尊重这种个人权利的社会制度；反过来，只有利己主义才能最大限度地发挥个人的主观能动性和创造力，并有助于扩大交易范围、深化专业分工，进而推动整个经济的发展。由于提倡"小政府、大市场"，兰德的客观主义接近自由主义经济学家的思想，这就是为什么读她的作品时，其政治理念容易让人想到哈耶克的《通往奴役之路》(1944)，[①]而其经济理念又让人想起弗里德曼的《资本主义与自由》(1962)。不过在经济学家中，同兰德联系最紧密的，还是与哈耶克同属"奥地利经济学派"的古典自由主义代表人物米塞斯——兰德曾明确宣称自己受到米塞斯的深刻影响；而后者在读过《阿特拉斯耸耸肩》之后，亦盛赞书中坦诚的精英主义思想于其心有戚戚焉。就连米塞斯研究所都承认说，现代人"很大一部分是因为兰德的影响，才使米塞斯的著作开始受到政治上的重视"。此外，市场经济的坚定拥护者格林斯潘干脆称兰德为"一个亚当・斯密式的自由企业家，满脑子理论体系和市场效率"。

兰德的哲学观与社会经济观，其实已经很自然地体现在这部小说的情节铺陈和人物言行中了，但作者依然怕说得不够清楚，竟又用了长达五十页的篇幅(英文原版为七十多页)，借由男主人公高尔特的广播讲话，全面系统地阐述了自己的相关理念，特别是其客观主义思想。这很容易让人想起奥威尔在《一九八四》(1949)中长篇累牍节选的那本《寡头政治集体主义的理论与实践》，以及附录在书末的那篇大谈语言工程与思想改造的《新话的原则》。单从叙事手法上讲，这种做法直截而生硬，实在不可取。毛姆对此的态度即是"大篇幅的跳读或者对原著进行大胆删减，因为这样能够在不毁损原著大致精神的基础上，有效增添阅读的快感"。[②] 作为小说大家的兰德，恐怕不会不谙此道，但她依然选择这么做，必定是因为她认定其中的信息无比重要。

兰德经济观的问题所在

兰德的理念也遭到另外一部分经济学家(特别是强调政府干预者)的批评，例如，

① 尽管兰德与哈耶克因反对集体主义而同被划入"新自由主义"的范畴，但两人的政治理念存在一定的差异，兰德甚至对《通往自由之路》表达过强烈的鄙视。限于篇幅，本书对此不做细述。

② 李锋：《私密与娱乐：毛姆的小说观》，《学海》2011 年第 6 期，第 193 页。

2008年诺贝尔经济学奖得主、新凯恩斯主义经济学派的代表人物克鲁格曼就曾批评《阿特拉斯耸耸肩》里的社会经济思想荒诞不经，甚至将其同《指环王》并列在一起，称之为“一本幼稚的奇幻作品，常常造成对其虚假英雄人物的终生痴迷，导致成年时期的情感成长受挫、社交能力缺陷，无法应对真实的世界”。[①] 克鲁格曼还对极力推崇《阿特拉斯耸耸肩》的共和党议员保罗·瑞恩予以嘲讽，指其货币政策的灵感居然来自一部小说。

作者认为，《阿特拉斯耸耸肩》里的经济思想虽在逻辑上有一定合理之处，但确实存在一些有待商榷的问题，归结起来主要包括：① 兰德明显重技术发明和实物生产，轻金融投资和市场营销，强调脑力劳动，忽视体力劳动，由此导致其结论呈现出一定的简单化和极端化倾向——小说中出现的各种二元对立，实则是对复杂的经济世界的简单化处理，忽略了其中的很多因素。② 主人公几乎都是身体健康、精力充沛的青年人，可以全身心投入生产和创新，不需应对医疗、养老、子女抚养等常见的社会问题，这种高度理想化的人物设置及其所代表的经济观，让一般读者很难轻易认同。③ 众多企业家避身的“高尔特峡谷”是一个乌托邦式的理想化社会，“这个山谷里没有法律，没有规定，没有任何一种正式的组织”，其运行所依靠的仅仅是“共同遵守的习惯”（660），这样的一个社会在现实中如何长期维系，难免让人心生疑问。④ 在互联网主导经济生活、各种新经济形态层出不穷的情况下，兰德的经济理念对当今世界的适用性难免要打一定的折扣。

当然，对《阿特拉斯耸耸肩》争议最大的还是其中的道德观念。该书刚出版时，“左派惊骇于其对资本主义赤裸裸的支持；信教的右派又极力反对其对宗教的摒弃”。[②] 更重要的是，由于颂扬对个人利益的追逐、反对牺牲自我而服务他人，本书被很多知识分子视为向贪欲致敬，著名作家维达尔甚至在杂志上撰文斥之为“在道德败坏上做到了近乎完美”。[③] 应该说，以上批评确有其合理之处，但其中的很多观点是将兰德的理性利己主义简单等同于一般意义上的自私享乐。事实上，兰德对此有着严格的区分——在她看来，对个人私利的追求是最高的道德目标，但并非衡量是非对错的伦理标准。她曾严厉抨击享乐主义的恶果，特别是缺乏理性的欲望对人的奴役与驱使，以及由此引发的利益冲突和社会混乱：“伦理学的责任是规定正确的价值规范，从而把获取幸福的方法给予人。像伦理享乐主义者那样宣布‘正确的价值是让你快乐的任何东西’，这就是宣布‘正确的价值是你碰巧看重的任何东西’——这是知识和哲学堕落的行为，这种行为只不过宣告了伦理学的无用，并诱使所有人任意胡作非为。”[④]换言之，在兰德眼里，追求个人幸福一定要建立在理性判断的基础上。

---

① Krugman, Paul. “I'm Ellsworth Toohey!” *The New York Times*, September 23, 2010.

② Berliner, Michael. “The Atlas Shrugged Reviews.” Ed. Robert Mayhew. *Essays on Ayn Rand's Alas Shrugged*. Lanham, Maryland: Lexington Books, 2009, p. 134.

③ Lisboa, Maria Manuel. *The End of the World: Apocalypse and its Aftermath in Western Culture*. Cambridge: Open Book Publishers, 2011, p. 133.

④ 安·兰德：《客观主义伦理学》，兰德等著，《自私的德性》，焦晓菊译，北京：华夏出版社，2007，第19页。

由此来看，兰德的思想主要还是植根于哲学，其次才是经济学；她的根本出发点是道德伦理，同时兼顾国家政策与经济效益。说到底，《阿特拉斯耸耸肩》毕竟是一部艺术化的政治寓言，而非系统的经济学专著，在展现深刻洞见的同时，书中观点往往带有主观的道德诉求和强烈的个人色彩。因此，这本书的意义，更多的在于引发读者对当时美国社会经济的反思和批判，而不是给出某种确定无疑的经济学定论。如果我们这样看待它的话，或许更容易把握书中倡导的理性利己主义观点和自由资本主义形态，并从中获得启示和教益。

对当今世界的影响与启示

《阿特拉斯耸耸肩》出版半个多世纪以来，始终占据全美畅销书排行榜的前列，近些年来每年销量高达数十万册，考虑到该书的超长篇幅，这一销量确实令人瞠目。特别有趣的是，这部小说的销量同美国经济政策的联系十分紧密——《经济学人》曾刊文指出，但凡发生严重的经济衰退、政府采取大的干预措施时，《阿特拉斯耸耸肩》的销量就会有明显提升。[①] 当然，这部小说并非只是一般意义上的畅销书，而是确确实实影响了几代美国人的人生观与价值观。例如，根据美国国会图书馆和每月读书会1991年的调查，《阿特拉斯耸耸肩》被视为影响力仅次于《圣经》的图书；1998年，兰登书屋与的读者投票，更是将该书推到了“本世纪最伟大小说”的位置。

这本书的影响面颇广，跨越哲学、文学、经济学、商业、政治学等多个学科。在美国的高校当中，它也被用在不同的课程中（包括政治哲学、经济学、商业伦理等）；由于它既有抽象的哲学原理，亦有现实的商业案例，成为连接哲学观念与商业世界的一个有效纽带。

很多美国商界人士对《阿特拉斯耸耸肩》中的理念表示推崇，其中包括众多大企业的CEO，他们不少人曾坦承自己的商业决策受到过该书的影响；考虑到兰德观点明显的“政治不正确”，可能导致一部分社会精英不宜在公开场合表示支持，所以这部作品的实际影响可能更大。以小说的中心人物高尔特为例，每当美国政府推出不利于社会生产者利益或理念的经济政策（如提高边际税率、增加税收减免的限制、将税收用于其不认可的用途）时，一部分人就会以减少工作甚至抽身退出的消极方式以示对抗，这种现象被直接称为“像约翰·高尔特那么做”；而在2009年美国茶党运动和英国银行业罢工的时候，有些示威者更是打出了小说中反复出现的“谁是约翰·高尔特?”的标语，以示对政府干预的抗议。

---

① “Atlas felt a sense of déjà vu.” *The Economist*, 2/26/2009. http://www.economist.com/node/13185404

如前所述，任何一个政府都必须努力平衡“企业家积极性”和“普通民众诉求”之间的关系。一般而言，美国共和党的经济政策往往倾向于优先维护企业的利益，80年代的里根政府即是典型代表。深受兰德思想影响的特朗普，更是不遗余力地倡导大幅减税——他提出将最高联邦企业税率从35%降到15%，以鼓励美国企业回流国内；他还提出废除遗产税，以鼓励企业家创造和积累财富的积极性。

《第二十二条军规》中的军事-工业复合体

约瑟夫·海勒(Joseph Heller)是当代美国最著名的作家之一。他出生于纽约市布鲁克林区的一个犹太家庭，二战时曾担任过空军中尉，在意大利执行飞行任务。退伍回国后，他先后在多所大学求学和任教，也在小广告公司做过文字撰稿人，这些经历给他提供了丰富的素材和良好的写作训练。《第二十二条军规》(*Catch*-22，1961)是海勒的成名作，此后他又推出《出了毛病》(*Something Happened*，1974)、《象戈尔德一样好》(*Good as Gold*，1979)、《如此美景》(*Picture This*，1988)、《一位老年艺术家的画像》(*Portrait of an Artist, as an Old Man*，2000)等小说，以及几部影响一般的剧本。

《第二十二条军规》是当代美国文学中公认的黑色幽默代表之作，故事以二战时期的意大利西部小岛皮亚诺萨为背景，通过飞行员尤索林的视角，讲述了驻扎在这里的美军第256飞行中队的各种荒诞事情。这部小说对存在于军队和社会上的很多问题进行了揭露和讽刺，包括官僚体制的专断和现代人类荒诞的生存状态，其中的一个突出现象是：小说中的美军部队，从高层到下属，居然对战事进展毫不关心，只是一心考虑着自己如何从中获利。

应该说，二战当中美军在欧洲战场的整体表现还是相当英勇的，即使军中真的偶有龌龊的非法牟利行为，总不至于达到小说中描述的那般夸张离谱。事实上，作者在这里暗指的是自己写作《第二十二条军规》时所处的美国社会。海勒自己也曾承认，虽然故事背景是二战，但“书中的反战和反政府情绪”是50年代朝鲜战争的结果；他真正的批评对象并非二战，而是冷战和麦卡锡主义。[①] 为此，海勒还在小说中提到了许多在二战时期尚未出现的事物(例如效忠宣誓、直升飞机、IBM、农业补贴等)，这些故意为之的时间倒错，就是为了拉近故事情节与当下的距离，让读者产生一种即时感和紧迫感。

跨越国界的辛迪加

《第二十二条军规》中最有代表性的唯利是图者当属飞行中队的物资管理员迈

① Heller, Joseph. “Reeling in *Catch*-22”. Lynda Rosen Obst. *The Sixties*. New York: Random House / Rolling Stone Press, 1977, pp. 50 - 52.

洛——此人极具商业头脑，充分利用职权便利，借着为军中采购食品的机会大搞投机倒把和黑市交易，甚至成立了一家名叫“M&M 辛迪加联合体”的跨国公司（两个 M 是迈洛全名 Milo Minderbinder 的缩写，但他特地在中间加了一个字符 &，为的是避免让人认为他是这家辛迪加联合体的独资老板），从中牟取巨大的经济利益和政治地位。纵观现当代美国文学，不乏大发战争横财的人物，但要说其中最为著名者，当非迈洛莫属，此人是自由主义企业家的极端代表，集资本主义经济体制的各种弊端于一身，被广泛视为美国文学中“所有虚构的投机商人角色中最为出名的一个”。[①]

有关迈洛的盈利方式，仅从他高明的鸡蛋交易中就足以领教一二——尤索林曾不解地询问他：究竟如何从这种明显亏本的买卖中（即以七分钱一个的高价从马耳他购入，再以五分钱一个的低价卖给军队食堂）赚到钱，迈洛不无得意地解释了个中奥秘。原来，迈洛本人在交易里还同时充当了中间商的角色：鸡蛋其实是他最初以一分钱一个的价格从西西里购买的，然后通过一系列人为操作，把这些鸡蛋卖到马耳他的“自己”手里（目的自然是要抬高价格），随即又以七分钱一个的标价在马耳他销售，至于这个价格的购入者，当然还是迈洛本人（也就是说，迈洛其实是从自己手里买的鸡蛋），然后再按五分钱一个的价格卖给食堂。由于他最初的单位投资额只有一分钱一个，所以事实上他最终从每个鸡蛋身上赚了四分钱，而不是亏了两分钱。至于为什么不干脆以七分钱一个而是五分钱一个的价格卖给食堂，迈洛解释说这样做是为了维持自己的采购权——“要是卖七分钱一个，我的食堂就不需要我去经办了。任何人都能买到七分钱一个的鸡蛋”(359)。[②] 以上这番解释，虽听上去荒诞离奇，但在逻辑上确也无懈可击，读下来足以让尤索林（以及作为读者的我们）叹为观止。事实上，迈洛就是以这种理念为基础，编织起了庞大的跨国经营网络，从中牟取暴利。

除了操纵价格、倒买倒卖，迈洛还通过里通外敌、两头通吃的方式赚取钱财，而且这些行为常常是同战争和暴力紧密联系在一起的，显示出垄断资本在疯狂扩张到一定程度后所呈现的破坏性。为了所谓辛迪加的利益，迈洛不惜动用美军飞机（有时甚至是德军飞机）以及其他军中资源，为自己的生意提供各种运输服务；更为夸张的是，他居然同美军和德军各自签订了合同，让美军轰炸由德军防守的大桥，同时又向德军承包保卫桥梁的任务，让德军用高射炮攻击美军飞机，从两头儿赚取酬劳，甚至还有相应的“提成奖金”，这就必然导致双方的毁坏程度越大、死伤越惨重，他的收益就越高。迈洛对此心安理得，甚至颇为得意，因为在他的逻辑里，“由于两国的军队都是社会性的团体，作成这样的交易是私人企业的重大胜利”(394)。

于是，这个辛迪加俨然成为一个超越国界和意识形态的国际性企业，迈洛对其运营方

---

① Brandes, Stuart Dean. *Warhogs: A History of War Profits in America*. Lexington, KY: University Press of Kentucky, 1997, p. 273.

② 作品原文引自约瑟夫·海勒《第二十二条军规》，南文、赵守垠、王德明译（上海译文出版社，1981 版）。

式也有着一套与之相应的辩护理由。例如,当迈洛乘坐德军飞机采购蔬菜返回自己的驻地机场时,美军宪兵准备关押德国驾驶员,没收这四架轰炸机,却被他严厉斥责,理由是这些飞机并不属于德国,而是属于辛迪加的财产,而美国政府无权没收公民的私人财产。此言虽听似荒唐,但确也不虚,因为机身上的纳粹万字符标志(卐)已被"M&M水果土产联合公司"的字样所覆盖,而对私人财产的尊重与保护,也确实是自由资本主义的根基所在。再比如,在迈洛一手策划的对己方基地的轰炸过后,尤索林愤怒地斥责他串通敌军、炸死战友,他又极力为德国人辩解,理直气壮地坚称他们并非敌人,而是辛迪加的优质股东:

> "可是德国人并不是我们的敌人。嗐,我知道你要说的是什么。不错,咱们是在同他们作战。但是,德国人也是咱们联营机构里名望很好的股东。他们是股东,我有责任保护他们的权利。也许,是德国人发动这场战争的。也许,他们杀了成百万的人,可是他们付起钱来却比我所知道的我们的一些盟国更加爽气。我得严格遵守我跟德国人订立的合同,这道理你不明白吗? 难道你不能用我的观点看看这问题吗?"(396)

这里所说的"联营机构",即辛迪加的另一种译法。他的这番话道出了资本主义股份企业的信用观,与之相比,国家和民族的利益只能退居次席。迈洛真诚相信自己的话,甚至一边说着一边留下了感动的泪水。

迈洛的逐利思想

但凡企业,都有可能遇到资不抵债的经营危机,迈洛的辛迪加也不例外。他囤积了大量的埃及棉花,本想垄断棉花市场以牟取暴利,没料想出现严重的供应过剩,导致他的现金流十分紧张,面临破产的危险。为了渡过危机,迈洛居然企盼有人在军中放一把火,把衣服全都烧光,如此一来他的棉花就可以有大的销路;他还宣称这些棉花是世界上最好吃的巧克力棉花糖,让尤索林劝说大家都来吃,全然不顾棉花在肠胃中根本无法消化的简单事实。

当尤索林建议迈洛把棉花卖给政府的时候,他先是标榜自己坚决不跟政府做生意的经商原则:"政府是不管买卖的,而我也是世界上最最不愿让政府卷入我的买卖的人啦"(410),俨然一副纯粹的自由主义企业家形象;然而,随后他就话锋一转,言称"政府的职责就是做买卖"(410)[①]——迈洛假借美国总统柯立芝的这句名言,为自己违背之前

① 这句话源自柯立芝总统于1925年1月25日在华盛顿对美国报纸编辑协会所做的演讲。当时的原话是:"恐怕一家对国家商业形势保持亲密接触的媒体要比一家对这些影响一无所知的媒体可信得多。毕竟,美国人的要紧事就是做买卖。他们深切地关注着购买、销售、投资和世上的繁荣。"这番话后来被错误地援引为"总的来说,美国人的事就是做买卖",并成为对他自由放任经济政策的简单化概括,而迈洛在这里是对柯立芝所言的进一步篡改。

的经商原则寻找托辞。同样地，面对如何才能让政府收购这些棉花的难题，尤索林随口提出不妨行贿，作为一个纯粹的商人，迈洛对这种违法行径先是本能地感到厌恶，并声色俱厉地加以斥责，但面对预期回报的诱惑，随即又开始用自己的那套诡辩逻辑自圆其说，其理由是既然买卖赚钱是完全合法的，那么"为了赚点正当的利润去行贿，不能算违法"(410)；更为荒唐的是，迈洛把这种肮脏的交易提升到贡献国计民生的高度："有了一个强大的埃及棉花投机企业，就会有一个更为强盛的美国"(410)。由此不难看出，处于危机关头的垄断资本家，为了保证自身的生存和盈利，往往会毫不犹豫地抛弃和践踏之前所标榜的商业伦理准则。

很明显，迈洛的这套不顾国家利益和战友安危的逐利思想，跟边沁的功利主义哲学(注重人类的总体效益和最大幸福)和兰德的理性利己主义(个人有权只考虑自身利益，但不可强迫他人牺牲)之间，存在着本质差别——他根本不效忠于任何国家和团体，也不认同任何道德原则，唯一关心的就是如何才能完成之前所签的合同约定，以实现预期的利润回报。正因为此，迈洛在商品交易中秉持着一种近乎病态的"契约精神"，不分敌军美军，一概照合同办事。应该说，迈洛并非绝对意义上的生性险恶之人，其各种行为只是出于对经济利益毫无节制的贪图；他偶尔也会动恻隐之心，应允帮尤索林的忙，可一旦有盈利机会出现，便轻而易举地将之抛诸脑后，甚至不惜背叛和牺牲战友。面对各种道义上的质疑和责问(包括勾结德军轰炸自家基地、哄抬食堂物价压榨战友、采购货物以次充好等)，迈洛总是选择"用数字说话"，用自己赚取的利润额来证明这样做的合理性(因为他宣称每个人都拥有这个辛迪加的一份股金，所以辛迪加的利润增长对大家人人有利，但实际却从未兑现过)，同时通过一套看似荒诞却又十分严密的逻辑(诸如自由权利、供需关系、利益最大化等)为其毫无道德底线的各种行为自圆其说，最终不仅成功说服身边的人，甚至连他自己也深信不疑。

除了经济利益之外，迈洛还从商品交易中获取到巨大的政治资本。他通过国际贸易当上了巴勒莫等地的市长和马耳他副总督，同时还是奥兰的王储、巴格达的哈里发、大马士革的教长和阿拉伯的酋长，甚至被一些落后地区奉为能够呼风唤雨、主宰五谷丰登的神灵，这其实是在影射现代资本主义中的企业地位已经达到近乎巅峰和神化的程度。当迈洛后来被送上军事法庭时，他依然可以凭借手头的巨大财富，聘请到最优秀的律师为自己辩护。作者在这里借此隐喻这种毫无节制的逐利行为中潜藏着巨大的破坏力量，将对整个社会的公平与公正构成极大危害。

政商联合的军事-工业复合体

迈洛的恶劣行径非但没有受到任何制约和惩罚，反而让他在军中备受重视——卡思卡特上校和科恩中校都用假名字参与了其中的部分交易，并从中分得利润，所以为了自身利益，他们乐得为迈洛的辛迪加生意提供便利，同时给予他各种特殊待遇。照此看来，如果说迈洛是一个极端化的象征符号，代表了资本主义体制下唯利是图的商人或企业形象的话，那么卡思卡特上校和科恩中校所暗指的，就是手握行政权力的政府，这两者之间的相互依存、通力合作，正是战时（以及战后）美国社会政商联合的生动写照。而政商联合最为典型的形态之一就是“军事-工业复合体”。

所谓“军事-工业复合体”，指的是军队与私有企业以相关的政治经济利益而紧密结合成的共生关系。其中，军队需要企业提供武器和军需物资，企业则需要政府（特别是国会）通过预算、批准相关费用，而政府则可以借此获取一些资源（如资金、选票），从而形成一种联手垄断政策、相互交换利益的铁三角，因此也有人将之恰当地称为“军事-工业-国会复合体”。很显然，这种复合体在本质上就是以发战争财为基础的，因此必然会想方设法地促使政府增加军费开支、发动不必要的战争，以从中获取暴利，甚至绑架经济政策，形成利用大规模投资军备来拉动GDP增长，同时夺取国外资源的“军事凯恩斯主义”。美国历史上军事开支与经济增长之间的关系如图2所示。

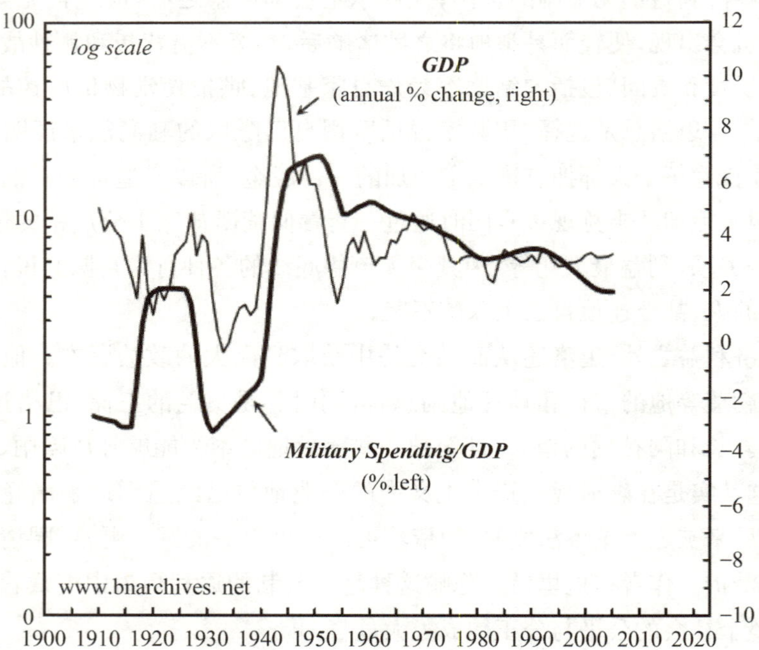

NOTE:Series shown as 10-year moving averages.
SOURCE: U.S. Department of Commerce: GDP(GDP), GDP in constant prices(GDPR),military spending(GFML);Data for years prior to 1929 are from Gleditsch et al. *The Peace Dividend*(Elsevier, 1995)and from the BCA Research Group.

图2　美国历史上军事开支与经济增长之间的关系

（美国商务部数据）

这种共生关系，导致企业利益和政府利益在某种程度上出现了一定的交叉。迈洛在小说中有这么一句座右铭，“只要对 M&M 企业好的，就是对国家好”，这句台词明显是在影射当时的通用汽车公司 CEO 查尔斯·威尔逊。在二战中，通用汽车在军工生产方面做出很大贡献，威尔逊本人亦因此荣获卓越勋章，然而当艾森豪威尔总统在 1953 年提名其为国防部长时，却引起了很大争议，其中的焦点问题就是威尔逊身份的敏感性，包括他持有通用汽车公司高达 250 万美元市值（按当时价格计算）的股票。在美国参议院军事委员会的确认听证会上，威尔逊迫于压力，极不情愿地同意卖掉手头股份；而在被问及作为国防部长，是否会做出可能对通用汽车不利的决策时，他说出了那句颇为有名的话：“只要对通用汽车好的，就是对国家好。”[①]尽管这句话后来被证明是误传（威尔逊当时的原话应为“对我们国家好的，就是对通用汽车好，反之亦然”），但意思大抵差不太多，都颇为赤裸地表现出大型企业绑架国民经济、尾大不掉的状况。自此之后“美国第一”和“生意第一”成了同义词，而威尔逊脚跨政商两界，成为军事-工业复合体的早期代表，其立场跟小说中的迈洛确实有一定的契合之处。

颇为巧合的是，就在《第二十二条军规》正式出版的同一年，艾森豪威尔总统在其离职告别演说中，专门提及军事-工业复合体（这也是该名称在历史上首次正式出现）：

> 在政府各部门，我们必须警惕军事-工业联合体取得无法证明是正当的影响力，不论它这样追求与否。极不适当的权力恶性增长的可能性目前已经存在并将继续存在。我们决不能让这一联合体的势力危害我们的自由或民主进程。我们不应心存侥幸。只有警觉而明智的美国公民才能强迫庞大的工业和军事的国防机构与我们和平的手段和目标恰当配合，以使安全和自由并驾齐驱，同获成功。

很多人将此视为艾森豪威尔对美国军工业的严厉批评，事实却并非如此——作为一名在二战中战功赫赫的职业军人，以及冷战时代的第一位北约最高司令官，艾森豪威尔无疑深知军工业对美国国家利益（尤其是确保其全球霸权和拉动经济增长）的重要性。他的这番言论，主要针对的其实是军事-工业复合体对社会民主的潜在危害，并提醒美国人务必对此予以警觉。

有趣的是，在此之前多达七次的国情咨文中，艾森豪威尔从未提及早已存在多年的军事-工业复合体，即使在此次告别演说中，他也没有指明到底是哪些大型企业（实际包

① Sorkin, Adam J. *Conversations with Joseph Heller*. Jackson, Mississippi: University Press of Mississippi, 1993, p. 150.

括波音、麦道、通用电气、AT&T、IBM等公司)；而且，正是艾森豪威尔提名威尔逊担任国防部长，在一定程度上助长了这种现象，由此可见这一形态对美国政治的侵蚀之深。后来的几十年里，美国以"保护人权""反恐"等名义在全球各地发动的多场战争，从一个侧面也印证了美国经济对军工产业的严重依赖。

《上帝保佑你，罗斯瓦特先生》：慈善业的尴尬

库尔特·冯内古特(Kurt Vonnegut)是美国黑色幽默文学的代表人物之一。他出生于印第安纳州，曾就读于康奈尔大学。日本偷袭珍珠港后，即将拿到学位的冯内古特应征入伍，不幸在欧洲被俘，被关押在德国的德累斯顿，并经历了盟军对这座城市的疯狂轰炸。战后回到美国的冯内古特先后在芝加哥新闻局、通用电气公司工作。从《自动钢琴》(*Player Piano*，1952)开始，他创造了大量小说作品，其中尤以《猫的摇篮》(*Cat's Cradle*，1963)、《五号屠场》(*Slaughterhouse-Five*，1969)、《冠军早餐》(*Breakfast of Champions*，1973)、《囚鸟》(*Jailbird*，1979)等而闻名于世。

冯内古特早期的另一部作品《上帝保佑你，罗斯瓦特先生》(*God Bless You, Mr. Rosewater*，1965)也非常值得关注。该书是美国文学中少有的专门涉及慈善业的小说，探讨了现代美国社会的贫富关系。主人公埃利奥特·罗斯瓦特是一名二战退伍军人，回乡继承了父亲创办的罗斯瓦特基金会。具有社会良知的他要用这笔钱积极行善、扶持弱者，可居心不良的律师姆沙利却企图利用手中抓住的把柄，证明罗斯瓦特是个精神病人，以此剥夺他的继承权，转而让其家族远亲弗雷德成为财产继承人，自己可以从中赚取好处。最后，在精神病院中的埃利奥特宣称57个小孩都是自己的孩子，以此把手中的财产权转让了出去，也让姆沙利的阴谋未能得逞。

美国的慈善业与基金会

美国的慈善事业具有较为悠久的历史。联邦政府从1913年开始征收个人所得税，随后在1917年即出台法案，允许用捐款抵税，以鼓励民众积极解囊行善。由于当时个人所得税和公司税的税率持续提高，遗产和赠予还要面临高昂的累进制课税(而且必须先缴税再继承)，导致广大民众和各个企业宁可通过捐款的方式避免沉重税负，同时还可以帮助弱势群体、赢取良好声誉，因此许多非营利性的慈善组织应运而生。

至20世纪五六十年代(即小说中埃利奥特所处的时代)，美国政府已经相当重视社会福利。国会在这段时期先后颁布了《社会保障综合修正案》(1954)、《公共福利修正

案》(1962)、《经济机会法案》(1964)等重要法案,旨在确保普通民众的基本福祉。然而,仅靠政府行为并不足以解决问题,各种民间的慈善机构大量出现,发挥着愈发重要的作用。根据统计,全美在1953年已经拥有多达5万个慈善组织。

同慈善组织经常联系在一起的,当属各种公益目的的基金会。1911年,美国钢铁大王安德鲁·卡耐基创立了纽约卡内基基金会,其宗旨是“增进和传播知识,并促进美国与曾经是英联邦海外成员的某些国家之间的了解”。卡内基基金会奠定了美国现代公益事业的基础,同一时期的洛克菲勒家族、塞奇家族也都以类似的方式捐资行善、泽被社会。尤其是卡耐基,除了慷慨捐资之外,还对自己的理念进行系统阐发,他曾发表著名的《财富的福音》(“The Gospel of Wealth”)一文,激发了美国人强烈的慈善意识。在卡耐基去世之前,他累计捐款高达3.5亿美元(现在约合近80亿美元),几乎达到其全部财富的90%,而他创立的卡内基基金会至今仍在发挥作用、造福世人。

资本家的原始积累

美国慈善业虽然社会贡献巨大,但其资金来源往往并不光彩。《上帝保佑你,罗斯瓦特先生》即揭示了资本积累过程中的各种原罪,同时否定了自我奋斗实现个人成功的美国梦神话,让读者得以深切认识到“为什么市场产生的收入与财富,既不是社会贡献的客观尺度,也不是自然进程的结果。冯内古特对罗斯瓦特基金的分析,彻底抹去了掩盖致富手段的神秘感”。①

事实上,小说中罗斯瓦特基金会最初的资金来源,都是跟贪欲和杀戮紧密相连的。埃利奥特在留给继任者的信中坦承了这笔巨款的来龙去脉——自己的曾祖父诺亚原本只经营着一个几近破产的小造锯厂和几百亩田地,美国内战爆发后,他花钱雇佣别人代为入伍,自己则专搞养猪,同时把造锯厂转而生产剑和刺刀,从中大发战争横财,赢得了人生的第一桶金。在战后的国家重建中,他将囤积的劣质产品高价卖出,并通过贿赂官员的方式求得自保:

> 亚伯拉罕·林肯宣布又要不吝惜金钱重建联邦,所以,诺亚就按国家危难的程度制定他的商品价格。同时,他还发现,政府对于他的货物的价格和质量的不满,只要通过微不足道的贿赂就会烟消云散的。(171)②

---

① Scofield, Jim “Review of *God Bless You, Mr. Rosewater* by Kurt Vonnegut.” *The Radical Teacher*, 18 (1981), p. 41.

② 作品原文引自库尔特·冯内古特:《五号屠场·上帝保佑你,罗斯瓦特先生》,云彩、紫芹、曼罗译(译林出版社,1998版)。

随后，诺亚娶了全印第安纳州最丑的妇人，仅仅是因为看中对方高达40万美元的嫁妆，这笔钱为其进一步扩大生产提供了必要的资本：

他用她的这笔钱，扩大了工厂，买了更多的农场，都是在罗斯瓦特县境。他成了北部最大的私人养猪场主。同时，为了不受肉类包装商的盘剥，他买下了印第安纳波利斯一家屠宰场的控制股份；为了不受钢铁供应商的盘剥，他买下了匹茨堡的一家钢铁公司的控制股份；为了不受煤炭供应商的盘剥，他买下了几家煤矿的控制股份；为了不受放款人的盘剥，他成立了一家银行。(171)

再后，诺亚又将重心从传统的制造业转向了当时美国新兴的金融业，以更低的成本和更快的速度聚敛钱财，完全不顾及商业伦理甚至国家法律：

他的这种不愿受别人辖制的偏执狂，使得他越来越多地从事于有价证券、股票和公债的交易，越来越少地从事于刀剑和猪肉的生产。他对那种不值钱的证券做了一点小小的尝试，发现这种东西可以毫不费力地就脱手卖掉。所以，他一方面继续贿赂政府官员，让他们交出国库和国家的资源，但是他最最热衷的还是到处兜售这种滥发的股票。(171－172)

诺亚的这一商业扩张之路具有相当的代表性，它其实是19世纪后半叶很多美国大资本家发展轨迹的缩影——他们首先靠小规模的农业或者手工作坊起家，在60年代利用南北战争（以及战后重建）的机会提高产品价格以牟取暴利，继而扩大再生产，甚至实现跨行业、集团化经营；到19世纪末金融业兴起之时，他们又跳出实体经济的圈子，转而投资证券，利用低买高卖的方式获取利润。

“不愿受别人辖制的偏执狂”，这句话可谓是资本家们贪婪本性的生动写照。事实上，他们不仅不愿遭受商业伙伴的盘剥，甚至企图摆脱政府的必要管制——在不断扩张、追求利润的过程中，他们蔑视商业道德、随意践踏法律，诸如操纵市场、钻法律漏洞、贿赂政府官员等行为比比皆是。然而有意思的是，很多美国的财团巨头“在致富过程中强取豪夺、残酷无情，而在捐赠中又如此热忱慷慨、急公好义，以社会乃至人类的福祉为己任”。[①] 这一矛盾现象的产生，除了基督教文化的悔罪传统，以及资本家本人的负疚心理外，还有哪些因素使然，值得我们的进一步深思。

---

① 资中筠：《20世纪的美国》，北京：商务印书馆，2018，第206页。

虚伪的慈善业与疯癫的慈善家

小说甫一开篇，叙事人即明确宣称，“在这个关于人的故事里，主要角色是一笔钱；这和在关于蜜蜂的故事里，主要角色按理总是一摊蜂蜜是一样的”(167)。这当然只是一个比喻，但金钱在这部作品中确实发挥了核心作用——“冯内古特揭穿了在慈善业中作祟的资本主义逻辑，以及货币主义如何内化为生活形态”；[①]与此同时，他还抨击了“不劳而获的贵族阶层、对艺术的滥用，以及美国政府，它们确实显露出金钱对人类的异化与破坏力”。[②]

主人公埃利奥特出身优渥、背景显赫——父亲李斯特是印第安纳州的参议员，手握重权，他在1947年利用家族资产创办了罗斯瓦特基金会，将之传给儿子。埃利奥特本人曾在哈佛法学院念书，在日军偷袭珍珠港的第二天即弃笔从戎，赴欧洲参加二战；战争结束后，他回国完成学位，并接手基金会——该基金会拥有8 700万美元的巨额资产，是当时位列全美第14位的家庭资产：“这笔钱在一九六四年六月一日——这是随便提出的一个日子，是八千七百四十七万二千零三十三美元六十一美分……这笔引人注目的款子生的利息，每年为三百五十万美元，每天几乎近一万美元，星期天也不例外”(167)。

事实上，作为一名推崇自由竞争的社会达尔文主义者，李斯特对穷人本是鄙夷不屑的。他创办罗斯瓦特基金会的初衷绝非出于善心，而只是为了转移部分财富，帮助儿子合法避税，安心享用这笔钱财带来的巨额收益；而且，根据相关法律，这笔钱可以免交所得税，尽管其本金必须交由“罗斯瓦特公司”的职业经理人打理，但基金会有权任意使用其收益所得。这一切展现出部分美国慈善家的虚伪之处——如斯科菲尔德所言，“冯内古特让读者认识到罗斯瓦特基金会不劳而获的本质、它的强盗资本家历史、避税基金的运作方式、典型的历史资本家狭隘而非人化的本性，以及当今的组织诈骗者”。[③]

所幸埃利奥特生性乐善好施，对于其先人当年积累财富时所犯的原罪，以及他本人二战时在德国的杀戮（他曾误杀三名手无寸铁的德国消防员），他怀有深深的负疚感，于是决意用自家钱财支持公益。起初，埃利奥特像当时的多数慈善家一样，捐款用于社会生活的各个方面（包括支持艺术收藏、资助疾病防治、反对种族歧视、反对警察暴行、鼓励学术研究等）。后来，受自己喜爱的科幻小说作品的启发，埃利奥特决定放弃机构性

---

① Neyin, Justin. “Financial Fictions: Contrapuntal Models of Debt in Vonnegut, Dickens, and Scorsese.” *Interdisciplinary Literary Studies*, 19.3 (2017), p. 344.

② Leff, Leonard J. “Utopia Reconstructed: Alienation in Vonnegut’s *God Bless You, Mr. Rosewater*.” *Critique: Studies in Contemporary Fiction*, 12.3 (1971), p. 31.

③ Scofield, Jim “Review of *God Bless You, Mr. Rosewater* by Kurt Vonnegut.” *The Radical Teacher*, 18 (1981), p. 41.

质的慈善行为，改用更加直接有效的方式，即点对点的当面“关爱”——他离开了在纽约的事业与生活，周游全美各地的小镇，最终来到家乡罗斯瓦特，在此开设办公室、接待来访的贫困人士。

埃利奥特在窗户和街门上都用金字写着“罗斯瓦特基金会 / 我们能为您做些什么?”(206)，还把浪漫主义诗人威廉·布莱克的诗句拆解成十二行，写在楼梯的十二级台阶上：“主持 / 我降生的 / 天使 / 说道，/ ‘小东西，/ 快乐和欢笑 / 的产物，/ 去爱吧 / 而无须在乎 / 尘世上 / 任何事物 / 的帮助’”(208)。这些内容代表了埃利奥特本人的慈善哲学，即不必在意世俗的看法，也不去追求公众的关注，只是潜心行善，凡有难者必尽心相助。有趣的是，李斯特在墙上写下布莱克的另外一首诗，作为对儿子的嘲讽：“爱情只寻求自我快乐 / 束缚别人以供自己欢娱 / 欢乐建立在别人痛苦之上 / 不顾上天的谴责却建造了一座地狱”(208)。这几句诗反映了李斯特赤裸裸的利己主义和社会达尔文主义思想。

刚刚在家乡安顿好的埃利奥特夫妇对前来阿谀奉承的当地名流十分冷淡，却把自己家族珍藏在银行库房里的各种器皿拿出来，举办奢侈的宴会，款待穷苦之人和各色弱势群体，倾听他们的不幸或是梦想，然后施以援助——“他们毫无倦容地听取那些无论从什么标准看都是活不如死的人们的畸形的恐惧和梦想。他们爱这些人，并给他们少量的金钱”(198)。

埃利奥特的想法和做法被周围的人视为疯癫——他不仅跟父亲时常发生争执，就连他的帮助对象也认为其可能是一个疯子，因为在很多穷人看来，这位富豪“竟然为我们这一类人花费这样的心血”(313)，实在有些异类。嗅觉灵敏的律师姆沙利更是企图借机证明这一点，以达到不可告人的目的。事实上，“姆沙利口中的精神失常，只不过是(埃利奥特)在努力遵循人道主义价值观，而商业社会对这种价值观只是道貌岸然地施以口惠。这种社会遵循的真正价值观是经济上的，而非人道的”。[①] 恪守道德标准被视为疯狂，欺诈造假却受人尊崇，这一定是社会出了问题，所以在冯内古特看来，埃利奥特才是“一个身处精神错乱、道德堕落的社会的神志清醒、品行端正之人”。[②]

埃利奥特的社会主义观

埃利奥特对美国的社会体制十分愤慨，同时对穷苦阶层极为怜悯，以致父亲问他是

---

① Bryant, Jerry H. *The Open Decision: The Contemporary American Novel and its Intellectual Background*. New York: Free Press, 1970, p. 312.

② Bryant, Jerry H. *The Open Decision: The Contemporary American Novel and its Intellectual Background*. New York: Free Press, 1970, p. 312.

不是曾经加入过共产党。埃利奥特对此予以否认，但又坦陈“任何跟穷人一起工作的人不可能不经常倾向于卡尔·马克思的”(244)；与此同时，他也十分推崇《圣经》中平等、博爱的理念。在这两种思想的共同作用下，埃利奥特形成了一种高度个人化的社会主义观——“这类社会主义特别强调私人领域和个人的平等与善心，而不是公共领域的社会主义政治与机构主张”。[①] 例如在财富分配方面，埃利奥特表现出强烈的平均主义思想，他曾对父亲谈起自己对贫富差距的看法：

> “我认为，人们在我国不能共享财富，这是非常糟糕的。我认为这个政府是没有心肝的，竟然让一个婴儿一出世就拥有大笔财产，就像我这样，而又让另一个婴儿出世时却什么东西都没有。据我看，这个政府至少可以做到在婴儿当中进行平均分配。即使人们不必为了弄钱而穷愁苦恼，生活就已经够艰苦的了。只要我们多拿点东西出来共享，我国是有足够的东西分给每个人的。”(244)

埃利奥特还提到了“钱河”的概念，以喻指自己从一生下来就轻松享有的种种资源和特权，借此抨击了美国社会制度的不公，特别是在财富分配和发展机会上的巨大差异：

> “钱河，就是国家财富流动的地方。我们生活在钱河两岸——那些和我们一起长大，一起进私立学校，一起划船，一起打网球的大多数凡夫俗子也是一样的。我们可以尽情地痛饮这条大河的水。甚至我们还专门上过喝水的课，以便让我们可以喝得效率更高些。”(245)

这里的所谓“喝水的课”是一个非常形象的比喻，指的是美国富人从小即开始接受的财富教育和理财服务，它们可以让富人毫不费力地以钱生钱、不断增值；而相关的“教员”，当然就是那些寄居于富裕阶层之上、靠提供理财咨询服务从中谋利的各种财务顾问和理财专家。“钱河”与“喝水的课”无疑造成阶级的进一步固化，阻碍了社会流动性，使美国梦发生的可能性愈发渺茫。

对于富人而言，这些特权来得无比自然，以至于他们甚至忽视了“钱河”的存在——“生来的喝水者是永远不会意识到的。当他们听见穷苦的人们议论某些人喝水的时候，根本就听不懂是在说些什么。他们甚至当有人说到钱河的时候，根本就不知道是什么意思”(245)。正是出于对这种不公制度的憎恶，埃利奥特才决定散尽资财、救济穷人。

---

① McCammack, Brian. “A Fading Old Left Vision: Gospel-Inspired Socialism in Vonnegut's *Rosewater*.” *The Midwest Quarterly*, 49.2 (2008), p. 161.

当然，埃利奥特的善举存在很多问题。以当时美国庞大的贫困人口(以1959年为例，全美国的贫困率达到22.4%)，仅凭他的基金会资产，能够真正帮到的人十分有限；而且，基金会相当于现代企业，其日常运营应当严格遵循相应的规章制度，"科学地、有组织地分配捐赠，而不是即兴的，凭个人一时发善心"，[①]反观小说中的埃利奥特，他对帮困对象的选择非常随意，仅凭对方的当场描述和自己的一时感觉就掏钱相助，这些资助只能短期缓解部分人的经济压力，不可能从根本上解决问题；加之当时美国社会体制的弊端和大众人性的扭曲，他的行为即使作为一项"社会实验"的意义也是非常有限的。因此，埃利奥特的慈善举动，更多的像是一种自我救赎。

实际上，埃利奥特的社会理念在某种意义上代表了作者本人的立场。冯内古特早年曾受到过印第安纳州著名的社会主义者德布兹和哈普古德的影响，同时也对《圣经》中耶稣所传播的博爱思想非常认同，他认为前者的社会主义理念与后者的宗教训诫有一定的共通之处，即追求人人平等的大同世界。在这里，"公共的政治思想与私人的宗教教义汇合成一种社会哲学，融合(同时也间接挑战)了公共领域与私人领域的分界"。[②] 特别是在《上帝保佑你，罗斯瓦特先生》成书的60年代中期，美国的新左派运动达到高潮，冯内古特在小说中表现出的对社会主义的强烈兴趣，正是当时的社会思潮和政治风气的自然体现。

唯利是图的法律体系

法律本应是维护公平和正义的重要手段，可小说里的法律工作者却一个个利欲熏心、思想堕落。例如，故事中的另一个富人邦特莱恩年轻时曾是一个理想主义者，具有一定的"温和社会主义"倾向，他有意把所有的钱款用来帮助穷人，却遭到代理律师里德的强烈反对。里德声称，其事务所的"一个主要业务就是防止委托人的圣徒式的行为"(276)，因为"放弃财产是无益而且具有破坏性的。它使穷人们成天发牢骚，并不会使他们富起来，或者甚至不会使他们舒服一些"(276)。他曾送给斯图尔特一本弘扬自由企业制度的小册子，企图影响后者的立场，小册子里尽是对社会弱势群体的偏见与污蔑：

> 我们真的帮助了他们吗？好好看看他们吧……他们没干工作，也不愿意干。他们垂头丧气，漫不经心，既没有自豪也没有自尊。他们完全不可信赖，倒不是因为坏，而是他们就像漫无目的游逛的牲口。预见和推理的能力由于长期不用已经

---

① 资中筠：《20世纪的美国》。北京：商务印书馆，2018，第183页。

② McCammack, Brian. "A Fading Old Left Vision: Gospel-Inspired Socialism in Vonnegut's *Rosewater*." *The Midwest Quarterly*, 49.2 (2008), p.164.

衰退。跟他们谈话，听他们谈话，和他们一起工作——就像我所做的那样，你就会感到莫名的恐怖，发现他们已经失去了人类的全部特征，除了他们还是用两条腿站着，同时还会说话——跟鹦鹉一样。"更多些，给我再多些，我要更多些。"这就是他们学会的唯一的新思想……(274)

根据这本小册子的看法，穷人之所以受穷，主要是他们的笨拙和懒惰使然，所以对他们的慈善捐助其实毫无意义，只能不断培植他们的贪欲。这种对穷人的妖魔化描述，以及对社会制度不公的漠视，代表了当时美国很多精英人士的思想。在里德的影响下，斯图尔特逐渐放弃了原先的慈善理念，继续抱着自己的钱财浑噩度日。

全书的主要反面人物姆沙利，是该事务所的青年律师。此人毕业于康奈尔大学法学院，本应是主持正义的社会栋梁，实际却是一个唯利是图之人。姆沙利一直铭记大学时代的老师李奇教授对自己的"教诲"，即一个律师该如何在法律界向上爬，特别是如何发现大笔钱财即将易手的难得时机：

"在各次大笔交易中，"李奇说道，"都有这么一个神奇的时刻。此时，某人已经交出了一笔财产，而那个将要接手的某人却还没有拿到手。一个机灵的律师就会抓住这个时刻为己所用，在这个神奇的一微秒之内占有这笔财富，从中取出一点点，然后再转手出去。如果这位将要接手这笔财富的人没有发财的思想准备，自卑感很深，而且无形中带着犯罪感，就像大多数人的情况那样，那么这位律师往往能够拿走多达一半的钱财，而仍然会受到接收人的感激涕零的感谢。"(169)

李奇教授的这席话对人心的拿捏十分准确，同时也体现了美国高校法律教育的扭曲价值观。姆沙利的所作所为正是对这一理念的实践——他千方百计要寻觅到证据，证明埃利奥特精神不正常，从而让埃利奥特的远亲弗雷德成为继承人，好让自己从中渔利。更有甚者，姆沙利无耻地窃听埃利奥特夫妇间的谈话，因为他生怕西尔维娅万一怀上孕，未来的孩子将依法继承基金会的控制权，到时不管埃利奥特是否精神失常，自己的周密计划都将彻底泡汤。

只可惜人算不如天算，在临近全书末尾，住进精神病院的埃利奥特突然宣布：罗斯瓦特县的57个声称是自己孩子的小孩，他将一概予以认可，让他们拥有合法的继承权。如此一来，"他没有让钱财流入贪婪的姆沙利之手，而是给了一帮孩子，他们有望在埃利奥特死后，用这些钱摆脱自己父母深陷其中的贫困和愚昧的循环"。[①] 这一疯狂举动有着十足的黑色幽默色彩，对美国的慈善业和法律制度也是一个无情的嘲弄。

① Schatt, Stanley. *Kurt Vonnegut, Jr.* Boston: Twayne Publishers, 1976, p. 79.

《大饭店》中的现代酒店管理之道

阿瑟·黑利(Arthur Hailey)以专写“行业小说”闻名于世。他出生于英国,二战结束不久即移居加拿大,其本人也更乐意以加拿大作家自居。不过由于黑利曾长期侨居美国,而且其作品描写的主要内容都是美国社会,因此也被收入本书的讨论范围。

黑利在成为专职作家之前,曾先后做过多项工作,包括地产代理商、广告经理、编辑和拖拉机促销商等,这些丰富的职业经历为他描写美国不同行业部门的情况提供了宝贵的经验和素材,并使他最终成为文学界公认的“行业小说”代表作家。黑利的作品涉及美国 20 世纪 60 至 80 年代的多个行业,仅从书名我们即可看出这一点——比如《大饭店》(*Hotel*,1965)中的酒店管理业、《航空港》(*Airport*,1968)中的航空运输业、《汽车城》(*Wheels*,1971)中的汽车制造业、《钱商》(*The Moneychangers*,1975)中的银行业、《超载》(*Overload*,1979)中的发电业、《烈药》(*Strong Medicine*,1984)中的制药业,以及《晚间新闻》(*The Evening News*,1990)中的新闻业等。每一个行业都是一个窗口,从中可以观察到广阔的社会生活画面。

每写一部小说,黑利都要用上三年时间,经由几乎相同的程序,包括一年的行业调查研究,6 个月用来温习和整理笔记,而后是 18 个月的撰写工作。这使得他的作品具有高度的写实特点,在必要的文学性基础上,含有大量的行业信息和专业知识,以及颇具启发意义的管理与经营理念。因此,他的书被视为了解相关行业的教科书,甚至是以故事形式所做的行业分析报告。当然,这也是黑利在评论界常受诟病之处——他对业内情况之描写的过度谨严与细致,在某种程度上折射出其文学才华的相对匮乏。不管怎样,黑利所写的书是市场的有力保证,个中缘由,除了他在书中所展现的驾驭故事的高超技能之外,也满足了当时大量美国公众想要了解工商行业内情的强烈愿望。在这里,我们不妨选择小说《大饭店》作为案例,来分析酒店业这个在当代美国较有代表性的行业。

困顿中的名牌大饭店

《大饭店》是 1965 年的全美畅销书第一名。该书记录了在一家豪华宾馆里五天内发生的故事。为了写《大饭店》，黑利阅读了二十多本有关酒店经营的书，还自费在新奥尔良的罗斯福大饭店住了两个月体验生活。这使得整个小说具有很大的知识含量和很高的写实性，读者可以透过阅读本书窥见高级酒店日常运营中的方方面面，甚至包括各种琐细的后台工作（如清晨叫早服务、热水控制、供电管理、垃圾回收、厨房分工、洗衣房运转等）。因此，不少业内人士将《大饭店》视为了解酒店行业的指南，康奈尔大学的酒店管理学院更是将该书定为学生的必读书目。

小说背景设定在1964年夏，位于新奥尔良的豪华酒店圣格雷戈里饭店正处在经营危机中：① 财务上，这家宾馆为期20年的抵押借贷即将到达偿还期限，而重新筹资又非常困难，原先的投资者拒绝同宾馆续签合同，而其他的投资机构和个人（包括银行、信托公司、保险公司和私人贷款者）也都不愿向其借贷，“因为拥有资金的人总希望投资可靠。这就意味着健全的管理，而圣格雷戈里饭店就是缺乏这种管理”(70)。[①] 于是，这家酒店陷入了“管理不善—亏损严重—投资回报无保障—融资困难—缺乏资金还贷”的恶性循环，随后面临的命运无非就是要么被受押人取消赎回权并没收其产权，要么被其他宾馆收购并予以改造。② 管理上，老板特伦特因循守旧、不思改进，整个酒店长期人浮于事、效率低下，而且酒店内部的腐败十分严重，例如，酒店的专职侦探奥格尔维自恃资格老，随意缺勤、毫无责任心，侍者领班钱德勒盘剥下属的小费收入，甚至给纨绔子弟介绍应招女郎，更有为数不少的员工长期监守自盗，通过各种手段和伎俩窃取酒店的利益。

身为副总经理的麦克德莫特是这家酒店目前的实际管理人，他为人正直、做事负责，可手头的实际权力却非常有限，即书中所说的“在指挥上缺少一个有效的纽带，结果是，部一级的头头在某些方面权力过大”(155)，以至于麦克德莫特根本指挥不动他们；部分资深员工只对老板负责，根本不听自己的管辖。更糟糕的是，酒店的工程预算削减，导致没有足够的资金对硬件进行必要的维修和更换。总之，麦克德莫特虽然身处一线，对酒店里的各种问题了若指掌，但却受到各种客观条件的制约，无法充分施展拳脚，管理工作开展得异常艰难。

事实上，在当时的美国，像这样独立经营的传统大饭店，整体上已呈现衰微之态，取而代之的是现代化的新型酒店，特别是大规模、标准化的连锁经营模式。然而，传统大饭店毕竟在历史承载和文化底蕴上具有无可替代的优势，如果能够合理改造，尚有一定的发展空间。

财务分析与商业情报

连锁酒店大亨奥基夫准备收购圣格雷戈里饭店，并以此为跳板进驻整个新奥尔良

---

① 作品原文引自阿瑟·黑利：《大饭店》，杨万、林师明译（上海译文出版社，1981版）。

市场。奥基夫是一个典型的现代商人形象，资金雄厚、嗅觉灵敏，具有强烈的趋利本性。书中有一个非常有趣的例子，颇能体现出这一点——作为虔诚的基督徒，奥基夫有随时向上帝祷告的习惯，有一次在吟诵完祷词后，下一句话即是询问自己雇佣的会计师"买这家饭店我该付多少钱"。其思维转换的速度之快令人瞠目，以至于在场的其他人"过了一两秒钟才知道这最后一句不属于祷词的一部分，而是他们生意经的开场白"(154)。

奥基夫的趋利本性主要体现在他对财务分析的痴迷和对商业情报的重视上——此人热衷于研读资产负债表，从中挖掘各种信息。每逢收购一家酒店，他总会先派一支"侦察队"(通常由自己雇佣的会计师带队)假扮顾客入住，"经过敏锐的和有系统的观察，辅以偶然的行贿，这个队就能汇编出一份财政与营业的研究报告书，对缺点作出彻底的调查，并对潜在的、未发掘的实力进行估计"(156)。这些搜集来的数据和情报确保了奥基夫在随后的商业决策(特别是同对方的收购谈判)中处于有利位置——他对圣格雷戈里饭店当前的管理状况(包括效率低下、员工内盗、部门贪污等)和财务状况(包括老板特伦特总共持股51%，酒店还有200万美元贷款尚未还清，本周五之前为最终期限，特伦特目前筹资未果等)了若指掌，并以此为根据报出了400万美元的收购价格(其中200万用于延长抵押借贷的期限，100万用来打发小股东，余下的100万以奥基夫饭店股票的形式给予特伦特个人)，同时保留特伦特在酒店的套房，用来换取他"毕生为之奋斗的事业"。奥基夫的这一招颇为高明，在报出对自己有利的价格的同时，充分顾及现任老板的个人利益和尊严，大大提高了胜算。经过一番思想斗争和言辞交锋，特伦特原则上表示接受，但要求再考虑一下，并应允在周四中午之前给出确定答复。

我们可以注意到，奥基夫400万美元的报价其实颇有水平——这一数额刚刚比特伦特之前预想的略为好一些。根据著名的"社会判断理论"，当听众面对你的论点或报价时，其心理反应可划分为三个区间，即拒绝纬度、无立场纬度和接受纬度——"如果你提出的论点处在观众的无立场纬度中，那么就不会打动他们；如果处在拒绝纬度中，只会强化他们的反对；成功的最佳可能性出现在你的诉求恰好在接受纬度的最边缘处"，[①]这样可以保证你以最低的代价取得对方的认同。照此观之，奥基夫的报价，以"刚刚超过最佳点"的相对低成本，满足了对方的预期，也释放了己方的善意，可说是十分成功。当然，这一成功的前提必须是之前所做的大量调查研究和详细的数据分析。可见，对财务数据的高度重视，给奥基夫在酒店经营和商务谈判中带来了巨大利益，他自己也不无得意地宣称："我们已经进入又一个新时代了，而他(指特伦特)还不知道。现在光是一个饭店的好管家，那是不够的；你还必须是个成本会计师。"(150)

---

① Adler, Ronald B. *Communicating at Work: Principles and Practices for Business and the Professions* (10th edition). Beijing: Peking University Press, 2013, p. 428.

谈判中的最佳替代方案

在这里，我们不妨再次使用前面提到的"最佳替代方案"(BATNA)来考查双方的谈判策略。如前所述，BATNA指的是假设目前的谈判不成功、双方无法达成一致的话，其中一方可能采取的行动过程。换言之，在具体谈判过程中，一方为了确定要不要跟对方谈、怎么谈，可以先假设如果双方谈不拢、己方就此放弃的话，还有没有别的选择，这些选择里最佳的那个方案(BATNA)是什么，这个BATNA比起如果成交的那个条件是更好还是不如。

我们先来看一下特伦特目前的BATNA值：如小说中交代的，早在四个月前，特伦特就已开始着手延长抵押借款的期限，但不幸被拒——由于投资该酒店的回报无法得到保证，而且受押人也虎视眈眈地盯着这块肥肉，想要借机控制这家酒店，所以即使他向对方许诺了较好的条件(即更高的利率)依然无济于事。随后，他寻找其他资金来源的努力也均宣告无果，而偿还期限又日益迫近。如果他这次拒绝奥基夫的话，那么逾期之后的唯一结局就是被受押人没收抵押品(即酒店)，落得两手空空。也就是说，特伦特目前的BATNA值相当之弱，除了接受报价，几乎别无选择。更为不利的是，奥基夫通过事先搜集的商业情报，对特伦特近乎山穷水尽的处境已悉数掌握，导致对方根本没有机会使用诸如"虚张声势"(bluffing)之类的谈判技巧，从而基本丧失了还价的能力。

处在守势的特伦特也曾不失精明地探问奥基夫："如果我拒绝出卖，你的计划是什么呢?"(192)这个问题等于是在试探对方的BATNA值。奥基夫对此早有预料，故意冷冷地答道："我会另找地方盖房子的。而实际上，我想早在这之前，你就将丧失这家饭店了。即使你没有丧失，我们的竞争也会逼得你无法把饭店办下去的。"(192)奥基夫的这番话显示出其选项的多样性(亦即BATNA值的强大)，并以攻为守，借对方的假设进一步压低其BATNA值。

事实上，虽然在谈判中，奥基夫明显处于主动一方，但其BATNA值亦有弱点可供挖掘，如果特伦特做足功课(即市场调查和情报收集)的话并不难看出——作为一家大型的连锁酒店，奥基夫在新奥尔良这一商业重镇居然还没有分店，并为此蒙受了巨大的业务损失；与此同时，其竞争对手都已经或正在趁虚而入，加紧在新奥尔良布点开店，对奥基夫构成了巨大压力。像圣格雷戈里饭店这种已然经营多年、有着良好品牌认可度的老牌酒店，无疑是上佳之选，一旦拿下，不仅可以大大完善奥基夫酒店在全国的布局，而且这一利好消息对其公司股票亦有明显的助涨效应；更何况圣格雷戈里饭店当前处于财政困境，买方可以借机谈到一个相对实惠的价格。假设谈判失败、错过这次机会的话，奥基夫想在新奥尔良再找到一家与之类似的酒店绝非易事，而且时间上也耽搁不起。这本可以成为特伦特用来讨价还价的筹码，然而遗憾的是，他对谈判对手的情况一无所知，只能通过掂量自身的情况做出结论。

标准化的酒店管理

以实惠的价格收购一家酒店，这只是成功的第一步，奥基夫随后会派出一支由管理专家组成的"营救队"进驻该酒店，通过一套标准化的流程进行改造，目的是"在极短的时间内把任何饭店改变成标准的奥基夫式饭店"(156)。首先是在人事和行政管理方面，他将面带笑容地向全体员工宣布：不会有什么重大的改革(特别是人事变动)，等到确定员工队伍稳定下来之后，便根据经营需要，该改革的改革，该解雇的解雇。其次是在物质设备和空间布局方面，奥基夫始终高举实用主义和功能主义的大旗，这在他的经营理念上，以及对待餐食供应、客房设置、酒店空间利用等方面均表露无遗。

在经营理念上，奥基夫认定当前的绝大多数顾客对酒店的根本期求就是"高效率的、经济实惠的一揽子业务"(182)；换言之，顾客接受酒店服务、依照账单付钱，双方本质上就是一种交易关系，那么理应各取所需——酒店给予顾客公道的价格，自己获取公道的利润。实现这一目的的有效途径自然就是有效降低运营成本，进而压低收费价格。与之相应，他竭力追求运营自动化、服务快速化、成本最小化，因为其指导原则只有一条，即有效的成本会计，而对传统的酒店经营理念(例如个性化服务、情感投入等)则不以为然，因为在他看来，这些东西对于现在的顾客而言都是虚伪无用的一套。

照此逻辑，我们就不难理解为什么奥基夫本人非常喜欢享用美食，却对大型饭店提供精美菜肴的做法并不认同——在他眼里，多数顾客的餐饮口味其实都差不太多，所以饭店提供的饭菜只要卫生清洁即可，烹饪佳肴应当留给专业的餐厅去做。如果酒店仅仅为了针对少数有品位、懂美食的人而供应种类繁多的精致菜肴，那将意味着大量无谓的成本投入，这是很不经济的做法。因此，在他旗下的各个饭店里，"饭菜都是一样规格的，而且简单，可供选择的菜单只限于少数大众化和一般的东西"(180)。

事实上，除了饭菜之外，奥基夫的整套管理理念也都适用于其旗下的全部酒店。他的最终目标就是在全球范围内建立起一个标准化、均一化的酒店帝国——"住在奥基夫饭店，可以始终不用离开美国而周游世界。尽管他喜欢出国旅行，他却喜爱周围熟悉的事物——美国式的布置(只能稍带一点本地色彩)；美国的抽水马桶；美国食品以及(在大部分时间里)美国人。奥基夫的饭店具备这一切"(355)。

商业空间的有效利用

出于同样的成本考虑，奥基夫在客房管理上宁愿让整个酒店都是标准化的房间（即所谓“只摆着床的鸽子笼”），也不愿为少数的有钱顾客准备高档次、超豪华的特殊房间。在这里，我们不妨借用酒店管理上常用的 RevPAR 概念来分析奥基夫的这一理念：RevPAR 是 revenue per available room（平均客房收益）的缩写，意即平均每间可供出租的客房带来的收入。在西方业界，RevPAR 是衡量一家酒店的客房经营水平（特别是客房库存管理）和投资回报的一项重要指标，因此常被拿来作为业绩评价的基础。其计算公式为：

RevPAR＝客房总收入／客房总数量

或者更为常用的：

RevPAR＝实际平均房价×客房出租率

其中，实际平均房价 = 客房总收入／已出租客房总数，客房出租率 = 已出租客房总数／客房总数量，因此这两个公式的计算结果是一样的，不过由于“实际平均房价”和“客房出租率”这两个数字比起“客房总收入”更具可控性，所以大多数酒店在衡量业绩和制订计划时倾向于使用第二个公式来计算 RevPAR 值。

那么从第二个公式可以看出，对于一家酒店而言，其客房经营水平的高低，取决于“实际平均房价”和“客房出租率”的乘积，而单单把其中之一拉上去，未必就能保证实际的业绩和回报（中国的很多酒店在引进 RevPAR 概念之前，其实就是这么做的，即一味看重客房的高租价或者高出租率，未能将两者有效结合起来，以至在衡量经营质量时经常出现偏差）。小说并没有详细介绍圣格雷戈里饭店的相关数据，也没有提及奥基夫具体的客房改造计划和比例，但可以想见的是，对于这样的一家大型酒店，少数几套高档房间所占的各种资源相对较多，但它们对拉升整个酒店的“实际平均房价”的作用却十分有限，而且由于其定位的缘故，可能还会拖“客房出租率”的后腿。因此，奥基夫宁愿放弃高档套房的思路，很可能是经过周密计算、符合盈利原则的。

在客房之外的商业空间处理上，奥基夫更是充分利用每一寸空间。他此时的考虑重点已不是成本控制，而是如何实现收益最大化。在酒店巡视时，奥基夫思忖着一系列“优化布局”的改造计划，包括把门厅里纯美观意义上的雄伟柱子挖空一部分，租给商人作橱窗；把黄金位置的花店改为更赚钱的鸡尾酒厅；压缩门厅的公用面积，以加摆营业柜台；甚至转变整个风格，放弃原先休闲舒适的基调，撤掉花木装饰和厚地毯，代之以铮明瓦亮、充满商业气息的外观布置，因为在当时，“光线明亮、到处都可以看到广告的门厅才是饭店的生财之道”(220)。此外,奥基夫还盘算着将大堂座位全部拆除,以避免“闲杂人等”进入酒店占据资源,人们只要想进来坐坐,就只能到酒店内设的酒吧间或餐厅里消费。

如果仅从经济的角度看,奥基夫的想法不无道理。例如,他想最大限度利用酒店空间的想法,其实是顺应了当时的潮流。在故事所处的60年代美国,不少酒店已经开始走多元化的经营路线,积极拓展各种创收渠道,而客房收入可能只占总收入的一部分,正如小说中所言,“一家饭店不能单靠出租房间来营利。一家饭店能够做到每天都客满,但还是会破产的。一些特殊的服务项目——如承办会议、餐厅、酒吧——才是最主要的财源”(531)。值得注意的是,奥基夫在商业伦理上还是有其原则和底线的,例如他虽然认为菜肴不必精美,但却必须清洁卫生;准备挖空的柱子,也必须是非承重性的才行。

总之,无论就经济效益和经商伦理,还是从全球视野来看,奥基夫都不失为一个优秀的商人,但他在本质上倡导的是服务理念的去个性化和外观的去审美化,这无疑会对传统的酒店业(包括历史传承和经营艺术)构成巨大的冲击和破坏,特别是剥夺了酒店的个性与情感,导致原本各具特色的店面被千篇一律的外观和管理方式所吞噬。这显然是本书作者极不认可的,同时也是特伦特不情愿把酒店卖给奥基夫的原因之一,正如前者在谈判时不满地指出:“照你的办法,你把与饭店有关的一切都搞得好像彻底消过毒似的。你的那种饭店缺乏温暖或人情味。这只是为了自动化,只有机器人的思想,只有润滑油而没有鲜血。”(184)

危机中的戏剧性转机

小说毕竟不同于现实,就在这桩收购看似无可避免的时候,故事的后半段出现了戏剧性的转机——原先不肯提供贷款和延长期限的工商银行总经理杜梅尔突然受神秘人物之托,主动找上门来参与争购;而背后的这位神秘人物就是常住酒店、其貌不扬的老头韦尔斯。在这里,杜梅尔的情报工作做得也非常出色——他不但对酒店目前的处境了若指掌,甚至对奥基夫不久前的报价情况也十分清楚,并在此基础上给出本方报价:① 对饭店的估价同奥基夫的估价基本一样;② 继续保持饭店传统上的独立性以及现有特色;③ 要求获得半数以上公开发行的普通股,以有效控制经营管理权;④ 保留特伦特董事长的位置,但要求他辞去所兼的总经理职务。

乍看上去,这一报价跟之前奥基夫的报价似乎差不多(在股权处理上甚至还略差一些),但却能对特伦特产生更大的吸引力,其原因就在于:① 根据这一方案,“沃伦·特伦特的个人现款所得是少了一些,可是在保持饭店权益方面却有所补偿”(369),即可以避免酒店被奥基夫收购后并接受标准化改造的命运；② 给特伦特保留的董事长一职显然是没有实权的象征性职位，但至少可以保证特伦特做“一个内部的、享有特权的旁观者”(369)，这总好过奥基夫的条件（即被剥夺过问酒店事务的一切权利）。可以看出，杜梅尔一方的报价具有很强的针对性，充分考虑到特伦特的心理需求（即保留酒店的传统和特色，保留自己的尊严和地位），因此能够在价码略降的前提下依然成功打动对方。

最终，韦尔斯把收购下来的这家酒店交给事业心强、办事高效的麦克德莫特全权管理，给这部小说赋予了一个圆满结局。得悉这一决定，麦克德莫特从最初的震惊缓过神之后，便马上开始思索随后的改革措施：“包括增加投资，调整组织以明确规定职责范围，和调动人员——退休、晋级和雇用新人员”(476)，这一切都印证了韦尔斯选人的正确性；而且麦克德莫特在尚未履职时，就在会上强烈要求取消酒店奉行的种族隔离政策，也保证了小说的“政治正确性”。当然，作者内心很清楚管理一家大型酒店远非这么简单。仅就种族问题而言，黑利在小说末尾借特伦特的贴身男仆罗伊斯之口，道出了这一问题的复杂性——如果取消种族隔离政策，不仅会惹得一些白人传统势力不高兴，影响酒店的业绩，而且有一部分黑人确实会粗鲁无礼、惹是生非，给未来的酒店管理造成麻烦。

小说对此并没有给出更多的交代，而是止步于麦克德莫特在会后收到恋人充满爱意与鼓励的纸条。也许这一结尾略有些乏力，而且有回避社会矛盾之嫌，但对于《大饭店》这样一部行业小说而言，我们其实不必在主题深度上苛求太多，其本身蕴含的丰富商业信息、所记录的社会气象，已足够使之成为一部优秀的作品。

第四部分

20世纪70年代至世纪末：站在时代的边缘

进入20世纪70年代，国际经济增长开始减缓，先前推动经济发展的良性循环转而变成恶性循环——诸多初级产品(尤其石油)价格的上涨，造成企业制造成本和产品价格的上升，从而影响了利润，减少了实际工资，并由此降低了购买力。就美国而言，随着1971年布雷顿森林货币体系的瓦解、1973年的石油危机，以及1973—1974年的股市暴跌，美国经济陷入了高失业与高通胀并存的经济衰退，其国际地位持续下降，宣告了战后30年黄金时期的终结。与此相应，强调需求管理、推崇扩张型经济政策的凯恩斯主义也逐渐失去了吸引力，取而代之的是新经济自由主义，尤其是哈耶克的新自由主义和弗里德曼的现代货币主义。

综观80年代的美国，主要是共和党的里根主政时期(1981—1989)。简单地说，"里根经济学"属于"供应学派"，其指导思想就是通过各种优待政策，鼓励有钱人富上加富，先把整个社会财富的总蛋糕做大，然后再让各个阶层和群体的民众从中受惠。这种思想被形象地称为"下渗经济学"。就具体政策而言，里根力图通过减少税负、降低利率、发行国债、压缩政府开支(但同时扩大军费)等途径促进经济增长；与此同时，他信奉自由放任的资本主义制度，极力减少政府干预，以充分发挥市场的自我调节能力。应该说，这些举措达到了相当不错的整体效果，美国逐渐摆脱了80年代初期的经济衰退，社会士气和民众信心得以提振。很明显，里根的多数措施还是属于刺激性和扩张性的，因此在促增长的同时，很难有效控制住通货膨胀；与此同时，美国社会贫富差距的现象也愈加严重。

进入90年代，民主党人克林顿担任总统(1992—2000)，他对里根的经济政策做了一些修正，把原先的自由放任资本主义转为相对折中的“第三条道路”，同时扩大政府开支、增加对富裕阶层的征税。特别值得一提的是，“信息与通信技术的革命似乎为避开资本主义经济的不稳定性、进入新的增长期提供了机会”。① 90年代正值以互联网为代表的高科技产业兴起之时，克林顿政府适时抓住了这一历史机遇，在1993年推出了“信息高速公路计划”，这些新兴产业有效拉动了经济增长、创造了工作岗位、促进了股市繁荣，使得美国在整个90年代维持了长时间的经济繁荣——据统计，从1993年至2000年，美国的国内生产总值从6.2万亿美元增长到9.1万亿美元，占全球经济总量的比重也从23%增长至28%；更重要的是，美国的信息产业由此确立了在全球的主导地位，至今也难以被撼动。

当然，繁荣景象下也掩藏着危机，其中最严重的两个问题是：① 该时期美国的贫富差距并未随着经济的整体增长而有所改观，尤其是过着贫困生活的劳动者人数激增，从70年代的2 500万人增加到2002年的3 500万人；② 以信息与通信技术为代表的新兴产业拉动了美国的股市繁荣，但它们不可能从根本上解决资本主义的内在问题，这些产业在飞速增长的同时，也积累了相当一部分泡沫，这些泡沫的不断膨胀，为以后经济问题的爆发埋下了隐患。

就美国文学总体而言，该时期的作品较多关注物欲影响下的人性——正如米勒德所言，“这一时期的文本所关注的问题，是为了商业利润而导致个人所受的操纵和控制”。② 本部分收入的作品包括：① 70年代：马梅特的剧作《美国野牛》，该剧是对当时美国商业道德与商业文化之沉沦的隐喻；② 80年代的作品包括马梅特的剧作《拜金一族》、德里罗的小说《白噪音》、多克特罗的小说《比利·巴思格特》(《拜金一族》是美国文学史上继《推销员之死》后描写销售业的又一经典之作，而且对该行业内部情况的展现更加具体翔实，对其解读能让人深切体会到资本主义的商业文化特征，特别是职场竞争中的嗜血残酷；《白噪音》深入探讨了美国后工业社会中不断蔓延的消费行为，及其对人类思想意识的深刻影响，作者甚至将之提升到同现代人“生死攸关”的哲学高度；《比利·巴思格特》则是我们深入了解现代美国黑帮经济与管理模式的一个绝佳案例)；③ 世纪末：德里罗的小说《大都会》全面展现了20世纪末美国社会经济与商业文化的种种问题，尤其是后工业时代美国都市复杂的社会矛盾和现代人的生存困境。此外，本部分还专门对美国后南方作家梅森作品中的消费与拜物进行了系统阐述。

---

① 詹姆斯·富尔彻：《牛津通识读本：资本主义》，张罗、罗赟译，南京：译林出版社，2013，第112页。

② Millard, Kenneth. *Contemporary American Fiction: An Introduction to American Fiction since* 1970. Beijing: Foreign Language Teaching and Research Press, 2006, p. 112.

《美国野牛》：商业道德的沉沦

大卫·马梅特(David Mamet)系当代美国最著名的剧作家之一。他出生于伊利诺伊州芝加哥的一个犹太律师家庭，1969年毕业于戈达德学院，其间主修文学戏剧。从他的两部小型实验剧《鸭子变奏曲》(*The Duck Variations*，1972)和《芝加哥性生活的堕落》(*Sexual Perversity In Chicago*，1974)开始，马梅特先后创作了《美国野牛》(*American Buffalo*，1975)、《拜金一族》(*Glengarry Glen Ross*，1983)、《速耕》(*Speed-the-Plow*，1988)等剧作。《美国野牛》于1975年在芝加哥的古德曼剧场首演，立即引起极大关注和争议，赢得了1977年的纽约戏剧评论家奖的最佳剧本奖，并被提名两项托尼奖(最佳导演与最佳布景设计)，被誉为"过去十年最丰富的、最至关重要的美国戏剧"，[①]同时也奠定了马梅特在当代美国剧作界的重要地位。

一枚镍币引发的劫案

剧中故事围绕一个密谋的抢劫计划而展开。在20世纪70年代的芝加哥，旧货铺老板多恩将一枚1933年发行的5分野牛镍币以90美元的价格卖给一个钱币收藏者，但他事后又感到后悔，疑心这枚镍币的真实价值远不止这个钱，遂计划让手下的勤杂工鲍勃帮自己把它偷回来。多恩的牌友蒂奇了解到此事，指出鲍勃过于年轻，而且还吸毒成瘾，参与这种行动既无经验也不可靠，于是主动请缨代其行窃。正当他们准备动身时，鲍勃突然出现，要把一枚十分相像的野牛镍币卖给多恩，由此招致多恩和蒂奇的怀疑，蒂奇甚至出手将其砍伤。多恩最后发现，这枚镍币只是鲍勃从钱币收藏者那里买来的，用以补偿和宽慰自己。最终，多恩又重新与鲍勃和解，并送他去医院就诊。

马梅特以这一事件为缩影，昭示了整个美国商业社会的日渐堕落。该剧涉及职场中的忠诚、信任、背叛、欲望等主题，深入探讨了商业与友情的冲突，以及追求物质成功与人的道德伦理之间的矛盾。马梅特本人曾直言，写作这出戏就是为了表达自己对美

---

① Kissell, Howard. "Review of American Buffalo, by David Mamet." *Women's Wear Daily*. Oct 28, 1983.

国商界的愤慨："这个剧本是关于美国的商业道德……关于我们如何为那些被称作商业的种种大大小小的背信弃义和道德上的妥协所作的辩解。当我写这出剧的时候，我对商业感到很气愤。"①

野牛镍币是贯穿全剧的核心意象，该币由著名雕塑家弗雷泽于 1911 年设计，1913—1938 年发行，是美国文化的象征符号之一，如图 3 所示。马梅特选择它具有两重含义：① 作为濒临灭绝的物种，美国野牛象征了传统道德和情谊的逐渐消亡，最终被货币符号所取代；② 在英语中，"野牛"（buffalo）还可以当动词用，有"威胁、欺骗"的意思，喻指剧中人物之间的缺乏信任。

图 3　五美分野牛镍币

多恩：混乱的价值观

细读剧本的读者可以看出，价值问题是推动《美国野牛》剧情前进的主要因素之一。这里所说的"价值"并不仅仅指狭义的金钱，也包括人的想法和主意。令人遗憾的是，剧中人物大多思维混乱，连金钱意义上的价值都搞不清楚，更遑论诸如道德、情感一类的主观价值。例如，野牛镍币在多恩的眼里本来并不值钱（他起初甚至忘记了店里有这么一枚钱币），只是在被人高价收购之后，他才思忖起这枚镍币的真正价值来，一厢情愿地认定此币至少值五倍的价格，于是企图违背契约精神，将其重新偷回来。这种价值观的模糊和偏执成为剧中各种矛盾冲突的源头——"对于每个人物来说，什么有价值，什么没有价值，完全都是主观的，然而每个人又不愿承认：自己的观点并非客观事实，由此引发本剧中大量出现的争吵"。②

① Gottlieb, Richard. "The 'Engine' That Drives Playwright David Mamet." *The New York Times* (January 15, 1978), p. 4.

② *Words on Plays: American Buffalo*. American Conservatory Theater, 2002, p. 31.

剧中三个小人物所策划的偷盗具有很强的象征意义，指向“腐败的、现代版本的美国成功的神话”；而且随着计划的推进，观众可以越发清晰地看到，在马梅特眼里，“美国梦的堕落可以直接归因于美国商业伦理的主导地位”，[①]即人们对物质成功的过度推崇，以及对其实现路径的相对漠视。马梅特因此曾哀叹，这样的伦理允许人们“对各种各样大大小小的背叛和道德上的妥协进行开脱”。[②] 例如，在多恩疑心自己贱卖镍币、计划把它偷回来时，观众对此虽然不予认同，但内心或许尚有一丝同情——多恩由于无知而将镍币贱卖，遭受的不仅是经济上的“损失”，还有他(作为一名商人)在个人尊严上的“受辱”：

> 多恩：“瞧他进来那架势，就跟我是他妈的给他看门的似的。”
> 蒂奇：“嗯。”
> 多恩：“他从我这儿拿走了硬币，而且如果我再找到一枚，还得给他电话。”
> 蒂奇：“是啊。”
> ……
> 多恩：“他就这么进了我的店铺，就跟给了我多大恩惠似的。”
> 蒂奇：“哦，哦。”
> 多恩：“所以鲍勃，咱们盯着他的家，这就有机会。”(31－32)[③]

于是，多恩策划的偷窃计划似乎有了一丝“为正义复仇”的味道。然而，当多恩和蒂奇想要顺手牵羊、偷走对方更多值钱的东西时，此中性质就截然不同了，因为这不只是犯罪行为，而且突破了起码的道德底线，成了赤裸裸的盗窃。多恩思想上的转变，其实是一个隐喻，暗指诸多美国资本家在发迹之路上的心路历程——起初违反道德行为时，为求得心理上的慰藉，尚且以种种理由自圆其说，随着贪欲的增加，逐渐变得没有道德底线，为追求利润不择手段。

全剧唯一有些许温情的就是多恩和鲍勃之间的情谊，两人的关系难免让人想起《店员》中的莫里斯和弗兰克——两部作品里的店主和店员之间，都颇有些父子关系的味道。然而差异极大的是，《店员》中的莫里斯一再施以善意，弗兰克却一度有负于他，最终前者以自身的受难实现了后者的彻底转变和升华；而《美国野牛》却与之相反，多恩在全剧开始之际对鲍勃表现得十分关心，除了给他灌输“做生意的艺术”之外，还叮嘱他按

---

① Schlueter, June, and Elizabeth Forsyth. “America as Junkshop: The Business Ethic in David Mamet's *American Buffalo*.” *Modern Drama*, 26.4 (1983), p. 492.

② Gottlieb, Richard. “The ‘Engine’ That Drives Playwright David Mamet.” *The New York Times* (January 15, 1978), p. 4.

③ 作品原文引自 David Marnet: *American Buffalo*. New York: Grove Press, 1976.

时吃早餐、服用维生素等，令观众为之感动，但随后多恩却辜负了鲍勃对自己的忠诚和情谊，不仅错怪对方的善意，还默认蒂奇对鲍勃的暴打，让这出戏的调子急转直下，充满了反讽意味，也把观众原先生发出的情怀击得粉碎。

蒂奇：自由主义的逐利者

蒂奇算是《美国野牛》中主要的反面人物(尽管该剧人物并没有传统意义上的正邪之分)——他鼓动多恩放弃鲍勃、改让自己参与偷窃，甚至直接诉诸暴力、伤害鲍勃，在真相揭示之后又恼羞成怒，毁坏多恩的店铺。与此同时，蒂奇也是自由主义理念的典型代表，他在剧中跟多恩之间有一段非常经典的对话：

> 蒂奇："你知道自由企业指的是什么吗?"
> 多恩："不知道。指什么?"
> 蒂奇："自由……"
> 多恩："……是吗?"
> 蒂奇："个人的自由……"
> 多恩："……是吗?"
> 蒂奇："只要觉得他妈的哪条路合适，他就走哪条路。"
> 多恩："哦……"
> 蒂奇："为的是确保他能有获利的诚实机会。我这样是不是有点儿出格了?"
> 多恩："没有。"
> 蒂奇："我这么说是不是有点像个共产党?"
> 多恩："没有。"
> 蒂奇："这是我们的立国之本，多恩。这你也是知道的……没有这个的话，我们还是荒野中的白痴。"
> 多恩："是啊。"
> 蒂奇："围坐在凶猛的篝火四周。"(72－73)

在蒂奇看来，自由主义理念居然成了非法偷窃的通行证；蒂奇甚至将之提升至"立国之本"的高度，以此为自己的利己思想进行道德辩护。自由主义追求个人利益、推崇强者竞争，这诚然是美国社会文化的核心理念，但如果在逐利过程中无所顾忌，完全抛开个人的社会责任，则必将引发严重的社会问题和危机。

剧中还有一个不时出现的细节，就是打扑克。我们知道，在西方文化中，打牌是同商业交易紧密联系在一起的，英语当中的大量职场用语——诸如 play one's trump card（使出杀手锏）、shuffle the cards（改变方针）、sweep the board（大获全胜）、show one's hand（表明真实意图）等——最初都是源于牌桌，所以剧中的牌局其实是一个巧妙的隐喻，象征商业世界的尔虞我诈和互不信任。例如，在提起前一天晚上的牌局时，输牌的蒂奇不怨自己的牌技差，而是在没有任何根据的情况下，一味抱怨对手作弊使诈。显然，在蒂奇的眼里，"成功"和"诚信"是互不相容的，要想实现物质上的成功，就必须弄虚作假、舞弊营私。

资本主义商业道德的哀歌

就戏剧技法而言，观众很容易注意到马梅特作品的一大特点，即剧中情节主要依靠对话来推动，这些对话有如贝克特名剧《等待戈多》中颠三倒四的话语，给观众一种强烈的荒诞感与虚无感。值得注意的是，《美国野牛》中的人物语言几乎绝少有完整的句子，而且语句间缺乏相应的连贯和逻辑，其中还夹杂着大量污言秽语。事实上，这出戏的主题之一就是商业语言对人际关系的腐化——剧中破碎、凌乱的对话语言，象征了商业社会中道德准则的变化无常，以及人际关系的苍白冷漠；人物动辄脱口的粗话表达了底层小商人的沮丧与愤懑。

马梅特在这部戏中指涉的，其实不光是以小商贩为代表的社会中低阶层（即他眼中的"美国资本主义的废弃品"），而是身处美国商界这一庞大食物链上的每一层人——"不管是破落的无产者，还是股票经纪人，或是企业律师，其实并没有什么真正差别，他们都是生意场上的奴才"。[①] 马梅特甚至认为，不管是部分上流社会精英，还是数量庞大的流氓无产阶级，其实都是社会的寄生虫，都属于"什么也不创造的人，什么也不做的人，用手头的各种神话为自己及其掠夺者开脱的人"。[②] 无怪乎马梅特在访谈中提到，自己观察到很多商人在百老汇看过《美国野牛》的演出后都愤懑不已、满嘴牢骚，因为"这出戏就是关于他们的"。[③]

在马梅特看来，当时美国的经济生活和商业文化中，鲜见协作共赢，而是充斥着零和博弈，导致相互倾轧的现象随处可见。以蒂奇为例，在他的世界里，每个人都是潜在的竞争对手，一方获利必然是另一方的损失。[④] 马梅特在 1986 年的一次访谈中对这种

---

① *Words on Plays*: *American Buffalo*. American Conservatory Theater, 2002, p. 31.

② Hewes, Henry, David Mamet, John Simon, and Joe Beruh, "Buffalo on Broadway." Ed. Leslie Kane. *David Mamet in Conversation*. Ann Arbor: University of Michigan Press, 2001, p. 25.

③ Gottlieb, Richard. "The 'Engine' That Drives Playwright David Mamet." *The New York Times* (January 15 1978), p. 4.

④ Bigsby, C. W. E. *Modem American Drama*: *1945—1990*. Cambridge University Press, 1992, p. 211.

情形说得很清楚："人们觉得只有牺牲别人才能成功。美国的经济生活就像是摸彩票，每个人都有公平机会，但只有一个人会上得去。"(6)这一现象在《美国野牛》中得到淋漓展现。当然，也有人对此并不认同，评论家威尔逊认为："也许马梅特先生试图就美国的资本主义和道德沦丧表达些什么。如果这样的话，他用的象征很有趣，但却不能成立，这出戏还不够厚重，不足以支撑如此思想的分量。"①

---

① Kabatchnik, Amnon. *Blood on the Stage, 1975—2000: Milestone Plays of Crime, Mystery, and Detection: An Annotated Repertoire*. Lanham, Toronto, and Plymouth, UK: The Scarecrow Press, Inc. 2012, p. 40.

《拜金一族》：销售行业的饥饿游戏

《拜金一族》(*Glengarry Glen Ross*，1983)，是马梅特继《美国野牛》后的又一力作，该剧继续探索当代美国商业道德的日渐堕落，在上演后赢得巨大成功，并连续斩获劳伦斯·奥利弗最佳新剧奖、普利策戏剧奖、纽约戏剧评论家奖等。剧名中的“格伦加里幽谷树林花园”原指两处劣等房产——“格伦加里高地”和“幽谷树林花园农场”，销售员为了完成任务、拿到回扣，只能不择手段地把这些房屋以不合理的高价推销出去。

1969年，大学毕业不久的马梅特在一家房产公司谋到工作——跟剧中的威廉森一样，他担任公司里的办公室经理，负责给销售人员分发客户线索、处理文书工作，而该公司的主要业务就是向老年人推销位于亚利桑那州和佛罗里达州的荒地。尽管这段经历为时不长，却激发马梅特日后创作出名剧《拜金一族》，而他在日常工作中对其他销售人员的敏锐观察和认真倾听，亦成为塑造剧中人物的基础。

残酷的销售竞赛

剧情发生在20世纪80年代初的芝加哥，在一家房产中介公司里，四个销售员面对公司施加的巨大压力，为了生存和利益各尽其能、相互倾轧，反映了房地产经纪行业的残酷竞争和无耻欺诈。整出戏是一幅80年代美国房产界的众生相，剧中并没有特别明显的主人公，甚至不存在什么绝对的正面人物和反面人物——考虑到故事背后的整个体制和具体的环境场合，每个人的行为动机似乎都可以理解，但又没有哪一个完全值得同情。马梅特借此抨击整个美国商业文化，以及生活在这种体制中的每个个体，包括始终没有出场的后台老板米奇和墨里。

公司安排的这场“销售竞赛”，其规则非常残酷：第一名可以获得一辆价值12 000美元的凯迪拉克轿车，第二名只能得到一套切牛排的刀具，至于得到三等奖的两位销售员，其“奖励”就是立时被解雇。可以看出，剧中几位销售人员所处的工作环境似乎允许其发挥自由意志，但同时又严格限定了他们的可选范围。① 为了在这样的环境中得以生存，仅凭自身实力远远不够，还需要辅以各种"非业务"性的手段——"剧中的销售办公室充当了资本主义文化的缩影：排先者得凯迪拉克，排后者被扫地出门，每个人都不光要努力争取自己的成功，还必须寄希望于（甚至亲自参与策划）同事的失败"。② 这种典型的零和博弈局面，让人不免想到柯林斯的小说《饥饿游戏》及其同名电影。唯一的不同之处在于，在这家房产中介公司里，肉体杀戮变成了商业销售——几位销售人员完全不顾商业伦理，彼此隐瞒与欺骗，甚至做出偷窃客户线索的违法犯罪行径。

由于该剧关乎销售行业，时常被人拿来同《推销员之死》进行对比。两者的确也有关联之处：从20世纪40年代末到80年代初，时隔已三十多年，可推销员的境况本质上并没有很大改观。当然，两者的差异也很明显：米勒在人物塑造时只是借助推销员这个身份来表现整个现代人的悲剧，让观众通过威利这个人物审视和反思自己，因此剧中对销售工作本身并未做太多展现；相对而言，《拜金一族》中有关销售的"专业技术含量"高了很多，可以料想，若不是此中人士，断难写出如此生动的工作场景。此外，就戏剧主题而言，《推销员之死》呈现的是美国梦的幻灭，并试图让观众也认同这一残酷事实；而《拜金一族》继承和发展了这一主题，在这部剧中，美国梦的幻灭已是毋庸置疑的既定事实，作者要做的是在此基础上进行更深层次的社会批判。

该剧沿袭了马梅特的一贯风格，即剧本的绝大多数篇幅都是人物对话（而且脏话连篇），而相关的舞台指示却少之又少——马梅特在这里对戏剧技巧和舞台细节的故意忽略，似乎是在向我们表明在现代商业文化中，对话才是推动各种行为的主要因素。而且，剧中人物话语的主要目的"并不是为了沟通，而是为了宣示权力或者从他人那里收回权力"。③

值得我们注意的是，尽管作者极少直接展现剧中销售员跟客户之间的实际对话（特别是他们工作实战中的推销词），但从这几个人在其他场合的对话中，我们依然可以推导出他们的性格特点和推销风格，从而以此为切入点，进一步分析人物动机、挖掘商业内涵。

营销转化率中的马太效应

这次销售竞赛的目的，一方面是为了激发斗志、促进业绩，另一方面也是变相地裁

① Bruster, Douglas. "David Mamet and Ben Jonson: City Comedy Past and Present." *Modem Drama*, 33. 3 (1990): p. 337.

② SparkNotes of *Glengarry Glen Ross*: http://www.sparknotes.com/drama/glengarry/

③ Worster, David. "How to Do Things with Salesmen: David Mamet's Speech-Act Play." *Modern Drama*, 37 (1994), p. 386.

员。对于这样一家唯利是图的公司来说，在给销售人员分配客户线索时，其唯一的考虑标准无疑就是如何实现利润最大化和资源的最有效配给，因此必然会把最好的客户线索（即最优质的潜在客户的联系信息）交到目前业绩最好的人手里，而业绩平平的员工只能分到剩下的垃圾线索，以免他们浪费潜在客户。这种"强者恒强"的管理方式确实有利于房产销量（更确切地说，是有利于"营销转化率"），但却使这次销售竞赛变得愈加残酷。

营销转化率是一个重要的商业概念，指的是在营销过程中，有多大比例的客户线索可以成功转化为最终交易。这一转化率通常取决于三个因素：① 目标客户的兴趣水平；② 所提供的产品自身的吸引力；③ 交易过程的方便程度。在产品既定的情况下，销售人员对目标客户的有效锁定，可以大大节约时间成本、提升成功概率，而销售人员的口才和展示能力，则可以进一步提升产品在客户心目中的吸引力。因此我们看到，《拜金一族》中四位销售人员的业绩，跟他们各自对人心的揣摩以及对自身语言的驾驭能力几乎完全一致——莱文语无伦次，不仅销售业绩不佳，也成为最终被人戏耍的对象；阿罗相对讷口少言，只能勉强自保；莫斯言语强势，处处居于主动；罗马口若悬河，往往能在纵谈中感染对方、敲定生意。此外，越是价格高的大型产品（如房产、汽车等），营销转化率往往越低，对销售人员能力上的考验也就尤为严酷。这必然导致剧中业绩较差的销售人员更加绝望，也更容易孤注一掷、铤而走险。

事实上，《拜金一族》中销售员们确实是将商场视为战场、将自身视为战士的，只不过征战的武器就是他们的思维和口才。因此，这几个人物总是以"男人"自居；这里的"男人"，并非生理意义上的概念，而是代表一种刚勇和智慧的雄性气概，以及果敢的决断力。相比而言，办公室经理威廉森领的是固定薪水，其收入与业绩并没有什么直接关系，每天的工作内容只是传达和执行上面的政策指令。因此，几个销售员从内心鄙视威廉森，认为他根本不懂销售行业；特别是莱文和罗马，都曾就此嘲讽他"不是真正的男人"。

莱文：注定失败的销售员

在四名销售人员中，莱文无疑最接近《推销员之死》中的威利——他在年轻时曾是一名优秀的销售人员，拥有不错的业绩，可如今年迈力衰、大不如前，只能夸夸其谈，沉浸在往昔的荣耀中。两人最终也都同样走向自我毁灭的结局——威利为了获得保险赔偿而故意结束生命，莱文则在绝望中铤而走险、偷窃客户线索，导致自己面临牢狱之灾。事实上，莱文的覆亡有一定的必然性。我们在第一幕第一场中即看到，当老莱文私底下向威廉森索要优质客户信息时，无论是苦苦哀求，还是威逼利诱，讲起话来都是结结巴巴、语无伦次(这一点又很像威利):“……别看桌子,看我。谢利·莱文……你知道我是谁……我需要一次尝试。”(22)[①]这种糟糕的口头表达能力,在视口才为生命的营销界简直就是灾难,注定其最终的失败。

反观威廉森,此人作为办公室经理,一直严格履行公司的各项规定,因而被视为“公司的人”,并遭到销售人员的敌视,但他其实对公司并没有太高的忠诚度——当莱文找到他,援引自己过去的销售业绩,企图说服对方把优质的客户线索交给自己时,威廉森以这样做“违反公司政策”为由予以回绝,给观众以坚守原则的正面形象;然而当莱文提出将把自己销售佣金的10%送给威廉森作为回报时,后者唯利是图的商人形象登时原形毕露,他马上还价为佣金的20%,而且要为这两个客户线索额外收费100美元(两个线索只能“捆绑销售”,不可以“单卖”)。莱文虽然被迫应允,但由于当前无力支付这100美元现金,也就只好作罢。绝望中的莱文无奈下又打出悲情牌,想用家中女儿需要照顾来打动威廉森,而后者对此自然毫不所动,甚至没等莱文开始讲故事就不耐烦地打断他,准备拂袖而去。威廉森这一人物形象的设定,等于是在向观众表明欺诈与哄骗不只限于具体的推销过程,而是当时整个美国商界普遍存在的现象。

莱文第二天得意扬扬地出场,因为他刚刚跟内博格夫妇达成一单价值8.2万美元的生意。莱文在得意忘形之际,跟着罗马一起辱骂威廉森,并因此说漏了嘴,暴露了自己窃取客户线索一事;更糟糕的是,内博格夫妇根本无力购买这处地产,威廉森曾向银行核实过他们的信用,对此早就知情,只是故意隐瞒莱文而已。在临近剧终莱文询问威廉森为什么要把自己交给警察时,威廉森冷冷地答道:“因为我不喜欢你。”事实上,除了个人好恶之外,更根本的原因在于,作为一名经验丰富的商人,威廉森能够从莱文的精神面貌和言谈举止中,敏锐地捕捉到其注定失败的气质。我们甚至可以推断:在一开始的讨价还价中,威廉森可能早就知道莱文根本拿不出100美元现金的“预付款”收买自己,但他依然跟莱文讨价还价,目的就是故意羞辱这个注定失败的人。

尔虞我诈的职场关系

另两名销售员莫斯和阿罗在第二幕登场。两人目前处于本次竞赛的中间段位,其中莫斯的情况略好于阿罗——因为莫斯的言行风格更为强势,在销售工作中也就相对更有利;相形之下,阿罗更多的只是倾听和重复对方的话语,显示出他在商业链条中的低端位置。即使如此,莫斯对这次竞赛的规则结构也很不认同,并对另一家房产公司的商业模式大加赞赏。

---

① 作品原文引自 David Marnet: *Glengarry Glen Ross*. New York: Grove Press, 1984.

面对公司的压迫，莫斯愤愤不平道："应该有人站出来反击……有人……应该对他们做些什么……一些报复他们的事儿……有人……应该……给他们点儿疼痛。墨里和米奇。"(37)他随即提议阿罗进公司办公室窃取客户线索，并将其交给格拉夫。如此一来，他俩就可以平分5 000美元所得，而且阿罗事后可以去格拉芙的公司工作。这一点很像《美国野牛》的情节模式，即在面对"不公对待"时，当事人都是企图通过偷窃的方式来报复对方、保全自身利益。莫斯还进一步威胁说，既然阿罗已是知情人，即使他不答应行窃，自己也会亲自动手，万一被抓的话，他照样会把阿罗作为帮凶供出来。

从莫斯对阿罗的威逼利诱，我们能够看到此人的自私和奸诈之处——他之前所言表现出的对阿罗的信任以及对公司的愤慨，原来都是在为后面的提议做铺垫；除了通过并不站得住脚的理由让同事单独承担偷窃的风险之外，他还无意中透漏出格拉夫的赏金数额其实并不止5 000美元。可以说，莫斯其实跟威廉森并没有本质的不同——"虽然莫斯真心痛恨他们身陷其中的这种体制，但为了自身利益，他又不惜复制和固化这一体制"。[1] 马梅特这样处理的用意，是在传递这样的信息：靠残酷竞争发展起来的资本主义体制，最终只会导致同事之间的相互利用和欺骗。

在第一幕的最后一场中，公司的销售达人罗马闪亮登场。此人刚一亮相就口若悬河、滔滔不绝，大谈人生价值和哲学理念。虽然刚刚认识不久，林克即被罗马的口才蛊惑并打动，有意购买位于佛罗里达州的这块劣质地产。在林克被太太打发回来取消这桩交易时，罗马临场应变，立刻让莱文假扮客户，两人演起双簧来，用各种借口拖延时间，因为根据法律规定，只要超过三个工作日，合同将不能再予撤销；当发现这一招不管用时，罗马又宣称支票尚未兑现，并打算继续劝说对方(其实确实尚未兑现，只是罗马并不知晓)。不巧的是，此时尚不知情的威廉森恰好经过，他好心办坏事，谎称合同已经提交、支票已经兑现，导致林克愤然离开，这桩到手的生意也被彻底搅黄。威廉森因此遭到罗马的一顿痛骂："你刚刚毁了我六千美元……还有一辆凯迪拉克……你这该死的烂货。你从哪儿学的本事？你这该死的王八蛋，你这个蠢货，是谁教给你的你可以与人共事？"(96)

罗马对莱文的善意可能是剧中唯一让观众有所触动之处，但即使这一点仅有的温情，最后也被无情打破——在莱文被召入内室接受警探讯问的时候，罗马跟威廉森坦陈自己想跟莱文合伙，并想拿走对方的一半佣金。罗马本已是公司里业绩最好的人，但依然不肯放过食物链最底端的莱文。实际上，正是凭着这种残酷无情，罗马才能成为销售达人，这一人物完美诠释了美国商业社会弱肉强食的丛林法则。

---

① SparkNotes of *Glengarry Glen Ross*：http：//www.sparknotes.com/drama/glengarry/

《白噪音》：现代超市中的“消费至死”[①]

德里罗(Don DeLillo)出生于纽约市布朗克斯区的意大利移民家庭，少年时代深受天主教影响，后来在福特汉姆大学就读，学习神学、哲学与历史。他在大学毕业后曾做过整整五年的广告撰稿人，其间开始尝试文学创作，从1960年在杂志上发表第一篇小说开始，他接连出版了大量作品，其中包括《白噪音》(*White Noise*，1985)、《天秤星座》(*Libra*，1988)、《毛二世》(*Mao II*，1991)、《地下世界》(*Underworld*，1997)、《大都会》(*Cosmopolis*，2003)、《坠落的人》(*Falling Man*，2007)等。

《白噪音》是美国后现代主义文学的代表作之一，该书生动展现了当代美国人在商业社会中的种种焦虑。如前所述，德里罗曾做过较长时间的广告撰稿人，尽管他对这份工作并无兴趣，但这段经历却让他感受到了消费主义的伟力和商业广告的影响，这些在其小说《白噪音》中得到充分体现。书名中的“白噪音”一词原是声学术语，指的是一种功率频谱密度为常数的随机信号或随机过程，邦卡曾将作为现代科技产物的商品所发出的噪音称为“消费文化的白噪音”，是“晚期资本主义自身酿制的苦果”；[②]而在这部小说中，白噪音用来“喻指超越一切的死亡之音，表现美国人心灵深处的焦虑”。[③]

故事主人公杰克是美国中西部一所高校的教授，专门从事冷门的希特勒研究。他一共有过五次婚姻，跟现任妻子带着一堆孩子。小说以第一人称为视角，记述了杰克在一学年当中的生活经历与所思所想。这部作品折射出后现代工业社会的种种问题，特别是超市购物行为对现代美国人生活的深刻影响，以及在媒体无孔不入、信息大量充塞的当代社会，现实与幻象的相互交织给人们带来的困惑。小说的核心主题就是现代人对死亡的巨大恐惧和极力躲避——正因为此，《白噪音》被奥斯蒂恩称为“美国死亡之书”。书中同这一死亡主题紧密相关的两个事件就是杰克夫妻定期的超市购物之行，以及化学品泄漏所导致的环境污染。德里罗本人也曾在访谈中提到，自己在关注美国的

---

① 原文的部分内容曾发表在《外国语言与文化》2020年第2期，题为《谈〈白噪音〉中现代超市的社会心理意义》，此处根据需要做了适当的调整和改动。

② Bonca, Cornel. “Don DeLillo’s *White Noise*: The Natural Language of the Species.” *College Literature*, 23.2 (1996), p.33.

③ 刘海平、王守仁主编：《新编美国文学史》(第4卷)，上海外语教育出版社，2002，第253页。

环境问题时，即“开始注意到超市里荧光的亮泽，以及有毒物质泄漏的新闻报道”(5)，显然正是与这两者相对应的。其中超市对于这部小说具有非同寻常的意义——人们通过在这里的购物行为来建构自己的身份，并摆脱内心对死亡的恐惧；与此同时，消费过程中所体现的购买力、商品的包装与广告、超市货物的陈列方式等，也都具有不可忽视的社会心理功能。

购物行为：身份的建构

超市是《白噪音》全书故事的主要背景之一，亦是一个极为重要的意象。同以百货商店为代表的传统经营业态相比，超市在商品定位（以中低端的生活必需品为主）、盈利模式（主要依靠低采购价和高销量）、销售方式（以顾客自选为主）、结算方式（一次性结算）等方面都更为贴近后现代的理念和特征，即大众化的需求定位、去中心化的网状布局、碎片化的快速行为，以及更强的个体自主性。

在故事所在的80年代美国社会，超市购物不仅仅是为了满足人们的日常生活所需，它已然上升为一种近乎宗教仪式的社会行为，让消费者实实在在地感知到物质存在的伟力。杰克即是如此，他在超市里选择（或放弃）某种商品时，能够强烈感受到一种由此而来的支配感和掌控感——在后现代社会，商品已从纯粹的物品变为一种符号，“人们不再注重其使用价值，而更加注重‘物’本身蕴含的社会意义。对‘物’这种‘象征符号’的主要占有方式无疑是‘消费’”。[①] 此外，由于超市没有传统意义上的售货员，这一中间媒介的缺场，让购物者得以直面商品，其选择的自由度大大增加。当然，这种感觉的获取是以牺牲一定的人际沟通为代价的，即“这种人与物的直接对话，既是一种解放，但也使超市购物具有了一种机械化、冷冰冰的特征”。[②]

具有讽刺意味的是，小说中的杰克平素同家人和朋友的沟通极少，而正是凭借在超市中的购物行为，他才得以将自己同妻子、儿女（以及部分同事）维系到一起，给这个原本规范有序、冰冷无情的公共空间赋予了一定的人性色彩。至于在超市里具体买的什么东西、是否用得上，对他而言反倒是次要的。在回家的路上，杰克坦承购物行为给自己带来的充实感：

> 我似乎觉得，芭比特和我所买的一大堆品种繁多的东西、装得满满的袋子，表

---

① 周敏：《作为“白色噪音”的日常生活：德里罗〈白噪音〉的文化解读》，《外国文学评论》2015年第4期，第205－206页。

② 张艳庭：《超级市场：市民阶层的购物美学或狂欢节》。http：//mini. eastday. com/mobile/170226145114638. html

明了我们的富足;看看这重量、体积和数量,这些熟悉的包装设计和生动的说明文字,巨大的体积,带有荧光闪彩售货标签的特价家庭用大包装货物,我们感到昌盛繁荣;这些产品给我们灵魂深处的安乐窝带来安全感和满足——好像我们已经成就了一种生存的充实……(21)[①]

有时候,杰克甚至会为了购物而购物,买一堆当前根本用不到、未来也不知何时才用得上的商品。究其原因,就在于杰克内心"这种对金钱的力量和整个消费群体的沉迷,不仅仅在货币层面上重新树立起了他的个人价值感"。[②]

事实上,这种心理在商业社会具有一定的普遍性,体现出购物这一社会行为对现代人身份的界定功能——文化批评家尼克松曾指出,"在商业从业者成功瞄准的人群当中,商品世界在塑造特定的消费主义身份观与社会仪式感上发挥着重要的作用"。[③] 消费社会学的说法更为具体——"消费活动是一种特殊而又重要的认同行动。人们消费什么和不消费什么,并不仅仅是对自己可支配的货币的反映,而且反映了人们对某种有价值的东西的认同行动。'我'消费什么、怎样来消费,实际上体现和贯彻了'我'对自己的看法、定位和评价,也就是说,是自我认同的体现"。[④] 在这里,我们不妨套用笛卡尔的话语方式,将之称为"我买故我在"。

在《白噪音》的故事中,购物行为(尤其同广告结合起来)便具有这种神奇的力量——"媒体广告使人相信,购物能够让人摆脱个人的创伤。在购物的时候,人们可以确定自己的身份,即他们到底是谁"。[⑤] 对于这种将身份建构与购物行为联系起来的现代消费观念,德里罗是持批判态度的,这是因为在流水线批量生产、产品高度标准化的时代,人们购买的商品都是严重趋同的,这必然导致在身份建构和彰显的过程中,个人的独特性也随之丧失,取而代之的,是一种"非个性身份"。[⑥]

除了获取充实感与安全感之外,杰克甚至利用购物行为来摆脱自身对死亡的恐惧,即德里罗所说的普遍存在于现代美国人意识中的一种"不消费即死亡"的心态。遗憾的是,这一方法的时效非常有限——既然购物可以代表生命,照此逻辑推断,到收银台付款即意味着某种意义上的终结与死亡。因此,威克斯认为,德里罗表面上展现的是当代

---

① 本部分的作品原文引自唐·德里罗《白噪音》,朱叶译(译林出版社,2002版)。

② Weekes, Karen. "Consuming and Dying: Meaning and the Marketplace in Don DeLillo's White Noise." *Literature Interpretation Theory*, 18.4 (2007), p. 294.

③ Nixon, Sean. *Advertising Cultures: Gender, Commerce, Creativity*. London, Thousand Oaks, New Delhi: Sage Publications, 2003, p35.

④ 王宁:《消费社会学:一个分析的视角》,北京:社会科学文献出版社,2001,第60-61页。

⑤ Babaee, Ruzbeh, Wan Roselezam Bt Wan Yahya, Siamak Babaee. "Sketch of Discourse and Power in Don DeLillo's White Noise." *International Journal of Comparative Literature and Translation Studies*, 2. 1 (2014), p. 32.

⑥ Nadotti, Maria. "An Interview with Don DeLillo." *Salmagundi* 100 (1993), pp. 86-97.

美国社会中“不消费即死亡”的现象，但实际上根本就是“消费并死亡”的困境。①

购买力：个人价值的体现

纵观人类历史，资本主义社会比封建贵族社会的一大进步之处，就在于“个人表现”得以取代家庭出身，成为社会地位上升的主要途径，这对打破阶级壁垒、促进公平竞争可谓意义重大，然而由此带来的一个必然结果就是物质主义的盛行，正如弗里德曼(Milton Friedman)在其代表作《选择的自由》(*Free to Choose*，1980)中所坦承的，“财富积累是个人表现最为便利的衡量手段”。② 这种物质主义倾向在当代美国文学中的体现十分明显，米勒德在评价 1970 年以来的美国小说时曾指出：“美国人的追求范围有时简直成了购买力的问题，这种不加辨别的物质主义经常成为美国小说家的描写对象。”③《白噪音》即是如此——如前所述，杰克通过在超市购物来建构个人身份、实现自我价值；而且，购买的东西愈多，他内心的自我认可度就愈高。

> 我用钱买下商品。我花的钱越多，钱的重要性似乎越小。我比这些款子更大。这些款子像倾盆大雨一样冲刷我的皮肤。这些款子事实上以我实际的存款形式返还给我。我感觉到自己豪爽气壮，意欲彻底地慷慨大方一回。(94)

显然，通过货币交换而来的商品，作为一种抽象的消费符号给购物者带来强烈的满足感和兴奋感。鲍德里亚指出：“物成为符号，从而就不再从两个人的具体关系中显现它的意义。它的意义来自于与其他的符号的差异性关系之中。有点像列维-斯特劳斯所谓的神话，符号——物在它们之间交换。由此，只有当物自发地成为差异性的符号，并由此使其体系化，我们才能够谈论消费，以及消费的物。”④在超市中，杰克通过货币(及其所体现的购买力)实现了自己对商品符号价值的追寻，并借助这一消费体系中的差异性来定位身份。在此过程中，物凭借其符码价值，将人和符号世界直接联系起来，而对于物的消费，彰显了符号系统中的差异，使得消费品异化为一种符号语境中的意指逻辑。

---

① Weekes, Karen. “Consuming and Dying: Meaning and the Marketplace in Don DeLillo's White Noise.” *Literature Interpretation Theory*, 18.4 (2007), p. 300.

② Friedman, Milton, and Rose Friedman. *Free to Choose: A Personal Statement*. New York and London: Harcourt Brace Jovanovich, 1980, p. 133.

③ Millard, Kenneth. *Contemporary American Fiction: An Introduction to American Fiction since 1970*. Beijing: Foreign Language Teaching and Research Press, 2006, p. 112.

④ 鲍德里亚：《物体系》，林志明译，上海：上海世纪出版社，2001，第 56 页。

除了超市购物之外，类似的满足感在杰克与ATM（自动柜员机）的联系中也得到充分体现。ATM是一个类似于超市的意象，两者都是现代商业和科技的象征符号——跟超市相似，由于出纳员的缺场，ATM以人与物之间的直接接触取代了银行中传统的人际交往；更为重要的是，两者都通过量化的方式，对用户产生界定身份、赋予力量的功效。例如，杰克去查询卡中余额，当ATM显示的数字验证了他的应得收入时，他立刻感到无比的轻松愉悦。

> 早上我步行去了银行。我在自动柜员机上核查我的存款。我插进信用卡，输入密码，键入我的要求。经过长时间的文件搜索和烦人的计算，屏幕上终于有气无力地出现了数字，它与我自己估计的大致相当。一阵阵解脱和感激的暖流通过我全身。这个系统赐福于我的生活。我感觉到它的支持和赞同。系统的硬件，坐落在某个遥远城市中一间上锁的房间里的中央处理机！多么令人愉快的交互作用！我体验到某种深深的个人价值——但是并非金钱，绝非金钱——已经被证实和肯定。（50）

恰如杰克内心的力量感源于他在超市中的购物数量和消费数额，ATM屏幕上显示的账户余额决定了他的满足程度以及对未来的自信程度，因为对于大多数人而言，毕竟“财富和收入的首要意义，是扩大消费者选择的范围”，[①]而不是作为资本的增利功能。近年来，随着科技进步与观念更新，人们已经可以更加便利地通过网上银行或手机银行查询余额。可以试想，如果德里罗推迟三十年创作这部《白噪音》的话，想必杰克更会像患了强迫症一般，频繁登录系统进行查询验证，以不断从中获取慰藉。

遗憾的是，同超市购物一样，这种心理慰藉只能是暂时的，亦是不稳定的，一旦显示的余额存在问题（比如机器故障，或者显示收入低于其心理预期或消费需求），以至影响到随后的消费能力，杰克必将陷入极度的焦虑与不安。

包装与广告：思想的奴役

超市之所以吸引消费者，很大程度上源于其中的商品包装和宣传广告。加什玛利曾专门指出《白噪音》中商品外貌对顾客的影响：“购物者被颜色、尺寸、包装所吸引；正是外表吸引并牢牢抓住其注意力，并且激发起购买欲望，不管对自己有用与否”；换言之，“货品琳琅满目的超市已将现实抹去，取而代之的是外表取代真实产品

① 齐格蒙特·鲍曼：《工作、消费、新穷人》，仇子明、李兰译，长春：吉林出版集团有限责任公司，2010，第75页。

的超现实"。[①] 从中可以看出，在现代消费社会，购物选择有时并不取决于消费者本人真正需要什么，而是取决于生产者想要销售什么；为了实现这一目的，后者会采取包装和广告等手段，极力培植前者的购买欲望，使其获得心理上的满足感，这就导致消费行为的性质逐渐发生改变，即鲍德里亚所言的人类经济生活从"需求-供给"模式转向"欲望-浪费/享乐"模式。

根据商业伦理学的观点，这一有悖于自然的情况意味着以下三点：① 广告通过制造需求，把供需法则颠倒了过来——供给已不再是需求的功能，反倒是需求成了供给的功能；② 广告和营销容易让顾客产生非理性的、琐碎的消费需求，而这会扭曲整个经济——充斥着消费产品和物质享受的"富裕社会"，其实在很多方面比所谓的"欠发达经济"更加糟糕，因为资源被耗费到人为的私人消费品上，无法用于更为重要的公共福祉和消费需要；③ 通过创造消费需求，广告和其他营销手段违反了消费者的自主性——消费者以为自己想要买什么就买什么，所以是自由的，可如果这种需求是由营销产生出来的，他们并不自由。[②] 总之，消费社会中的人们，无可避免地被广告所操纵，却沉浸在拥有"自由选择的意志"的幻觉中。

除了刺激人的消费欲望外，广告和媒体还成功占领了现代人的潜意识，从而剥夺了他们的最后一点自由——杰克的女儿在睡梦中的呓语居然是"丰田赛利卡"。这么一个简单的汽车品牌，两个几乎没有意义的单词，在做父亲的杰克听来却"发音美丽动听而又神秘莫测，金光灿灿之中闪现着奇妙"，甚至让他"感觉到一种意义和一种存在"(171)。由此可见，在表象丛生、真假难辨的后现代社会，以商业广告为代表的各种信息复制和图像传播已达到无所不在、无孔不入的程度，人们只能生活在由其产生的"超现实"中，无法识别事物的本真面貌。而且需要指出的是，在创作这部小说的 80 年代，主流的广告媒体还只是电视、广播，以及报纸、杂志和超市画册等传统纸媒；假设这部小说再晚创作二十年的话，面对互联网与手机广告的强大可怖，相信德里罗一定会对此做出更加形象和富有震撼力的刻画与诠释。

杰克的本校同事、大众文化系的教师默里是书中为数不多的能够跳出物质层面、关注精神层面的智者。虽然也深受消费主义影响，但默里有着自己的一套购物理念——他专门购买没有品牌的"普通食品"(generic food)，而对产品包装与广告不甚在意。如我们所知，普通食品的包装极其简单，除了产品名称、原料、营养成分、制造厂家以及条形码这些基本信息外，几乎没有其他任何内容，广告开支更是可以忽略不计，因此其制

① Ghashmari，Ahmad. "Living in a Simulacrum：How TV and the Supermarket Redefines Reality in Don DeLillo's *White Noise*." *452°F：Electronic Journal of Theory of Literature and Comparative Literature*，3 (2010)，p. 182.

② DesJardins，Joseph. *An Introduction to Business Ethics* (4th edition). New York：McGraw-Hill，2011，p. 208.

作和销售成本会相对低很多。这种食品最早出现于1981年的美国超市，以其相对低廉的价格受到部分消费者的欢迎，并在1983—1984年达到销售顶峰。不少人认为普通食品在口味和营养价值上要逊于品牌食品，但其实当时美国的多数普通食品生产，在原料和工艺流程上并没有什么差别，这在很多对消费者所做的蒙眼测试中也得到证实。尽管如此，普通食品还是给人以“次品”的感觉，并在80年代后半段开始走下坡路，部分零售商为此甚至对普通食品进行再度包装，打上自己商店的牌子，以维持销量。到1988年，普通食品从美国市场上完全消失。

至于小说中的默里购买普通食品的目的，除了省钱之外，还体现了他的一种“新式的消费节制”，是“对某种精神上的共识做出了贡献”(18－19)。就这一点而言，默里并未被产品包装和广告宣传完全奴役，思想境界似乎比杰克更高一筹。此外，默里还把超市看成是一个“从精神上充实我们、装备我们”(40)的地方，因为这个地方充满了精神数据——所有的字母、数字、颜色、声响、代码都蕴藏着深刻的含义，等待着人们去探索和破译；他甚至将超市的环境同中国西藏文化中的死亡艺术联系起来，大谈人类应对死亡的正确态度。

货品陈列：秩序的象征

除了建构身份与制造需求外，小说中的超市还具有其他功能，即存在与秩序的象征——从表层看，超市只是购物行为发生的物理场所，但在更深层次上，超市代表了现代人的生活秩序与规则，能够给购物者带来一种明确的目的性与安定感，即“那里的货架和过道使全部的消费符号并置有序，给人一种错觉：所有商品都是以满足个人需求而出现的”。①

以其空间布局为例，根据消费者心理学的观点，“一家商店的布局方式会影响消费者对商店‘个性’的认知”，②也就是说，原本在内容和功能上大致相同的超市，由于布局方式的差异，便具有了某种结构上的独特性，给身处其中的消费者不一样的心理体验。

事实上，几乎所有超市的区域划分和货物摆放都并非随意为之，而是出于销售利润的考虑：① 就时长而言，消费心理学家曾对顾客在商店内的行走方式进行过研究，发现“消费者在自我服务的商店中花费的时间更多些，路过、端详更多的物品并可能购买”③——超市在此方面显然具有天然优势，它可以赋予顾客相当程度的自主权和驾驭

① 张杰，孔燕：《后现代社会的诗性特征：生活的符号化——〈白噪音〉文本的对话式解读》，《外国文学研究》2006年第5期，第41页。

② 戈登·福克塞尔、罗纳德·戈德史密斯、斯蒂芬·布朗：《市场营销中的消费者心理学》，裴利芳、何润宇译，北京：机械工业出版社，2001，第253页。

③ 戈登·福克塞尔、罗纳德·戈德史密斯、斯蒂芬·布朗：《市场营销中的消费者心理学》，裴利芳、何润宇译，北京：机械工业出版社，2001，第254页。

感，让其愿意多在此逗留；② 就具体路径而言，多数超市都会规划设计出一条近乎单向的行走路线，让顾客最大限度地接触商品，同时也使购物行为具有了一定的线性叙事属性，让身处其中的顾客产生一种叙事过程中的可预期感（当然，顾客可自行决定是遵循还是打破这一路线）。拥有了更多主体性的顾客，如同被赋予了更多阐释权的读者，在超市这样一个“后现代文本”中不断地行走和选择，参与其意义的建构与解构。

正因为此，在《白噪音》的故事末尾处，杰克常去的那家超市由于种种原因重新摆放了货架，这件原本再普通不过的事情却让顾客感觉到极大的困惑和迷惘：

> 超市货架被重新摆过了。这发生在某一天，事先却未有预告。过道里弥漫着焦躁不安和惊慌失措，老年顾客的面孔上可见沮丧惊愕。他们行走时神志恍惚，时而止步、时而前进；衣冠楚楚的小堆人群在过道里发呆，试图弄明白货架摆放的格局，搞清楚其中的逻辑，试图回忆他们是在哪儿见过麦酪。他们觉得没有什么理由需要重新摆放货架，也发现不了其中有什么意思。(360)

这种混乱局面即是源于超市中原有秩序的突然缺失，以至顾客骤然间失去了方向感和稳定感。值得注意的是，其中唯一没有更改货架的，反倒是那些没有品牌、包装简单的“普通食品”，这意味着那些看起来平淡无奇的东西往往才是生活的根本所在，而除此之外的内容，其实都是一些可有可无的细枝末节，常常只会混淆视听、干扰判断。至于顾客最终极不情愿地接受新的超市布局，则象征着现代人对规则变化的无奈适应。

其实，杰克选择以希特勒为自己的专业研究领域，也跟其对秩序的渴望有关——在他的心目中，纳粹德国虽然罪大恶极，但在一定程度上象征着谨严的秩序和纪律，能够给人以心理上的安定感，可以帮助自己有效抵抗对死亡的焦虑和恐惧。与此同时，在这个一切都已商品化、符号化的后现代社会，希特勒也成了一个消费符号——首先，作为一个相对冷门的研究对象，他无疑是杰克的社会地位与经济收入的来源（这一点跟他的同事默里对“猫王”普雷斯利的研究相似）；其次，书中几乎没有提及希特勒领导的战争暴行和种族屠杀，而仅仅提到他的个人形象和公共演讲，这使得希特勒成了一个“规则体系中的能指，并不显示这个名字的道德含义，而是学术市场上的一件用来交易的商品”。① 因此可以说，杰克对希特勒研究的选择，说到底也是一种商业行为，跟他在超市中对货物的选择并无本质区别。

---

① Reeve, N. H., and Richard Kerridge. “Toxic Events: Postmodernism and DeLillo’s White Noise.” *Cambridge Quarterly* 23.4 (1994), p. 307.

《比利·巴思格特》：美国黑帮的管理与经营

多克特罗(E. L. Doctorow)出生于纽约市的俄罗斯犹太家庭，先后求学于凯尼恩学院和哥伦比亚大学，毕业后做过审稿人、编辑、高校教师等工作。从《欢迎到哈德泰姆斯来》(*Welcome to Hard Times*，1960)开始，他先后创作了《但以理书》(*The Book of Daniel*，1971)、《拉格泰姆时代》(*Ragtime*，1975)、《鱼鹰湖》(*Loon Lake*，1980)、《世界博览会》(*World's Fair*，1985)、《比利·巴思格特》(*Billy Bathgate*，1989)、《上帝之城》(*City of God*，2000)等小说。

多克特罗以创作历史题材的小说著称——《拉格泰姆时代》以艺术虚构与历史现实相杂糅的方式，展现了美国一战之前(特别是1902—1912年)的社会经济面貌；之后的又一力作《比利·巴思格特》关注的则是20世纪30年代经济大萧条时期的纽约黑帮，故事以第一人称的视角，讲述了少年比利混迹黑社会的成长经历。尽管该书的情节惊心动魄、引人入胜，从销量上看也是一本无可置疑的畅销书，但却并非作者刻意迎合市场的商业之作——多克特罗在书中以极其严肃的创作态度和高超的写作手法，使其成为美国后现代主义文学的经典作品，亦得到评论界的高度认可，出版后即摘得1990年的美国笔会福克纳奖和豪威尔斯奖章。我们以这部作品中的故事为案例进行分析，可以深入了解30年代美国黑帮这一独特群体的经济运作和内部管理。

双元性组织与家庭型文化

小说的背景是经济大萧条刚结束不久的1935年。主人公比利原本是一个生活在纽约的贫穷少年，因为机缘巧合，他跟随贩私酒的黑帮大佬苏尔兹闯荡江湖，同时得到苏尔兹手下的得力副手兼财务总管伯曼的赏识和栽培，由此从跑腿打杂的小混混逐渐成为大佬身边的亲信，进入该帮派的内部核心。

考虑到美国黑社会存在的根本目的就是为了获取财富(即经济利益至上，并无什么特别的政治目的，这跟以逐利为目的的一般企业没有本质差别)，我们不妨把这个帮派看作一家企业，那么苏尔兹就相当于公司总裁，而伯曼则是总经理(CEO)兼首席财务官

(CFO)。有趣的是，苏尔兹与伯曼的气质迥然不同——"一个有权力的人爱发脾气，另一个玩数字的人心平气和地管理"(57)，[①]两人因此被比利视为"我的世界的两极"(57)，不知哪一个才应该是自己学习的榜样。

事实上，这种双领导制的模式有利于该组织的稳定和发展：苏尔兹代表感性，情绪冲动而富有个人魅力，他为了眼前利益可以不惜一切代价，做起事来残忍而果断；伯曼代表理性，对各种数字拥有惊人的天赋，他处事淡定而深谋远虑，关注帮派未来的长期发展(正因为此，他一心想把这个帮派的有组织犯罪转为合法经营的投机生意)。

从管理学的角度看，这样的一个帮派属于明显的"双元性组织"结构。"双元性组织"的概念最早由组织行为学专家邓肯(Robert B. Dundan)提出，[②]并随着管理学大师马奇(James G. March)的相关著述而引起广泛关注。根据马奇的观点，一家组织需要将"利用现有资源"与"挖掘未来机会"有效平衡起来，才能使其一边继续依赖传统的、经过验证的经营方法，一边又具有足够的创新力和适应力。[③] 更确切地讲，面对复杂多变的外部环境(例如本书故事所在的动荡年代以及黑帮经营的不确定性)，一家组织必须"在集权与灵活之间取得平衡，在保持管理的一致性并提升效率以应对当下局面的同时，又要灵活应变以适应明天的市场，即组织需要保持双元性"。[④]

当然，在这个双元性组织架构中，苏尔兹和伯曼的地位并不完全对等——苏尔兹在决策上拥有说一不二的权力，要求下属无条件地服从；而伯曼的权力来自苏尔兹的私人信任(而非制度本身)。从管理学家特罗普纳斯(Fons Trompenaars)提出的四类团体文化来看，这属于典型的"家庭型文化"，即强调等级差别，同时以人为导向。这种文化的内部环境很像是一个传统的家庭，而组织的领导很像是一个充满关爱(同时也十分严酷)的家长，他知道什么对组织内的全体成员最为有利。其缺点也很明显，在这种高度集权的组织文化中，领导人专断独裁，整个团队也很难接受创新和改变，这就为苏尔兹日后因不听伯曼劝告而招致杀身之祸埋下伏笔。

帮会的生存与发展

对于黑社会这种特殊行业而言，当下的生存与未来的发展其实是密不可分的，而且

---

① 作品原文引自多克特罗《比利·巴思格特》，杨仁敬译(译林出版社，2000 版)。

② Duncan, Robert B. "The Ambidextrous Organization: Designing Dual Structures for Innovation." Eds. R. H. Kilmann, L. R. Pondy and D. Slevin. *The Management of Organization Design: Strategies and Implementation*. New York: North Holland, 1976, pp. 167 - 188.

③ March, James G. "Exploration and Exploitation in Organizational Learning". *Organization Science*, 2. 1 (1991), pp. 71 - 87.

④ 高昂、杨百寅：《双元领导：让"一山"容"二虎"》，《清华管理评论》2016 年第 3 期，第 61 页。

后者往往更加重要：一般企业尚可在某个阶段（如产业调整、市场饱和、季节性亏损等）暂时停滞不前，待熬过困难期后再图发展，甚至因为置之死地而后生（例如把原本隐藏的问题暴露出来，并以壮士断腕的决心予以解决），在未来取得更好的发展；但对于黑帮经济而言，这是根本行不通的，因为只要其停止发展，就意味着随后的快速枯竭和死亡（从这个意义上说，尽管苏尔兹是帮派的绝对领袖，但执掌财务大权的伯曼所起的作用或许更大）。苏尔兹本人对此也十分清楚，他在对比利所讲的话中详细揭示了个中道理：

> 他告诉我，犯罪业像其他行业一样，需要老板经常不断的注意，使它保持运转，因为没人像老板那样关心这个行业。但这也是他的负担：要保持利润流动，要使每个人保持忙碌，而最要紧的是让行业不断发展……一个企业不能重复它昨天做过的事儿来维持它的今天。如果它不发展，它就瘪下去了。它像活的东西，如果它停止生长，它就开始枯萎了，更不用说他那特殊企业的特殊性。这个企业异常复杂，不仅表现在供应和需求方面，而且反映在实际执行的细节和外交技术方面。光发工资就需要一个特别控制的部门。你需要依靠的人都是些吸血鬼，他们需要他们血腥的钱。如果不给他们钱，他们就搞垮你，变得冷漠无情，消失在云雾里，你只好成为犯罪企业公开露面的人，或者它会躲开你，而你所搞起来的一切就会从你手上给拿走。事实上，你做得越好，你越成功，那些混蛋就越想将企业从你手上弄走。由此看出，他不仅是指法律，而且意味着竞争。这是个竞争激烈的领域，并不吸引什么正人君子。(63)

苏尔兹的这番话道出了“发展”的重要性，也体现出黑帮运营的特殊性——无论是对外经营还是对内管理，黑帮企业都不能简单套用经济学和管理学的一般原理加以分析。

与此同时，该帮派还是一个学习型组织。为了应对瞬息万变的外部变化，帮派的两位主要领导一直保持着读书学习的习惯——“伯曼先生不断地用心读书，苏尔兹先生有时也跟他一起读。他们真的花时间读书，常常读到深夜”(144)。尽管文中并未讲明是什么书，但根据他们所处的环境以及伯曼的个人特点，基本可以推断他们读的无非是哲学（用于思考自身的未来定位）、企业管理（用于帮派内部的人力资源管理与各种资源的有效分配）、财务（用于指导帮派的创收与合理开支）和法律（用于如何使自己的犯罪行为逃脱法律制裁）之类的书籍。在这种组织文化的影响下，比利本人也保持着极强的求知欲，这为他日后有效利用帮会巨款、成功运营公司打下了重要基础。

帮会老大的危机公关

在苏尔兹面临逃税罪的指控时，他欣然向政府自首，唯一的条件就是由自己选择随后的受审地点。当事人对自己将来在何处受审如此重视，其实体现了以美国为代表的普通法系的特点——因为这样一来，苏尔兹就可以避开自己名声不佳的纽约市，而是由一帮对自己毫无“偏见”的陪审员来决定其命运。在得到应允后，他搬到了纽约北部的小镇奥农多加，并在陪审团名单确定之前，开展了一系列行之有效的形象公关活动——他把自己装扮成一个遭受政府迫害的慈善商人形象，比利装作自己领养的孤儿，情妇杜小姐则扮作比利的家庭教师(这些角色定位都是容易赢得公众好感的形象)。他们加入当地的天主教会(尽管苏尔兹是犹太人)，并且卖力地做各种好事；苏尔兹甚至斥资从银行手里买下一个农场，然后归还给失去这个农场的那一家人，当地报纸以头版对此做了详细报道，起到了很好的宣传作用。

当然，作为一个精明的商人，苏尔兹必须要学会避实就虚、控制成本。像购买农场这一慷慨善举，其实仅仅是苏尔兹重点投资和宣传的个例而已；在更多情况下，他选择通过一些廉价行为进行大面积的感情投资——他会亲切接见同样遭遇破产命运的人，通过极低的经济成本和时间成本，博得这些人的好感，从而取得最大的投入产出比：

> 苏尔兹先生从他们中间走过时总是很有礼貌，找他们一两个人到旅馆餐厅角落里的桌子旁，好像那是他的办公室，听听他们讲几分钟话，然后问几个问题。我不知道他究竟收回了多少被取消赎回权的抵押财产，可能一个也没有。更可能的是他每月给他们几块美元，勉强维持温饱，像他所说的。由于他们感情上的缘故，这办法挺起作用。他会保持一副商人模样的装腔作势的态度，记下他们的名字，叫他们第二天来，然后就请阿巴德巴·伯曼出面，在他六楼的办公室里用个棕色的小信封发给实际的现款。苏尔兹先生不想在这件事儿上当上帝，他这么做显示了他远大的策略。(127)

经过这样一番精心准备，加上有效的庭上辩解(即所谓“逃税”是源于听信前一位律师的错误意见，一旦意识到错误便马上清还了欠款)，最终苏尔兹被宣判无罪。在提到美国的司法体系(特别是陪审团制度)时，苏尔兹不无道理地指出：“法律并不是神圣的。法律就是公众舆论的看法呗。”(207)随后在提到被自己收买的一个辩护人时，他更是嚣张地说：“但我付了他钱。只要办事需要，他将永远站在我一边。这就是我的意思。法律就是我付钱的高额利息。法律就是我的经常开支……审判官、律师、政客，他们是谁

呢？不外是一些从他们自己的角度进入这个行当的家伙。"(207－208)

苏尔兹的无罪判决，自然引起很多人的不满和愤怒，特别是时任联邦检察官的杜威(Thomas E. Dewey)。此人准备继续追查苏尔兹的逃税罪责，并且冻结了他以假名开立的银行存款。苏尔兹被迫将办公地点迁到纽瓦克，并计划暗杀杜威。此时，又是该双元性组织的另一位领导伯曼极力劝告苏尔兹不要冲动，否则将"赢得一个战役而输掉一场战争"(286)。

美国黑帮的行业协会

在劝告苏尔兹切莫谋杀杜威的同时，伯曼系统地提出了他的经营哲学，即顺应当时帮会整合的大潮流，积极融入美国黑帮的"联合会"，借助这个更大的平台提升自身实力，取得可持续发展，最终实现对全行业的垄断经营。

真实历史上的"联合会"是在1931年由纽约五大家族以及芝加哥和布法罗的黑帮家族联合成立的，其目的是为了协调美国黑社会的内部矛盾、加强行业自律，同时也允许像苏尔兹这样的黑帮组织一起做生意，并参与部分会议决策。如前所述，由于其经济上的逐利本性，一个帮派就相当于一家企业，那么"联合会"所起的无疑就是行业协会(甚至是卡特尔和托拉斯)的作用。到小说故事发生的1935年，"联合会"基本把控了全美的地下世界，其制度建设也已经相当完善，下属的各个帮派都有较为明确的权利与义务。

在伯曼看来，通过"联合会"的力量，可以让苏尔兹的帮派借势发力，撬动更多资源、获取更大成功。他为此提出了董事会的概念——"我们跟它结合起来。我们一起成立一个董事会。我们用我们的投票权掌握董事会。这就是哲学"(286)。这种"联合的哲学"，其实是伯曼关于帮派长期发展规划的理论基础，他把黑帮经营类比为广义的商业运行：

> "现代商人从联合中寻找力量和高效率……他加入一个行业协会，因为他是那个他获得力量的较大的组织的一部分。大家都同意，就价格、地盘达成一致，市场得到控制。他达到了高效率。瞧瞧！数字提高人。没人再打别人。如今他拥有一个股份比整套装备和从前的全部人和物更能赚钱。"(287)

这番描述中提到的"达成一致""拥有股份"等字眼，既体现出卡特尔的运营特征，也含有托拉斯的组织架构——前者(作为一个相对松散的同业联盟)通过串谋行为达到对市场的垄断和对价格/产量的控制，从而实现利润最大化；后者(作为一家合并而成的股份制企业）将领导权交由其中最大的股东，其他成员只能通过增加控股份额来争夺权力、提升地位。伯曼设想利用“联合会”的类似特征，为本帮会带来更多的经济利益（即避免恶性竞争带来的损失）和更大的发展机会（即以自身较小的体量撬动更大的权力），可谓用心良苦。

当然，在利用平台、借势发力的同时，相关成员难免也要付出一定的代价，就像商业上的联合组织一样，黑帮“联合会”内部的各帮派必须顾及整体利益，放弃其部分（如卡特尔）甚至全部（如托拉斯）的独立性，听命于总舵主的统一指挥，而不能按自身的意愿行事，否则将威胁到联合会的整体利益，必然导致自身受到排挤甚至消灭。

遗憾的是，苏尔兹对此并未给予足够重视，而是一意孤行想要除掉政府高官。我们知道，通常情况下，当一个社会遇到政局动荡、社会转型的时期（往往也是整个社会缺乏强有力的权威和法治时），黑社会就会相对猖獗和泛滥。反观本书故事所在的1935年，正是罗斯福新政的关键期，政府通过各种举措（包括司法效率、银行信用、证券交易、社会保障、工业复兴等方面），加深了对经济生活的干预程度，大大增强了自身的威权；与此同时，社会法制也更加规范和严密。这种大背景往往会对黑社会的生存空间造成挤压，相应地，帮派在这种时候应该尽量克己慎行、少生祸端，这也就是为什么“联合会”极力反对苏尔兹谋杀检察官杜威的原因。在这种情况下，苏尔兹依然对美国黑帮教父（也是时任“联合会”主席）卢西安诺的警告置之不理，一心要杀杜威，这种举动是十分危险的，它既有悖于新政时期的大环境，也违背了行业协会内部的小气候。

精明能干的伯曼预计到刺杀杜威的后果，然而并未改变苏尔兹的决定。如前所述，在这个双元性组织里，两位核心领导的地位并不平等——伯曼的地位主要来自苏尔兹个人对他的信任，而且该帮派内部没有任何形式的权力制衡和民主监督机制。在这种情况下，苏尔兹是否听从伯曼的合理化建议，有着很大的随机性。结果在是否暗杀杜威这件事上，苏尔兹完全不理睬伯曼的劝告，坚持采取行动。此举直接挑战了“联合会”的权威，导致他们被卢西安诺派人乱枪打死，原先的生意也被“联合会”全部接管。侥幸躲过此劫的比利拿到苏尔兹留下的巨款，他用这笔钱建起了公司，通过正经生意成为一名成功的商人，这一转型也实现了伯曼一直以来未竟的愿望。

鲍比·安·梅森：后南方文学中的消费与拜物[①]

鲍比·安·梅森(Bobbie Ann Mason)是美国(后)南方文学的代表人物。她出生于肯塔基州，先后在肯塔基大学、纽约州立大学、康涅狄格大学求学，并凭借对纳博科夫的小说《爱达或爱欲》的研究获得博士学位。梅森的文学生涯始于20世纪80年代初期，其短篇小说集《示罗圣地和其他故事》(*Shiloh and Other Stories*，1982)以描写西肯塔基工人阶级的生活为主，这些作品对美国地域小说的复兴贡献良多。她随后创作的中长篇小说包括《在乡下》(*In Country*，1985)、《斯宾塞和莱拉》(*Spence + Lila*，1988)、《羽冠》(*Feather Crowns*，1993)、《原子浪漫》(*An Atomic Romance*，2005)、《戴蓝色贝雷帽的女孩》(*The Girl in the Blue Beret*，2011)等，以及回忆录《清泉：一个家族的回忆录》(*Clear Springs: A Memoir*，1999)。凭借这些作品，梅森先后获得美国艺术文学院奖、海明威奖、南方图书评论界奖、古根海姆奖和欧·亨利短篇小说奖等。

梅森的小说主要以其常年居住的梅菲尔德为原型，以极简主义文学的再现方式，述说了在工商业文明背景下受到大众文化和消费文化冲击的新南方的凡人琐事，透射出鲜明的时代性，并在南方乃至整个美国文坛产生了重要影响。文学评论家霍布森称赞其作品“最精准地展现了当代南方面貌”，[②]其文学风格亦被贴切地称为“购物中心现实主义”。[③] 可以说，梅森的作品是我们了解后工业时代美国南方社会的有效途径——“她的作品表现了跨入后工业文明、商业主义、流行文化时代的美国后南方的人生百态……观察、叙事视点在从种植园、大宅、小村、小镇这些南方曾经的标志景观向购物中心、高速路这样的新时代地标转型”。[④]

---

① 本章的部分内容受到《论鲍比·安·梅森小说里美国后南方的嬗变》(李杨、张坤、叶旭军著，同济大学出版社，2019)的启发，并在撰写过程中得到张坤博士的帮助，在此致谢。

② Hobson, Fred. *The Southern Writer in the Postmodern World*. Athens: University of Georgia Press, 1991, p. 7.

③ Havens, Lila. “Residents and Transients: An Interview with Bobbie Ann Mason.” *Crazyhorse Archive*, 31. 29 (1985), p. 90.

④ 李杨、张坤、叶旭军：《论鲍比·安·梅森小说里美国后南方的嬗变》，上海：同济大学出版社，2019，第270页。

城市化进程中的反田园景观

在梅森笔下，南方文学正以开放代替坚守，在从以种植园、小村镇为地标的农业文明叙事向以城市、购物中心为场景的后工业文明话语转型中，经历着质的嬗变，呈现出明显的通俗化、浅表化趋向，往日的圣经地带而今转变为拜物尚富的新南方。

在工商业文明入驻前，美国南方固守着传统的农业文明——由于土地广袤肥沃、雨水充沛、气候温润、森林密布，加之曾经长期的以奴隶制为基础的种植园文化，工商业文明渗入的阻力较大，卡什(Wilbur J. Cash)对此曾总结道："南方人首先是直接来自土地的产物。"[①]在这一推崇耕作的重农思想指引下，无论是农业主义者，还是南方文艺复兴时期的福克纳(William Faulkner)、沃伦(Robert Penn Warren)、威尔蒂(Eudora Welty)等作家，都将崇尚勤劳质朴、自给自足的农耕文化奉为最和谐的南方要素，而与之相对的工业生产、消费贸易则不过是一些唯利是图的行径。然而时至20世纪中后期，在愈发强势的工商业文明冲击下，南方农业文明逐步交出经济和思想的垄断宝座，取而代之的是向北方趋同化的工商业生产与生活模式，这其中最明显的莫过于狂欢式的城市消费景观，霍布森将其戏称为"扩张的连锁店"。[②] 见识过农业文明的贫弱，梅森坦言"沁浸着艰辛与苦难的农场生活并没有什么可留恋的"。[③] 于是在她笔下的南方，人们抛却了对农业社会理想国的幻想，将目光投射到创造更高财富、饱含各种生机的工商业活动中。

梅森的中篇小说《斯宾塞和莱拉》讲述了一个地道的南方农场向工商业转型的历程。当了一辈子农民的斯宾塞目睹了南方景观的变迁——工厂与商店逐步取代森林与田地，伴随着"大部分的鸟儿纷纷离去"，[④]南方农业文明日渐萎靡。此外，农业市场的一再低迷，使得邻居比尔不得不另寻他路，在以前的豆子地上种起大麻，还用起了联合收割机和播种机。斯宾塞夫妇也未能"幸免"，周遭农地的转型、小溪中鱼儿绝迹，斯宾塞农田周围的树木枯萎了，他们"卖掉了耕牛……李(斯宾塞夫妇的儿子)一直催促他们赶紧卖掉农田，以便这块地皮的开发"。[⑤] 这些变化表面上给人们带来情感压力、让人失去归属感，似乎正在毁灭性地伤害旧南方人，然而在梅森看来，这非但不是毁灭，反倒是一种难得的转机。

---

① Cash, Wilbur J. *The Mind of the South*. New York: Vintage Books, 1941, p. 31.

② Hobson, Fred. *The Southern Writer in the Postmodern World*. Athens: University of Georgia Press, 1991, p. 23.

③ Mason, Bobbie Ann. *Clear Springs: A Memoir*. New York: Random House, 1999, p. 95.

④ Mason, Bobbie Ann. *Spence + Lila*. New York: Harper and Row, 1988, p. 117.

⑤ Mason, Bobbie Ann. *Spence + Lila*. New York: Harper and Row, 1988, p. 22.

小说中莱拉的身体成为耕地的写照，如部分学者所总结的，梅森作品中“女性身体本身及其象征的南方土地，始终在视觉上展现了南方文明中的女性特质”。[①] 梅森将莱拉描绘成“具有强大生育、繁殖能力的女性身体，并无数次地将其与耕地连接”，[②]尤其是“她的双乳就像牛的奶袋子……斯宾塞给莱拉的双峰都起了名字，就像当年他们还养奶牛的时候给牛儿起的爱称一样”。[③] 这则故事的主线就是莱拉患上乳腺癌，伴随着其一系列的检查、手术与恢复的，是霍普维尔小镇农田产量的低下、小镇的日渐萧条，以及工业园、购物中心所带来的强心剂。

女性的乳房通常象征哺育与滋养——对于在农场劳作一生的斯宾塞夫妇而言，农田就是其赖以生存的“乳房”，莱拉乳房的病变和小镇地貌的转型印证了两者的对应关系，而她的乳腺癌“似乎预示着一些根基的沦落，就像垂死大树下腐烂的根”。[④] 莱拉切除乳房的过程，实质上就是他们夫妇告别农业生产、融入工业生产和商业文明的历程，例如在莱拉住院期间，斯宾塞往返于医院和农场之间，他观察到周遭的明显变化——四处都是新型的工业园、陌生的购物中心和超市，农田转种起利润更高的大麻，原本提供农产品的土地上矗立起新兴产业；更让他意外的是，人们竟然在变化中找到了新的生存之路，令他心生羡慕。可以说，从莱拉将乳房视为她身体不可或缺的一部分，到明知有害却不舍得切除，再到接受手术、重获健康的过程，暗示了她对农业生活的认知转向，即被稀释、被摒弃的农业已然对南方人“健康”的生活造成危害，只有接纳新事物的“治疗”，效仿北方完成“进化”，接受工商业文明的填充，才可获取一线生机。

传统的农业文明在城市化和消费主义的推动下土崩瓦解，霍普维尔小镇的景观不再是成片的农田，甚至也不是初步工业生产的景象，而是生机勃勃、去地方特征的商业景象，小说《在乡下》的女主人公塞姆在修车时就看到这样的景象：

> 她继续往前跑着，经过一座殡仪馆、灯具店、图书馆，一家大型地产公司、装饰华美的古董店、礼品店、旧货店和肯德基炸鸡店。雷恩体育用品品牌店的橱窗里，一排保龄球奖品若隐若现，塞姆总把那家店叫做奖品店，下一家，在美国军队招兵处的窗户上贴着一张山姆大叔的海报，一只手指有力地指着她，像是在传达命令……汤姆·哈德逊的汽修厂就在附近……在医生、律师和商人开始在新区修建房子之前，汤姆汽修厂所在地是这一地段的上等地区。[⑤]

---

① Ludington，Townsend. *A Modern Mosaic：Art and Modernism in the United States*. Chapel Hill：University of North Carolina Press，2000，p. 95.

② Price，Joanna. *Understanding Bobbie Ann Mason*. Columbia：University of South Carolina Press，2000，p. 90.

③ Mason，Bobbie Ann. *Spence + Lila*. New York：Harper and Row，1988，p. 19.

④ Mason，Bobbie Ann. *Spence + Lila*. New York：Harper and Row，1988，p. 30.

⑤ Mason，Bobbie Ann. *In Country*. New York：Harper Perennial，1986，p. 90.

无论当地人接受与否，消费街区、连锁店、娱乐场所和高速公路等商业景观都势不可挡地占据了南方的主流。与其说塞姆穿梭在各个门店之间，不如说她徜徉在同质化的商业符号中，正如詹姆逊指出的，"晚期资本主义把商品化的力量扩展到了几乎所有的社会生活和个人生活领域"。[①] 塞姆沉浸于这样的世界中，与全新的反农业场景相互交融，在直接的商品冲击中体验现实生活的便利与美好，她虔诚地感激为南方带来转变、丰富当地人生活的工商业文明。正因为此，她在看到镇子里的炼油厂、加油站、木材厂以及私人商铺和连锁店时，会由衷地赞叹："美国是一个美丽的国度。"[②]塞姆对工业和商业场景的喜爱，正是南方人追赶时代步伐、觅求理想目的地的生动写照。

作为心灵归宿的消费文化

费瑟斯通指出，商业文明中突出的消费主义一方面依附于商品层面，化身为物或者物化的符号，使商品晋升为标签与工具，以符码价值取代使用价值；另一方面则隐含于文化产品的精神消费层面，由此形成新时代的大众文化消费。包括影视、流行音乐、广告在内的大众文化，是社会主导性文化趣味和现代技术（尤其是传媒技术）相结合的产物，是消费主义的重要体现，它与物质消费彼此依存，共同重塑着当代人的生活。凯尔纳认为，以电视文化为代表的大众文化消费"拓殖于休闲领域，同时占据了美国和其他资本主义民主国家中的文化和传播体系的中心位置"。[③] 尤其是电视在当时的普及，大大推动了文化消费成为当代社会生活中的主导力量，就像默多克指出的，20世纪后半叶的西方思想文化发生转变，其缘由之一就是商业电视等的诞生与传播，人们第一次看到了铺天盖地的商业广告，由此"一个新的消费时代到来了"。[④]

此外，受后现代主义的影响，大众文化消费呈现出消解意义、挑战权威、解构中心的特性——它模糊了现实与幻象、理性与非理性之间的距离，是一种崇尚断裂、平面、零散和复制的文化；作为消费文化在精神层面的展现，它借助技术与传播，使得人们在虚拟的现实中实现满足感、猎奇心和求异欲。詹姆逊指出，在美国社会，由于各种媒介复制形象充斥泛滥，人们感到现实本身的逝去与匮乏。一切都是文本，大家对生活产生一种

① Jameson, Fredric. *The Cultural Turn: Selected Writings on the Postmodern, 1983—1998*. London & New York: Verso, 1998, p. 214.

② Mason, Bobbie Ann. *In Country*. New York: Harper Perennial, 1986, p. 277.

③ Kellner, Douglas. *Television and the Crisis of Democracy*. Boulder, Colorado: Westview Press, 1990, p. 8.

④ Deacon, David, Michael Pickering, Peter Golding, and Graham Murdock. *Researching Communications: A Practical Guide to Methods in Media and Cultural Analysis*. London: Arnold, 1999, p. 43.

没有根基、飘零于表面的感觉，没有真实感，这与摄影、电影等复制技术不无关系。[①] 鲍德里亚也表示，大众传媒对后现代主义文化发展起着关键性的作用。电视的产生与普及，威胁到人们真实感知现实世界的影像与信息。大众传媒依靠符号创造出一个仿真世界，消解了现实与想象之间的界限，换言之，人们的所见所感都被拟真化，这种毫无深度、失去本源的认知正是当代商业盛行时的消费精神所在。尽管詹姆逊和鲍德里亚的切入点不同，但他们都观察到现实和历史已不再是可以信任的"真实"，生活中的"真"隐含在影视形象（拟象）所产生的代码符号中，而梅森的小说正欲深层扫描和分析这样一个形象、符号和代码掩没客观现实的南方世界。

作为一名深受消费文化影响的当代南方作家，梅森在小说中不停地历数人物所接触的电视节目、流行音乐和品牌广告——"今夜"、《野战医生》、摩城唱片、布鲁斯·斯普林斯廷、黑尔街布鲁斯、爱德·麦克马洪、雅达利、吃豆姑娘等。有评论家在对其采访时戏言："再过些年，《在乡下》可能到处都要注释了。"[②]这其实诠释了梅森列举这些事物的浅层用意，即对时间的定位——之所以需要注释，是因为梅森所列的事物多是20世纪80年代风靡一时的大众文化的产物，鲜明的时代特色意在拉近和当时读者的距离，即"对（电视节目等）的不断重复，使得当前读者更易于熟悉作品。在看节目中获得的愉悦和认知可与（小说外的）观众产生共鸣"。[③] 然而梅森的真正用意远不止于此，她还将大量文化消费产物如商品般穿插于小说之中，体现出那个年代文化消费的极大丰富，及其对主人公生活的强势渗入。

当然，电视只是一个媒介，梅森小说中具有冲击力、能够展现当下商业文明的，是被人们不断消费的流行文化。梅森十分欣赏流行文化对南方的改观，她曾坦言："我的人物生活中充满了电视节目和流行音乐，我十分认真地对待这一现象。"[④]有学者指出："梅森小说中唯一能填补社会架构空白和对世事掌控失利的，就是流行文化，它将人们从困惑与痛苦的生活中拯救出来，并赋予人们清晰而又轻松的体验，流行文化成为左右人物决定的向导和了解自我与他人的源泉。"[⑤]

在小说《斯宾塞和莱拉》中，眼看妻子身患绝症却无能为力的斯宾塞整日沉浸在电视节目、广播音乐和名人秀中，"在面对莱拉的病痛时，斯宾塞企图通过视觉刺激来平复

---

① Jameson, Fredric. *The Cultural Turn: Selected Writings on the Postmodern, 1983—1998*. London & New York: Verso, 1998, p. 208.

② Lyons, Bonnie, and Bill Oliver. "An Interview with Bobbie Ann Mason." *Contemporary Literature*. 32.4 (1991), p. 475.

③ Price, Joanna. *Understanding Bobbie Ann Mason*. Columbia: University of South Carolina Press, 2000, p. 63.

④ "Bobbie Ann Mason." *Signature*, Program 101, dir. Marsha Cooper Hellard, prod. Guy Mendes, videotape ed. James Walker, narr. Marsha Cooper Hellard, the Kentucky Network, Lexington, 1995.

⑤ Fine, Laura. "Going Nowhere Slow: The Post-South World of Bobbie Ann Mason." *The Southern Literary Journal*, 32.1 (1999), p. 91.

自己，在巨大的变化和危机中找寻到一丝正常的平静”。① 在短篇小说《退隐会》（“The Retreat”）中，年过半百的格鲁尼亚缺席丈夫组织的宗教活动，在附近的地下室里玩起电子游戏，她忘我地投入其中，临走时觉得“游戏又危险又刺激，但她觉得一切都在控制中。她不仅不会躲避，还追着外星人打杀”。② 格鲁尼亚对游戏的痴迷源于其对现实生活的不满——作为当地唯一牧师的妻子，格鲁尼亚整日面对的都是毫无激情的祷告词以及老生常谈的讨论会，性格反叛的她曾经在讨论中试图挑战宗教信条、重审家庭关系，但却无人理睬，而在电子游戏中，她却可以充分发泄自己无处安置的激情，在虚拟的空间中获取主动。这一流行文化带来的满足感，在格鲁尼亚与丈夫的对话中表现得更为突出——当丈夫愧疚地问她如何才能让她开心时，她真诚地回答打游戏时自己最开心。正如怀特指出的，“梅森的小说中一部分流行文化可以通过占据现实事件发生的空间来抹去现实的痕迹”，③这种全身心投入并获取成就感的游戏，使得格鲁尼亚忘却一切，只剩自己。相比于游戏中的杀戮所带来的兴奋感，现实生活就乏味很多，格鲁尼亚曾背着丈夫藏起一只得了鸡瘟的母鸡，试图从他斧下救出这只生灵，可当她发现鸡瘟可以传染给人时，便提起斧头剁掉了鸡头，此时“什么感觉都没有，只是完成了一个任务而已”。④ 虚拟的激情和现实的麻木之间的巨大反差，展现了流行文化对感知消散的当代人的刺激，即流行文化已逐步成为人们重获活力、应对无感生活的有效途径。

作为共情载体的流行文化

值得注意的是，梅森塑造的人物大多不善表达（或者根本不愿正视内心需求），然而在流行文化的带动下，人们却能够扫除这些障碍——他们充满幸福感，与家人朋友感情融洽，还可以抒发自身情感。于是，不断被消费的流行文化成为人们交流的有效媒介。在小说《无线电波》（*Airwaves*，1982）中，无力表达的简只能将自己的思绪寄托于音乐中：“她把播放摇滚乐的广播声调到最大，音乐让人麻木。简想着，如果她能听着重摇滚睡觉，那柯伊（简的男友）的离开根本就不算事”，⑤然而正是在震耳欲聋的摇滚中，简发现了她的交流方式——声波。她觉得电台传送的声波就像代表天堂的牧师的声音，当她开车到快餐店点餐时，她听到店里员工在跟她听一个台，就觉得和他们亲近了很多，

① Eckard, Paula Gallant. *Maternal Body and Voice in Toni Morrison, Bobbie Ann Mason, and Lee Smith*. Columbia: University of Missouri Press, 2002, p. 110.

② Mason, Bobbie Ann. *Shiloh and Other Stories*. New York: Harper & Row, 1982, p. 145.

③ White, Leslie. "The Function of Popular Culture in Bobbie Ann Mason's *Shiloh and Other Stories* and *In Country*." *The Southern Quarterly*, 26. 4 (1988), p. 75.

④ Mason, Bobbie Ann. *Shiloh and Other Stories*. New York: Harper & Row, 1982, p. 167.

⑤ Mason, Bobbie Ann. *Love Life*. New York: Harper and Row, 1989, p. 180.

机动车道上一司机调大广播音量，似乎就在宣告“听啊，是我，我在听这个频道”，于是其他同一台的司机都会觉得跟他有某种关联了。

如同电视影像一样，声波只是流行文化的一个载体，真正将人们联系起来的是相同的流行元素，有些学者针对梅森作品中的这种共情现象指出：“如果自己家里有件耐克的衣服，那路上遇见穿这个衣服的人就会不自觉地感到亲近。”[①]事实上，流行元素打破人际壁垒并非偶然，霍布森在评论梅森笔下人物的时候就指出：“他们永远都在流行文化、流行音乐和电视节目中乘风破浪，从摇滚歌手到电视节目，这些事物决定了他们的去向、他们的价值观，甚至是他们对时间、家庭、社区和身份的认知。”[②]俯首皆是的流行文化以其简单而表层的特性重塑了当代南方人的交际生活，而这种表面化、毫无深度的交流正是简所渴求的，因为它模糊了许多人际关系的界限。《新潮流》(*New Wave Format*，1982)中为智障学员开车的埃德温受女友启发，将车里的音乐改为更时兴的流行音乐，死气沉沉的车里顿时出现生机，这些暴力而极速的音乐节奏消解了由智力不对等而造成的隔阂，埃德温感知到“他的乘客们知道发生了什么，这种发狂的节奏应和了其又散漫又沮丧的内心”。[③] 可见，对于同样具备“散漫而沮丧”内心的当代人，流行音乐亦是其内心所求，同样都是“通过无谓的声响来填补生活的空白，以麻木取代自省”。[④] 于是，埃德温和特殊乘客们之间的界限被消除。

强大的感官冲击无处不在，使得当代人对流行文化产生了近乎痴迷的依赖。例如《在乡下》中，塞姆极为详细地叙述母亲伊琳给婴孩哺乳的场景：她仔细打量着母亲的乳房，然而能想到的词汇却都是垃圾食品——“在她苍白的椭圆形乳房上，乳头就像同笑乐卷糖”；母亲抱起孩子时，塞姆觉得“孩子就像一个贴着罗克牢(魔术贴)的袋子”；连母亲自己也毫不避讳地声称“我喂奶的时候觉得自己就是简·曼斯菲尔德(美国女星)”。[⑤] 梅森将亲子关系(尤其是母婴关系)与时兴的消费品以及流行文化相勾连，一方面展现了流行文化对当代人生活的深刻影响，另一方面，其中包含的大量比喻旨在表达流行文化对当代人的“喂养”，即“糖果与香烟其实都是流行文化替代吮吸快感的形式”，[⑥]对于浸染其中的塞姆而言，流行文化如同母乳，是其获取“快感”的源泉。同样，当母亲扮演给予与哺育的角色时，她将自己比作红极一时的性感女星，前者输出的是婴孩

---

① Fine, Laura. “Going Nowhere Slow: The Post-South World of Bobbie Ann Mason.” *The Southern Literary Journal*. 32.1 (1999), p. 94.

② Hobson, Fred. *The Southern Writer in the Postmodern World*. Athens: University of Georgia Press, 1991, p. 195.

③ Mason, Bobbie Ann. *Shiloh and Other Stories*. New York: Harper & Row, 1982, p. 228.

④ Fine, Laura. “Going Nowhere Slow: The Post-South World of Bobbie Ann Mason.” *The Southern Literary Journal*, 32.1 (1999), p. 93.

⑤ Mason, Bobbie Ann. *In Country*. New York: Harper Perennial, 1986, p. 167.

⑥ Eckard, Paula Gallant. *Maternal Body and Voice in Toni Morrison, Bobbie Ann Mason, and Lee Smith*. Columbia: University of Missouri Press, 2002, p. 94.

必需的营养，后者是好莱坞化的流行文化价值观。对于当代南方人而言，文化的哺乳不亚于营养的供给，其对流行文化的精神依赖，也恰似婴孩对乳房的情结。

勤俭持家、克制消费似乎是“南方文艺复兴”的作家们给这片富饶之地留下的魔咒，使得商业消费长期背负污名，在宗教和道德的映照下，更显其俗鄙。然而不同于前人的是，在梅森眼中，脚下的六便士要比天边的月亮更值得关注——比起虚无的情愫，她更愿意着眼现实生活，尤其是无处不在的日常消费，故而她的小说中不再有救赎的概念和崇高的信仰，以及家国情怀和以天下为己任的豪情，正如瑞安所言，“梅森小说中终极的权威（如上帝、自然力、父亲等）都是缺失的”，[①]她将目光收紧，在切实可见的狭小的私人空间中怡然自得。人们在购物中得到解脱，在阅读广告中获得快慰，在香烟美酒中感受愉悦，在旅行中找到幸福，精神救赎虚无缥缈，唯有感受消费带来的愉悦、享受此时此刻的世俗生活，才是避免消沉、拥抱“小确幸”的途径，正如社会学家舒茨所言，“人必须是日常的，否则根本不会存在”，微小的日常生活是人们“最重要、最基本”的现实。[②] 在当代美国南方，日常生活摆脱了宏大叙事的压制，解放了身体、感性和欲望这些毫无崇高和永恒可言的世俗元素，《在乡下》中的塞姆一语道破天机：“我需要信仰？……就算我有充足的信仰，它能给我好工作，给我车么？”[③]而消费生活则不同，它可能也解决不了生计、化解不了现实中的矛盾，但它可以为人们提供一个实实在在、触手可及的港湾——当人们在不知如何定位自我、相互沟通，逃避现实打击时，消费生活至少是一个切实的抓手。

---

① Ryan, Barbara T. “Decentered Authority in Bobbie Ann Mason's *In Country*.” *Critique: Studies in Contemporary Fiction*. 31.3 (1990), p. 199.

② 阿尔弗莱德·舒茨：《日常生活世界和自然态度》，尹树广编：《后结构·生活世界·国家》，刘振怡译，哈尔滨：黑龙江人民出版社，2001年，第243页。

③ Mason, Bobbie Ann. *In Country*. New York: Harper Perennial, 1986, p. 146.

《大都会》：世纪末的资本主义幽灵

唐·德里罗的小说《大都会》(*Cosmopolis*，2003)描述了年轻的亿万富翁帕克为了理发而驱车穿过曼哈顿城区的一整天经历。他在其间的各种见闻和遭遇(包括不停跟手下人员商讨日元的涨跌行情、遇到一场反资本主义的示威骚乱、穿过一支为说唱明星送葬的队伍、遭受一名精神错乱的前雇员伺机谋杀等)，全面展现了当代美国社会光怪陆离的图景，也反映出后工业时代美国都市复杂的社会矛盾和现代人的生存状况。

虽然《大都会》出版于21世纪初，但其故事背景是设定在2000年4月的某一天，在时间上依然算是20世纪的末尾；而且，小说中所呈现的各种社会现象，的确反映了20世纪末美国社会经济与商业文化的种种问题——正如科明在《政治经济学与小说》(2018)中指出的，"《大都会》突出了浪漫主义想象，让喧嚣的90年代的繁荣景象更加完整，同时重新树立了神话特性，伴随这些神话的，还有现代市场的诞生及其获取财富的希望，以及肩负挖掘市场深度的人，即所谓经济人"；①桑克维尔也认为，德里罗通过主人公帕克这一人物，"将批判的矛头指向20世纪90年代末的极端市场思维"。② 所以不夸张地说，这部小说算是20世纪美国涉商类文学的收官之作，同时还预示了新世纪的若干社会问题与现象，以其作为本书的收尾，实在是恰切不过的选择。

帕克：数字时代的金融家

20世纪90年代正值以互联网为代表的高科技产业兴起之时，以信息与通信技术为代表的新兴产业拉动了美国的股市繁荣，由此造就了一批年轻的亿万富翁——之前的美国金融资本家，其投资领域毕竟还跟实体经济有所勾连，而现在的这批财富新贵，几乎完全靠虚拟投机发家，他们凭借对市场行情的敏锐嗅觉和快速捕捉，从股票和外汇的

---

① Comyn, Sarah. *Political Economy and the Novel: A Literary History of "Homo Economicus"*. London and New York: Palgrave Macmillan, 2018, p. 18.

② Shonkwiler, Alison R. *The Financial Imaginary: Dreiser, DeLillo, and Abstract Capitalism in American Literature*. Ph. D. dissertation. The State University of New Jersey, 2007, pp. 14 - 15.

涨跌中赢取巨额利润。正如书中的主人公帕克，作为一名货币投机商和资产经理，他的日常工作就是透过屏幕研究现金流的变化，在股市和汇市中进行各种投机炒作：

> 那时他预测股票行情，而预测行情乃是一种纯粹的才智；那时他向人们兜售科技股，推荐整个板块，接着促使股票价格成倍上涨，改变整个世界行情。他可以制造历史，但那都是在股票市场变得平庸和疲软之前的事了。现在他需要寻找新的突破口，寻找新的发展动向。他做股票交易的货币没有地域界限，有现代民主国家的货币、古老的苏丹式王朝的货币、偏执的共和国货币，还有强权下反叛的民族的货币。(65)①

由这番描述可以看出，“以帕克为中心，形成了一部超级复杂的公司机器”，②作为这部机器的中枢神经，帕克不断地向外界发出各种指令。而且，在这样一个信息瞬息万变的世界里，速度乃是投资制胜的关键，正如帕克看到百老汇边办公大楼的电子屏幕时的感触：

> 在滚动的数据下面，标着世界各大城市的时间……别去介意信息滚动的速度太快，人们跟不上。速度是关键。也别去介意源源不断的信息补充，一个数据刚过去，另一个数据接踵而来。发展趋势是关键，未来是关键。(69)

尽管帕克深谙市场之道，常常能够准确把握其中的变化趋势，但他忽略了一个重要事实：市场未必总是按“规律”行事。正因为此，金融资本家大多采取投资组合或对冲的方式，以期降低风险、稳步盈利；反观此时的帕克，在手下分析师的反复劝告下，仍一意孤行，认定日元必将止涨、马上进入下跌通道。于是，他以自己现有的全部资金为杠杆(甚至偷偷挪用妻子的账户)，贷入数量惊人的日元；更可怕的是，他表现出一种强烈的自我毁灭的冲动——在大量借贷日元的同时，他并未采取任何对冲性的保护措施，等于完全将自己“裸露”在货币市场。谁料日元并未按照所谓的“规律”运动，而是持续稳步地上升，呈现直逼美元之势，导致帕克的还贷压力不断增加，直至输得血本无归。帕克在随后的一系列荒诞举动，特别是他路遇拍摄电影、参加群演时的裸身和装死，正呼应了他之前投资方式的裸露与破产。

事实上，在帕克强大的外表下，是疲惫的躯体和脆弱的内心，以及因全球金融市场24小时连轴转而造成的严重失眠——“由于货币市场从不关门，日经指数日夜运转，所

---

① 本部分的作品原文引自唐·德里罗《大都会》，韩忠华译(上海文艺出版社，2014年版)。

② 李楠：《〈大都会〉：机器与死亡》，《外国文学》2014年第2期，第85页。

有的大股票行都在交易,一周七天,天天在交易”(27)。跟这一非人节奏保持同步运转的,是国际金融资本家的大脑——由于需要关注全球股市与汇市的变化走势,帕克的作息制度和生理机能已完全紊乱,深受失眠之苦。

比之更为严重的是,帕克混淆了虚拟与现实、市场与自然之间的界线,沉浸在一种近乎强迫症的病态心理中——无论何时何地,他的思维始终以损益数字和变化曲线为中心,甚至宣称“市场运作和自然世界之间有共同面,有亲密关系”(73)。如果单从市场投资的思路看,这一类比或许有一定道理,但帕克将这种理念带入了自己的全部生活,几乎成为一个赤裸裸的“经济人”,即作为一个高度理性的个体,他对一切事物均以经济意义上的利弊得失为衡量标准,失去了自己基本的人性,包括人之为人所应具有的道德观念与情感属性。这种高度反常的异化状态,必然影响到帕克的人际交往和婚姻生活。他的太太虽然出身于欧洲著名的银行世家,但却是一个情感细腻的诗人,她在全书中时隐时现、形象缥缈,恰如一个象征符号,代表着帕克的一切相反面(即自然、情感、艺术等特质)。正是两人之间的巨大差异与尖锐对立,导致了他们彼此的疏离。

虚拟经济与金融泡沫

《大都会》以帕克一天的所思所行为主线,“描绘了纯粹由金融与技术协同所决定的美国未来的崩溃”。[①] 我们不难看到,帕克对传统的实物(例如机场、纸币、ATM,甚至他自身)表现出一种明显的质疑与不屑,意欲将之淘汰和替代,他甚至曾想把自己毁灭的瞬间刻录在光盘里,或是让载有自己尸体的飞机一头扎进沙漠,留下一副地面艺术的杰作,以这类特殊的方式获得“永生”。与此对应,帕克对虚拟的数字信息和变化曲线充满迷恋,对市场变化的“美丽和精确”、货币波动中潜在的“节奏”更是谙熟于心。正如奥斯蒂恩所指出的,“帕克已经用数字取代了自然,用货币取代了血液,用幽灵般的资本取代了实体世界”。[②]

小说中多次出现老鼠的意象,而且几次提到“老鼠成了货币单位”——起先是在帕克同他的货币分析师迈克尔·钦的谈话中(21),继而是在办公大楼电子屏幕的滚动字幕中(82)。这句看似荒唐的话来自波兰诗人兹比格涅夫·赫伯特的作品《发自一个被围城市的报告》(1984),其诗句原文为“空荡荡的仓库,一只老鼠成了货币单位”。[③]

① 约瑟夫·M.康特:《废墟中的写作:9·11与〈大都会〉》,祁阿红译,唐·德里罗:《大都会》,韩忠华译,上海:上海文艺出版社,2014,第196页。

② Osteen, Mark. "The Currency of DeLillo's Cosmopolis." *Critique: Studies in Contemporary Fiction*, 55.3 (2014), p. 296.

③ Herbert, Zbigniew. *Report from the Besieged City and Other Poems*. Trans. John Carpenter and Bogdana Carpenter. New York: Ecco, 1985, p. 76.

此话的内容很容易让人联想到著名的"郁金香泡沫"事件——17世纪的荷兰，在郁金香价格不断攀升的诱惑下，追求财富的人们失去理智，疯狂抢购和囤积郁金香球茎，由此积聚的巨大经济泡沫最终破裂，卖方急于抛售、市场迅速崩溃，成千上万的人倾家荡产。相形之下，"老鼠成了货币单位"有过之而无不及——郁金香球茎毕竟还有潜在的观赏和销售价值，而老鼠肮脏不堪、人人厌弃，可只要被市场予以认可，就能够堂而皇之地成为货币的计量单位和价值的贮存手段。更有甚者，老鼠还可以像黄金一样，成为类似于金本位制中的货币本位，具有战略储备的意义，以至帕克跟迈克尔·钦戏言"美国建立了老鼠标准""每一块美金都可以兑换成老鼠"，即"大量贮存被称作威胁全球健康的死老鼠"等(22)。

这番戏言看似荒诞不经，但细思起来却也完全符合市场逻辑——的确，在投资市场，人们在意的只是货币所能代表的价值，而不是货币本身。事实上，无论是历史上的"郁金香泡沫"，还是小说中的"老鼠成了货币单位"，其行为动机都可以通过投资心理学中的"博傻理论"来解读——在资本市场中，人们不顾某件东西的真实价值，情愿高价购买，就是因为他们预期随后会有更大的傻瓜从他们那里接手。对个人而言，只要是预期向好的市场，这种博傻的投资策略就有其合理性；但对整个经济而言，一旦大量投资者怀有这种心态，市场就有积累泡沫、瞬间崩塌的隐患。

更让人忧虑的是，在利益的驱动下，资本市场中的投资行为变得愈发虚拟化——"资产的持有和交易不再需要实物的参与，只是价值符号的转移。资产的价格也不再靠成本和技术支撑，而更多地取决于参与交易者对虚拟资产未来所代表的权益的主观预期"。[①] 也就是说，既然没有了相应实物的匹配，交易就成为一种纯粹的数字游戏，变得更加快捷也更加危险。货币市场尤为如此，它"比其他市场更缺乏调控，个人投资者或阴谋集团要么很快赚得亿万，要么快速造成灾难"。[②] 因此，帕克对货币信心的丧失会很快传染给其他投机者，造成全球性的金融恐慌和币值下跌。

这种"数字化"的理念不仅限于金融市场的投资收益，还影响到人们的资产观。传统意义上的"资产"是指个人的物质财产，或者企业所拥有或控制的经济资源，它是个人财富和企业实力的直接表征；而在本书的世界里，资源变成了一个数字概念，具有强烈的"自我指涉性"，即它的意义并不是能为个人换取到多少商品和服务，亦非企业进行扩大再生产的能力，甚至不在于提升其所有者的地位与自信，而只是其数目本身，正如帕克的理论顾问金斯基所言：

> 资产的概念每天、每小时都在改变。人们为了土地、房子、游船和飞机花费大

---

① 张琦：《德里罗〈大都会〉车的意象》，《当代外国文学》2017年第3期，第39页。

② Varsava, Jerry A. "The 'Saturated Self': Don DeLillo and the Problem of Rogue Capitalism." *Contemporary Literature*, 46.1 (2005), p. 95.

笔支出。这与传统的自信没有关系。资产不再是有关权力、人品和权威的东西,也不是指粗俗的或是有品位的展示……唯一有关的是你付的钱……你付了这个数目。一亿零四百万。这就是你买的东西,那就值了。数目证明它自己的价值。(67)

总之,"老鼠成了货币单位"直指金融投机的荒诞逻辑,"数目证明它自己的价值"显示出资产的虚拟化趋势,这些有悖常理又不无道理的断言,折射出作者对未来经济生活的隐忧。有的学者即认为,《大都会》在很大程度上预示了2008年爆发的金融危机,这么说"倒并非在其细节上(小说极少指向抵押的债券和份额),而是在于它探索了商人和金融家的心理状态和社会角色,正是这些人策划了这场危机。"①

豪华轿车:财富与价值的象征

虽然帕克跟纽约的普通民众生活在同一座城市,但其实身处的是两个截然不同的世界。帕克所处的是一个远离现实、时空错乱的数字化世界,而将其同外部世界隔离开来的,就是他的白色加长豪华轿车。这辆车不仅是故事主要的物理背景,而且是贯穿全书的中心意象之一,其配置之齐全、技术之先进、气势之强大,成为金融资本家的实力和野心的外在物化与延伸。

他需要这样一辆车,因为他觉得这车是柏拉图式的复制品,车的规格无关紧要;与其说它是一件物品,还不如说是一种概念……他想要这车,因为它不仅超大,而且霸气十足,蔑视群车;此种变形的庞然大物岿然不动地凌驾在对它的每一个非议之上。(9)

这辆穿行于纽约城区的轿车,恰如一百年前德莱塞笔下驰往芝加哥的火车,载着主人公深入城市腹地去历险——两者都超越了交通工具的概念,代表着当时的物质财富与科技伟力,以及现代都市的冷酷无情和激烈竞争。不同的是,德莱塞笔下的火车,其目的地是1900年的美国制造业与商业中心芝加哥;而德里罗笔下的轿车,其背景是2000年的美国金融中心纽约——从车窗向外望去,原本立体而魔幻的纽约城市面貌,变成了二维图案,也就是说,"都市,对于乘车者帕克而言,变成透过车窗或者屏幕可以看

① Osteen, Mark. "The Currency of DeLillo's Cosmopolis." *Critique: Studies in Contemporary Fiction*. 55.3 (2014), p. 293.

见的私人空间里的一处景观”。①

具有讽刺意味的是，尽管其内部装饰奢华、配置高端，但这辆车的隔音效果却并不理想；更有趣的是，帕克对此居然全不在意，他跟妻子这样谈及车上的隔音装置：

> 怎么会有效？没用。这个城市日夜都充满了噪音。每个世纪都产生噪音。今天的噪音与十七世纪的噪音没有区别，它们和从那时演变而来的所有噪音一起随处可闻。不过，我并不介意。噪音让我充满活力。重要的是有那东西在(61－62)。

这里提到的“那东西”就是为帕克的豪华轿车加装的隔音软木，这一配置可说是高端而无用。从帕克的这番话可以看出，对于富豪阶层而言，商品的符号价值远远超过其真正的使用价值。

与之相似，帕克在哈萨克斯坦的黑市上以 3 100 万美元的“极低的价格”，从一个军火商那里购买了一架前苏联轰炸机，但由于美国相关法规的限制，买回来的飞机只能停在亚利桑那州的机坪上，任由风吹雨淋，但帕克依然不时大老远过去看看，不为别的缘故，只因为“它是我的”(88)。

总之，富豪资本家追求的终极目标，并非物品的使用价值，而是“所有权”本身所能带来的满足感和优越感——帕克的艺术顾问曾建议他购买一副抽象表现主义画家罗斯科的作品，因为罗斯科的画可以“让你感觉到自己活在这个世界上”，提醒“你还拥有比自己所知道的更深邃、更美妙的生命”(28)；然而帕克却坚持要买下整个教堂，为的是将其中的十几幅罗斯科画作全都保存在自己的公寓里，“不管多少钱，我想要那里的一切。包括墙壁和所有的东西”(28)。显然在帕克的眼里，只有商品的经济价值，他对艺术品的文化价值和情感内涵并不在意。

游荡世界的资本主义幽灵

小说中几次出现“一个幽灵在全世界游荡”的字样，起先是作为街上抗议人群高喊的口号(76)，继而是时代广场上的电子屏幕打出的信息(81)。这句话显然源自《共产党宣言》的开篇词，但德里罗引用它的目的肯定不是向这份伟大的无产阶级革命纲领致敬；恰恰相反，作者是在借此展现帕克对自由市场和资本主义的爆棚信心——面对街头民众的抗议之声，帕克不屑一顾，他以社会精英的视角俯瞰世界，认为这些人不过是无力跟上时代步伐的乌合之众。

---

① 李楠：《〈大都会〉：机器与死亡》，《外国文学》2014 年第 2 期，第 84 页。

你的想法越有远见，就有越多的人跟不上。这就是人们抗议的全部原因。科技和财富的幻景。网络资本的力量足以把人们甩到路旁的沟里去，让他们呕吐和死去。人类理性的缺陷是什么？……它明明知道自己建立起来的体系最终会产生恐怖和死亡，却假装没有看见。他们是在对未来进行抗议。他们想阻挡未来。他们想使未来正常化，不让未来压倒现今。(77)

基于此，帕克认定这些人远非马克思笔下的“资本主义制度的掘墓人”，而只是资本主义制度内在的一部分，甚至是参与其中的帮手；他们在短暂游行、发泄完怨气后，仍然会重新回归市场的操控，继续为资本家赚取利润。帕克能如此的笃定和自信，是因为在他看来，“这里是自由市场，这些人是市场催生出来的怪胎，他们在市场之外不能生存。他们别无选择，不可能去市场之外的任何地方”(76)。帕克还进一步解释了这个让矛盾双方尖锐对立又相互支撑的共生体系：

市场文化是个完整的体系。它孕育了这些男人和女人。这些人鄙视这个体系，但他们却是这个体系不可或缺的。他们给予它能量和定义。他们受市场的驱使。他们在世界的市场上成为交易的商品。这就是他们为什么存在，并激活和维持这个体系的原因。(76)

随后不久，帕克在时代广场的电子屏幕上再次看到这句话，其内容更为完整，但又有所变化，即“一个幽灵在全世界游荡——资本主义的幽灵”(而非《共产党宣言》的原文“共产主义的幽灵”)。这一变体显然是在指涉资本主义制度的自我毁灭属性，即最终导致资本主义灭亡的力量，将来自资本主义自身，而本诺(作为前雇员)对帕克(作为雇主)的刺杀行为，无疑就是这一指涉的隐喻表现。

本诺：资本的牺牲品与复仇者

德里罗始终对社会边缘群体怀有一种天然的同情心，而伺机刺杀帕克的本诺就是其中之一。此人原本在一所社区学院担任助理教授，尚属中产阶级。然而为了赚到自己梦想的一百万，他毅然放弃教职，加入帕克的公司，专门从事泰铢交易。同帕克一样，本诺也从货币交易中发现了市场节奏与自然规律的契合之处。他在面对帕克时直言：

我喜欢泰铢。我喜欢自然与数字之间的相互协调。这些是你教会我的：从宇宙深处的脉冲星发射出来的信号遵循标准的数字顺序，这反过来可以描绘某种股票或货币的波动态势。这些都是你让我看到的。市场的周期，同繁殖蚱蜢、收获小麦的周期是一样的，可以互换。你把这种分析做到可怕和残酷的精确程度。(171)

从这个意义上讲，本诺与帕克具有相近的理念，甚至可说是帕克的"第二自我"。然而，本诺在公司里只是一个无足轻重的技术人员，加之被认为心理不正常，很容易受到排挤——他不仅惨遭降职降薪，而且在没有得到提前通知和解雇补偿金的情况下被扫地出门，继而妻子孩子也离他而去，将其逼上了生活的绝路。

此时本诺的银行存款不断缩水，已所余无几，但他总想进银行"查看最近的交易情况，即使根本没有交易"(129)。无奈的是，银行保安并不允许他入内，他只好用嵌在外墙上的ATM一次次查询余额，以寻求心理上的慰藉。当然，"对列维的界定，与其说是金钱的匮乏，不如说是他对日常资本主义的恐惧……他无法承受现代世界中日常运转的复杂程度"。[①] 于是，本诺决意采取极端措施、置帕克于死地，但我们必须清楚的是，他这么做并非仅仅出于个人报复的目的，而是想抗击以帕克为代表的整个资本家阶层，以及这个不尊重自己的世界，正如本诺最后对帕克所说的：

你必须死，为你的思想和行为付出代价。还有，为你的公寓，为你所花的钱，为你每天的体检。单为这个你就必须死。为你得到多少，失去多少。为你得到的，更为你失去的。为你的豪华汽车，它剥夺了人们的新鲜空气，人们只能到孟加拉国去呼吸了。单为这个你就必须死。(173)

对于本诺的指责，帕克并没有激烈反对。事实上，两人在全书末尾的那段逻辑杂乱而又玄奥难解的长篇对话，更像是帕克内心的两个声音在激烈碰撞；而他启示般的死亡，则相应地具有一种近乎自杀的味道，这既是他个人的自我毁灭趋向的必然结果，也呼应了金融资本主义的可能命运——终将被其自身的幽灵所缠绕，并被其内在的欲望所掘墓。

① Shonkwiler, Alison R. "Don DeLillo's Financial Sublime." *Contemporary Literature*, 51.2 (2010), p. 258. 这里的列维是本诺的姓。

尾声　21世纪：延续与变化

历史的车轮驶过21世纪的门槛，美国的社会经济和商业文化已是大不相同。美国至今仍是主导全球的经济势力，其商业准则为众多国家所效仿，同时亦显现出经济增长中的若干负面效果（包括贫富差距的持续拉大、过度消费主义、传统价值标准的瓦解），很多20世纪后半叶的作家继续在新的作品中描画和探讨这个复杂多彩的商业世界。比如，弗兰岑（Jonathan Franzen）的长篇小说《纠正》（*Correction*，2001）生动地反映了经济转型和金融动荡对现代美国家庭的深刻影响；曾发表小说《体育记者》（*Sportswriter*，1986）和《独立日》（*Independence Day*，1995）的理查德·福特（Richard Ford）在21世纪推出了"巴斯克比系列小说"的第三部《大地的层面》（*The Lay of the Land*，2006）和第四部《与你坦诚相待》（*Let Me Be Frank With You*，2014），继续讲述房地产中介商巴斯克比的故事；马梅特的剧作《中国娃娃》（*China Doll*，2015）继续挖掘商业腐败的话题。

应该说，21世纪的美国文学作品中对商业世界和社会经济中出现的问题，其揭露与批判力度似乎不像20世纪那么大。以商业伦理为例，美国国内秉持自由主义理念者十分敏感，他们认定针对商业行为的过度批判，实则干涉了企业家的自由及其经营才干的充分发挥，甚至有部分人认为，这等于是在舆论上给左翼思想帮腔。这种社会风气在一定程度上干扰了商业伦理在学界、媒体，以及艺术界的自由讨论和展现。

当然，现在下结论还为时尚早。21世纪的美国文学还处在进行时，随着时代的变化、科技的发展，以及人们观念的不断更新，在商业文化和社会经济领域必将出现新的现象和新的特点，引发作家们继续去观察和呈现，也值得批评家不断地发掘和探索。

参考文献

Adler, Ronald B. *Communicating at Work: Principles and Practices for Business and the Professions* (10th edition). Beijing: Peking University Press, 2013.

Aristotle. *Politics*. Trans. Benjamin Jowett. Kitchener: Batoche Books, 1999.

Babaee, Ruzbeh, Wan Roselezam Bt Wan Yahya, and Siamak Babaee. "Sketch of Discourse and Power in Don DeLillo's *White Noise*." *International Journal of Comparative Literature and Translation Studies*, 2.1 (2014), pp. 30 - 33.

Bataille, Georges. "The Psychological Structure of Fascism." Trans. Carl R. Lovitt. *New German Critique*, 16 (1979), pp. 64 - 87.

Beasley, Rebecca. *Theorist of Modernist Poetry: T. S. Eliot, T. E. Hulme and Ezra Pound*. New York: Routledge, 2007.

Bell, Daniel. *The Cultural Contradictions of Capitalism*. New York: Basic Books, Inc. Publishers, 1976.

Benjamin, Walter. "The Work of Art in the Age of Mechanical Reproduction." Walter Benjamin. *Illuminations*. Trans. Hannah Arendt. New York: Schocken Books, 1969.

Berliner, Michael. "The *Atlas Shrugged* Reviews." Ed. Robert Mayhew. *Essays on Ayn Rand's Alas Shrugged*. Lanham, Maryland: Lexington Books, 2009, pp. 133 - 143.

Bidinotto, Robert James. "*Atlas Shrugged* as Literature." *New Individualist*, October 2007, pp. 50 - 55.

Bigsby, C. W. E. *Modem American Drama: 1945—1990*. Cambridge: Cambridge University Press, 1992.

Boettke, Peter J. "The Economics of *Atlas Shrugged*." Ed. Edward W. Younkins. *Ayn Rand's Atlas Shrugged: A Philosophical and Literary Companion*. London and New York: Routledge, 2007, pp. 179 - 187.

Bonca, Cornel. "Don DeLillo's *White Noise*: The Natural Language of the Species." *College Literature*. 23.2 (1996), pp. 25 - 44.

Bowlby, Rachel. *Just Looking: Consumer Culture in Dreiser, Gissing and Zola*. London: Methuen, 1985.

Brandes, Stuart Dean. *Warhogs: A History of War Profits in America*. Lexington, KY: University

Press of Kentucky, 1997.

Brandt, Kenneth K. *A Textual Study of Jack London's Martin Eden*. Ph. D. dissertation, The Florida State University, 1998.

Brooke-Rose, Christine. *A ZBC of Ezra Pound*. Berkeley: University of California Press, 1971.

Bruster, Douglas. "David Mamet and Ben Jonson: City Comedy Past and Present." *Modem Drama*, 33. 3, (1990), pp. 333 - 346.

Bryant, Jerry H. *The Open Decision: The Contemporary American Novel and its Intellectual Background*. New York: Free Press, 1970.

Cash, Wilbur J. *The Mind of the South*. New York: Vintage Books, 1941.

Chang Yaoxin. *A Survey of American Literature* (2 nd edition). Tianjin: Nankai University Press, 2003.

Christopher, Renny. "Rags to Riches to Suicide: Unhappy Narratives of Upward Mobility: *Martin Eden*, *Bread Givers*, *Delia's Song*, and *Hunger of Memory*." *College Literature*, 29. 4 (2002), pp. 79 - 108.

Comyn, Sarah. *Political Economy and the Novel: A Literary History of "Homo Economicus"*. London and New York: Palgrave Macmillan, 2018.

Cook, Sylvia Jenkins. *From Tobacco Road to Route 66: The Southern Poor White in Fiction*. Chapel Hill: University of North Carolina Press, 1976.

Crosthwaite, Paul. "American Modernism and the Crash of 1929." Eds. Matt Seybold and Michelle Chihara. *The Routledge Companion to Literature and Economics*. London and New York: Routledge, 2019.

Deacon, David, Michael Pickering, Peter Golding, and Graham Murdock. *Researching Communications: A Practical Guide to Methods in Media and Cultural Analysis*. London: Arnold, 1999.

Dell, Floyd. *Upton Sinclair: A Study in Social Protest*. New York: AMS Press, 1970.

DesJardins, Joseph. *An Introduction to Business Ethics* (4 th edition). New York: McGraw-Hill, 2011.

Duncan, Robert B. "The Ambidextrous Organization: Designing Dual Structures for Innovation." Eds. R. H. Kilmann, L. R. Pondy and D. Slevin. *The Management of Organization Design: Strategies and Implementation*. New York: North Holland, 1976, pp. 167 - 188.

Eccleshall, Robert, Vincent Geoghegan, Richard Jay, Michael Kenny, Lain Mackenzie, and Rick Wilford. *Political Ideologies: An Introduction* (2 nd edition). London and New York: Routledge, 1994.

Eckard, Paula Gallant. *Maternal Body and Voice in Toni Morrison, Bobbie Ann Mason, and Lee Smith*. Columbia: University of Missouri Press, 2002.

Fine, Laura. "Going Nowhere Slow: The Post-South World of Bobbie Ann Mason." *The Southern Literary Journal*, 32. 1 (1999), pp. 87 - 97.

Free, E. E. "Where America Gets Its Booze: An Interview with Dr. James M. Doran." *Popular Science Monthly*. 116. 5 (1930), pp. 19 - 22.

Friedman, Milton, and Rose Friedman. *Free to Choose: A Personal Statement*. New York and London: Harcourt Brace Jovanovich, 1980.

Fromm, Erich. *The Art of Loving*. New York: Harper & Row, 1956.

Gair, Christopher. "'A Trade, Like Anything Else': *Martin Eden* and the Literary Marketplace." *Essays in Literature*, 19. 2 (1992), pp. 246 - 259.

George, Henry. *Progress and Poverty: An Inquiry into the Cause of Industrial Depressions and of Increase of Want with Increase of Wealth*. New York: Robert Schalkenbach Foundation, 1935.

Ghashmari, Ahmad. "Living in a Simulacrum: How TV and the Supermarket Redefines Reality in Don DeLillo's White Noise." *452°F: Electronic Journal of Theory of Literature and Comparative Literature*, 3 (2010), pp. 171 - 185.

Gillespie, Nick. "The Great Gatsby's Creative Destruction: Whether the New Movie Succeeds, Fitzgerald's Masterpiece Still Speaks to America." *Reason*, 44. 11 (2013), pp. 48 - 53.

Grenville, J. A. S. *A History of the World in the Twentieth Century*. Cambridge, MA: Harvard University Press, 2000.

Gray, Richard. *A History of American Literature*. Oxford: Blackwell Publishing Ltd. , 2004.

Greenspan, Alan. "Gold and Economic Freedom." Ed. Ayn Rand. *Capitalism: The Unknown Ideal*. New York: New American Library, 1967.

Griffin, Roger. *The Nature of Fascism*. New York: St. Martins Press, 1991.

Harris, Leigh Coral. "Acts of Vision, Acts of Aggression: Art and Abyssinia in Virginia Woolf's Fascist Italy." Ed. Merry M. Pawlowski. *Virginia Woolf and Fascism: Resisting the Dictators' Seduction*. New York: Palgrave Publishers Ltd, 2001.

Havens, Lila. "Residents and Transients: An Interview with Bobbie Ann Mason." *Crazyhorse Archive*, 31. 29 (1985), pp. 87 - 104.

Heller, Joseph. "Reeling in *Catch* - 22". Lynda Rosen Obst. *The Sixties*. New York: Random House/Rolling Stone Press, 1977, pp. 50 - 52.

Herbert, Zbigniew. *Report from the Besieged City and Other Poems*. Trans. John Carpenter and Bogdana Carpenter. New York: Ecco, 1985.

Hewes, Henry, David Mamet, John Simon, and Joe Beruh, "Buffalo on Broadway." Ed. Leslie Kane. *David Mamet in Conversation*. Ann Arbor: University of Michigan Press, 2001.

Hillstrom, Kevin and Laurie C. Hillstrom. *The Industrial Revolution in America: Iron and Steel, Railroads, Steam Shipping*. Santa Barbara, California: ABC-Clio, 2005.

Hobson, Fred. *The Southern Writer in the Postmodern World*. Athens: University of Georgia Press, 1991.

Jameson, Fredric. *The Cultural Turn: Selected Writings on the Postmodern, 1983—1998*. London and New York: Verso, 1998.

Kabatchnik, Amnon. *Blood on the Stage, 1975—2000: Milestone Plays of Crime, Mystery, and Detection: An Annotated Repertoire*. Lanham, Toronto, and Plymouth, UK: The Scarecrow Press, Inc. 2012.

Kellner, Douglas. *Television and the Crisis of Democracy*. Boulder, Colorado: Westview Press, 1990.

Kim, Yung Min Kim. "A 'Patriarchal Grass House' of His Own: Jack London's *Martin Eden* and the Imperial Frontier." *American Literary Realism*, 34.1 (2001), pp. 1 - 17.

Laqueur, Walter. *Fascism: A Readers' Guide: Analysis, Interpretations, Bibliography*. Berkeley and Los Angeles: University of California Press, 1976.

Layman, Erika S. *The Hungry Maw of Master, Slave, and Beast: Eating, Ecology, and Political Economy in the Life and Works of Jack London*. Ph. D. dissertation, State University of New York at Buffalo, 2017.

Leach, William R. "Transformations in a Culture of Consumption: Women and Department Stores, 1890—1925." *The Journal of American History*, 71.2 (1984), pp. 319 - 342.

Leff, Leonard J. "Utopia Reconstructed: Alienation in Vonnegut's *God Bless You, Mr. Rosewater*." *Critique: Studies in Contemporary Fiction*, 12.3 (1971), pp. 29 - 37.

Lisboa, Maria Manuel. *The End of the World: Apocalypse and its Aftermath in Western Culture*. Cambridge: Open Book Publishers, 2011.

Ludington, Townsend. *A Modern Mosaic: Art and Modernism in the United States*. Chapel Hill: University of North Carolina Press, 2000.

Lyons, Bonnie, and Bill Oliver. "An Interview with Bobbie Ann Mason." *Contemporary Literature*, 32.4 (1991), pp. 470 - 499.

Mamet, David. *American Buffalo*. New York: Grove Press, 1976.

——. *Glengarry Glen Ross*. New York: Grove Press, 1984.

March, James G. "Exploration and Exploitation in Organizational Learning." *Organization Science*, 2.1 (1991), pp. 71 - 87.

Mason, Bobbie Ann. *Clear Springs: A Memoir*. New York: Random House, 1999.

——. *In Country*. New York: Harper Perennial, 1986.

——. *Love Life*. New York: Harper and Row, 1989.

——. *Shiloh and Other Stories*. New York: Harper & Row, 1982.

——. *Spence + Lila*. New York: Harper and Row, 1988.

Matthaei, Julie A. *An Economic History of Women in America*. New York: Schocken, 1982.

McCammack, Brian. "A Fading Old Left Vision: Gospel-Inspired Socialism in Vonnegut's Rosewater." *The Midwest Quarterly*, 49.2 (2008), pp. 161 - 178.

Mendelson, Edward. *Moral Agents: Eight Twentieth-Century American Writers*. New York: New York Review Books, 2015.

Millard, Kenneth. *Contemporary American Fiction: An Introduction to American Fiction since*

1970. Beijing: Foreign Language Teaching and Research Press, 2006.

Morgan, Bill. *The Letters of Allen Ginsberg*. New York: De Capo Press, 2008.

Morrison, Paul. *The Poetics of Fascism: Ezra Pound, T. S. Eliot, Paul de Man*. New York and Oxford: Oxford University Press, 1996.

Nadel, Ira B. *The Cambridge Introduction to Ezra Pound*. Cambridge: Cambridge University Press, 2007.

Nadotti, Maria. "An Interview with Don DeLillo." *Salmagundi* 100 (1993), pp. 86 - 97.

Neyin, Justin. "Financial Fictions: Contrapuntal Models of Debt in Vonnegut, Dickens, and Scorsese." *Interdisciplinary Literary Studies*, 19. 3 (2017), pp. 320 - 344.

Nichoils, Peter. Ezra Pound: Politics, Economics and Writing. Atlantic Highlands, New Jersey: Humanities Press, 1984.

Nixon, Sean. *Advertising Cultures: Gender, Commerce, Creativity*. London, Thousand Oaks, New Delhi: Sage Publications, 2003.

McCammack, Brian. "A Fading Old Left Vision: Gospel-Inspired Socialism in Vonnegut's *Rosewater*." *The Midwest Quarterly*, 49 (2), 2008, pp. 161 - 178.

Norris, Margot. "Modernist Eruptions." Ed. Emory Elliott. *The Columbia History of the American Novel*. New York: Columbia University Press, 1991.

Osteen, Mark. "The Currency of DeLillo's *Cosmopolis*." *Critique: Studies in Contemporary Fiction*, 55,3 (2014), pp. 291 - 304.

Owens, Louis. "The Culpable Joads: Desentimentalizing *The Grapes of Wrath*." Ed. John Ditsky. *Critical Essays on Steinbeck's The Grapes of Wrath*. Boston: G. K. Hall & Co., 1989, pp. 108 - 116.

Parker, Andrew. "Ezra Pound and the 'Economy' of Anti-Semitism." *boundary* 2, 11. 1/2 (1983), pp. 109 - 111.

Parkin, Michael. *Economics* (7th edition). Boston: Person Education, Inc. 2005.

Passmore, Kevin. *Fascism: A Very Short Introduction*. New York and Oxford: Oxford University Press, 2002.

Pound, Ezra. *America, Roosevelt and the Causes of the Present War*. Trans. John Drummond. London: Peter Russell, 1951.

——. *The Letters of Ezra Pound to James Joyce*. Ed. Forrest Read. New York: New Directions Publishing Corporation, 1965.

——. *The Cantos of Ezra Pound*. New York: New Directions Publishing Corporation, 1970.

——. *Selected Prose: 1909—1965*. Ed. William Cookson. New York: New Directions, 1973.

——. *Collected Early Poems of Ezra Pound*. New York: New Directions Publishing Corporation, 1976.

Price, Joanna. *Understanding Bobbie Ann Mason*. Columbia: University of South Carolina Press, 2000.

Proudhon, Pierre-Joseph. *What Is Property?: or, An Inquiry into the Principle of Right and of Government*. Ed. Donald R. Kelly and Bonnie G. Smith. Cambridge: Cambridge University Press, 1994.

Ryan, Barbara T. "Decentered Authority in Bobbie Ann Mason's *In Country*." *Critique: Studies in Contemporary Fiction*, 31.3 (1990), pp. 199 - 212.

Reeve, N. H., and Richard Kerridge. "Toxic Events: Postmodernism and DeLillo's *White Noise*." *Cambridge Quarterly*, 23.4 (1994), pp. 303 - 23.

Schatt, Stanley. *Kurt Vonnegut, Jr.* Boston: Twayne Publishers, 1976.

Schlueter, June, and Elizabeth Forsyth. "America as Junkshop: The Business Ethic in David Mamet's American Buffalo." *Modern Drama*, 26.4 (1983), pp. 492 - 500.

Schultz, David. *Encyclopedia of the United States Constitution* (Vol. 1). New York: Facts on File, Inc., 2009.

Shaw, Martín Urdiales. *Ethnic Identities in Bernard Malamud's Fictions*. Oviedo: Universidad de Oviedo, 2000.

Shockley, Martin Staples. "The Reception of *The Grapes of Wrath* in Oklahoma." *American Literature*, 15.4 (1944), pp. 351 - 361.

Shonkwiler, Alison R. *The Financial Imaginary: Dreiser, DeLillo, and Abstract Capitalism in American Literature*. Ph. D. dissertation. The State University of New Jersey, 2007.

——. "Don DeLillo's Financial Sublime." *Contemporary Literature*, 51.2 (2010), pp. 246 - 282.

Sinclair, Upton. *American Outpost: A Book of Reminiscences*. Now York: Port Washington; London: Kennikat Press, 1932.

Sorkin, Adam J. *Conversations with Joseph Heller*. Jackson, Mississippi: University Press of Mississippi, 1993.

Steinbeck, John. *The Harvest Gypsies: On the Road to The Grapes of Wrath*. Ed. Charles Wollenberg, Berkeley, CA: Heyday Books, 1988.

Surette, Leon. *Pound in Purgatory: From Economic Radicalism to Anti-Semitism*. Urbana and Chicago: University of Illinois Press, 1999.

Varsava, Jerry A. "The 'Saturated Self': Don DeLillo and the Problem of Rogue Capitalism." *Contemporary Literature*, 46.1 (2005), pp. 78 - 107.

Weekes, Karen. "Consuming and Dying: Meaning and the Marketplace in Don DeLillo's *White Noise*." *Literature Interpretation Theory*, 18.4 (2007), pp. 285 - 302.

White, Leslie. "The Function of Popular Culture in Bobbie Ann Mason's *Shiloh and Other Stories* and *In Country*." *The Southern Quarterly*, 26.4 (1988), pp. 69 - 79.

Worster, David, "How to Do Things with Salesmen: David Mamet's Speech-Act Play." *Modern Drama*, 37 (1994), pp. 375 - 390.

Younkins, Edward W. "*Atlas Shrugged*: Ayn Rand's Philosophical and Literary Masterpiece." Ed. Edward W. Younkins. *Ayn Rand's Atlas Shrugged: A Philosophical and Literary*

Companion. London and New York: Routledge, 2007, pp. 9 - 22.

——. "Philosophical and Literary Integration in Ayn Rand's *Atlas Shrugged*." *The Journal of Ayn Rand Studies*, 14. 2 (2014), pp. 124 - 147.

——. "Business in Ayn Rand's *Atlas Shrugged*." *The Journal of Ayn Rand Studies*, 15. 2 (2015), pp. 157 - 184.

阿尔弗莱德·舒茨:《日常生活世界和自然态度》,尹树广编,《后结构·生活世界·国家》,刘振怡译,哈尔滨:黑龙江人民出版社,2001 年,第 243 - 293 页。

阿瑟·黑利:《大饭店》,杨万、林师明译,上海:上海译文出版社,1981。

阿瑟·米勒:《阿瑟·密勒剧作选》,陈良廷译,上海:上海译文出版社,1980。

阿瑟·米勒:《推销员之死》,英若诚译,上海:上海译文出版社,2008。

爱德华·摩根·福斯特:《小说面面观》,朱乃长译,北京:中国对外翻译出版公司,2002。

安·兰德:《阿特拉斯耸耸肩》,杨格译,重庆:重庆出版社,2005。

安·兰德:《客观主义伦理学》,兰德等著,《自私的德性》,焦晓菊译,北京:华夏出版社,2007,第 1 - 25 页。

安·兰德:《人类的权利》,兰德等著,《自私的德性》,焦晓菊译,北京:华夏出版社,2007,第 89 - 98 页。

鲍德里亚:《物体系》,林志明译,上海:上海世纪出版社,2001。

伯纳德·马拉默德:《店员》,杨仁敬、刘海平、王希苏译,南京:江苏人民出版社,1980。

厄普顿·辛克莱:《屠场》,萧乾、张梦麟、黄雨石、施咸荣译,北京:人民文学出版社:1979。

弗朗西斯·斯科特·菲茨杰拉德:《了不起的盖茨比》,巫宁坤译,上海:上海译文出版社,2011。

高昂、杨百寅:《双元领导:让"一山"容"二虎"》,《清华管理评论》2016 年第 3 期,第 60 - 65 页。

戈登·福克塞尔、罗纳德·戈德史密斯、斯蒂芬·布朗:《市场营销中的消费者心理学》,裴利芳、何润宇译,北京:机械工业出版社,2001。

蒋道超:《德莱塞研究》,上海:上海外语教育出版社,2003。

杰克·伦敦:《马丁·伊登》,吴劳译,上海:上海译文出版社,2011。

杰西·祖巴:《纽约文学地图》,薛玉凤、康天峰译,上海:上海交通大学出版社,2017。

卡尔·马克思:《资本论》(第一卷),北京:人民出版社,1975。

库尔特·冯内古特:《五号屠场·上帝保佑你,罗斯瓦特先生》,云彩、紫芹、曼罗译,南京:译林出版社,1998。

郎咸平:《马克思中观经济学:拯救世界的经济学》,北京:东方出版社,2018。

李锋:《私密与娱乐:毛姆的小说观》,《学海》2011 年第 6 期,第 192 - 195 页。

李楠:《〈大都会〉:机器与死亡》,《外国文学》2014 年第 2 期,第 82 - 89 页。

李颜伟:《〈屠场〉与厄普顿·辛克莱的历史选择》,《天津大学学报》(社会科学版)2011 年第 5 期,第 471 - 475 页。

李杨、张坤、叶旭军:《论鲍比·安·梅森小说里美国后南方的嬗变》,上海:同济大学出版社,2019。

列宁:《列宁全集》第 21 卷,北京:人民出版社,1963。

刘海平、王守仁:《新编美国文学史》(1 - 4 卷),上海:上海外语教育出版社,2002。

米歇尔·博德:《资本主义史:1500—1980》,吴艾美等译,北京:东方出版社,1986。

纳撒尼尔·布兰登:《停滞不前是神圣的权利》,兰德等著,《自私的德性》,焦晓菊译,北京:华夏出版社,2007,第 121-126 页。

欧·亨利:《欧·亨利短篇小说选》,王永年译,北京:人民文学出版社,2003。

齐格蒙特·鲍曼:《工作、消费、新穷人》,仇子明、李兰译,长春:吉林出版集团有限责任公司,2010。

唐·德里罗:《白噪音》,朱叶译,南京:译林出版社,2002。

唐·德里罗:《大都会》,韩忠华译,上海:上海文艺出版社,2014。

王宁:《消费社会学:一个分析的视角》,北京:社会科学文献出版社,2001 年。

王晓德:《美国现代大众消费社会的形成及其全球影响》,刘方喜编,《消费社会》,北京:中国社会科学出版社,2011,第 63-90 页。

魏啸飞:《美国犹太文学与犹太特性》,桂林:广西师范大学出版社,2009。

吴建国:《菲茨杰拉德研究》,上海:上海外语教育出版社,2002。

西奥多·德莱塞:《金融家》,潘庆舲译,上海:上海译文出版社,2005。

西奥多·德莱塞:《嘉莉妹妹》,裘柱常译,上海:上海译文出版社,2011。

辛克莱·刘易斯:《巴比特》,王仲年译,长沙:湖南人民出版社,1983。

虞建华:《文学市场化与作为心理自传的〈马丁·伊登〉》。《外国文学评论》2011 年第 3 期,第 149-158 页。

约翰·斯坦贝克:《愤怒的葡萄》,胡仲持译,上海:上海译文出版社,2004。

约瑟夫·海勒:《第二十二条军规》,南文、赵守垠、王德明译,上海:上海译文出版社,1981。

詹姆斯·富尔彻:《牛津通识读本:资本主义》,张罗、罗赟译,南京:译林出版社,2013。

张杰,孔燕:《后现代社会的诗性特征:生活的符号化——〈白噪音〉文本的对话式解读》,《外国文学研究》2006 年第 5 期,第 40-44 页。

张琦:《德里罗〈大都会〉车的意象》,《当代外国文学》2017 年第 3 期,第 35-42 页。

周敏:《作为"白色噪音"的日常生活:德里罗〈白噪音〉的文化解读》,《外国文学评论》2015 年第 4 期,第 202-211 页。

朱刚:《重读〈麦琪的礼物〉》,《外国文学评论》2001 年第 2 期,第 46-52 页。

资中筠:《20 世纪的美国》,北京:商务印书馆,2018。

索　引

L

M

O

P

Q

Y

Z

后　记

本书的面世有赖于许多师友的帮助，在此表达诚挚的谢意和感念：首先感谢我当年的导师、南京大学外国语学院的杨金才教授，虽然书中内容跟我的博士论文并不直接相关（彼时我专注于翻译和研究英国作家奥威尔），但在治学态度和研究方法上，从导师那里学到太多，其中也包括本书中的很多理念与思路。

在本书的构思和撰写过程中（以及这些年的科研工作中），有很多学界师长和同行前辈给予了宝贵帮助，特别是上海外国语大学乔国强教授、同济大学李杨教授、上海交通大学彭青龙教授，他们多年来的指教和鼓励让我受益良多，每每想来都十分感念，借此表示深深谢意。此外，我还要感谢浙江大学许钧教授、上海外国语大学李维屏教授与张和龙教授、华中师范大学罗良功教授、上海对外经贸大学王卫新教授，以及我曾经的老领导、上海财经大学王晓群教授等。

承蒙美国人文科学院院士、哥伦比亚大学英语系的爱德华·门德尔松（Edward Mendelson）教授在 2016 年的热情相邀，并担任我从事富布赖特研究的合作导师，在哥大的一年正是我酝酿写作本书的最初缘起。纽约是艺术与商业之都，其气质与特点非常适合本书的主题，再加上这座城市本身即是书中诸多作品的故事发生地，让深处这一“场域”的本人在构思写作时也格外有感觉；哥大的文学研究与商学教育均为其传统优势，在这两个领域的知名专家、各种讲座、丰富藏书都为本书的写就提供了几近无穷的知识与思想来源。

加拿大皇家学会院士、不列颠哥伦比亚大学英语系的伊拉·纳代尔（Ira B. Nadel）教授是我多年的好友，每次来上海讲学和参加活动，我们都会小聚倾谈，他为本书提供了一些好的思路——作为国际知名的传记作家，他提议我在每部作品之前，都写一个相关作家的简短小传（主要是同其作品中的商业主题相关的人生经历），以突显两者的关联。尽管这一念头我自己亦曾在脑海中闪现过，但纳代尔教授给了更加明晰的建议，而且他本人即是马梅特的传记作者和研究专家，对本书中的《拜金一族》亦有所建言。

感谢纽约州立大学奥尔巴尼分校英语系的麦克·希尔（Mike Hill）教授和布鲁克大学英语系的安德鲁·彭达基斯（Andrew Pendakis）教授。麦克的研究领域十分广泛，他对文学的跨学科研究（例如对亚当·斯密在人文方面的研究）具有深刻的洞见和相当的原创性；安德鲁具有扎实的哲学与文化研究功底，对于人文艺术与商业消费之间的关系亦有深刻见解，我们几乎每年都会碰面长谈，一边畅饮啤酒一边头脑风暴，我从中获取了不少好的思路，用于我的教学和研究，当然也包括本书的撰写。

另外需要谢谢我曾经的研究生，目前在华东政法大学外国语学院工作的张坤博士，她帮我构思想法、收集资料，做了不少琐细的工作，节省了本人的大量时间和精力；特别是作为美国南方文学研究的后起之秀，她帮助我共同撰写了本书中的一个重要章节，“鲍比·安·梅森：后南方文学中的消费与拜物”，使得全书在内容和视角上更为完整和丰满。还有在上海外国语大学攻读博士学位的郝慧敏同学，她在康奈尔大学访学期间，利用该校的丰富资源帮我查找了大量文献，如若没有这些文献数据所提供的启示和支撑，本书必将减色不少。

最后感谢上海交通大学出版社的臧燕阳编审，他为本书的出版给予很大支持，没有他的高效和专业，本书断不可能如此顺利面世。

由于篇幅所限，还有诸多对本人施以热诚帮助的师友，未能在这里一一提及，但这部专著中的一些思想和见解，应该是对他们最好的致敬。